一笑

古龍自署

國際學術研討會

古龍武俠小說 領先時代半世紀

【記者賴素鈴／報導】江湖代有才人出，這廂古龍凋零二十載，那廂今朝懸賞百萬獎新秀，浪淘不盡，唯有武俠熱愛，不隨時間變易，在學術研討會上更見分明。以「一代鬼才：古龍與武俠小說」爲主題，淡江大學第九屆文學與美學國際學術研討會昨起在國家圖書館，展開爲期兩天的議程，紀念武俠小說家古龍逝世二十周年，新生代學者與古龍故舊齊聚一堂，以文論劍話武俠。

日前與淡大中文系教授林保淳共同發表《台灣武俠小說發展史》，武俠小說評論家葉洪生昨天在專題演講中，直批胡適1959年底發表「武俠小說下流論」是「胡說」，學界泰斗的不當發言以及隨即展開的「暴雨專案」，反而促成1960年起台灣武俠新秀的繁興，「武俠小說迷人的地方，恰恰在門道之上。」，葉洪生認定，武俠小說審美四原則在文筆、意構、雜學、原創性，他強調：「武俠小說，是一種『上流美』。」

集多年心血完成《台灣武俠小說發展史》，葉洪生認爲他已爲從十歲起迷上武俠小說的半世紀畫上完美句點，並且宣布他「以後決心退出武俠論壇，封劍退隱江湖」。

雖然葉洪生回顧武俠小說名家此起彼落，套太史公名言「固一世之雄也，而今安在哉？」，認爲這是值得深思的嚴肅課題，昨天意外現身研討會而備受矚目的溫世禮，則爲了紀念同是武俠迷的哥哥溫世仁，推出第一屆「溫世仁武俠小說百萬大賞」，即日起至今年10月3日截止收件，經兩階段評選後於明年12月7日公布首獎得主，預料將會是一場武林新秀的龍虎爭霸戰。

看明日誰領風騷？風雲時代出版社發行人陳曉林眼中的古龍，其實領先他的時代半世紀，以致如今雖然古龍逝世20年，陳曉林認爲大家對古龍的了解仍然有限，預言未來世代更能和古龍的後設風格共鳴。

昨天這場研討會，也凸顯武俠小說作爲一項文學研究門類，仍有待開發學習空間。多位與會者都指出，武俠小說的發表、出版方式和管道具考證難度，學術理論與論文格式的建立待加強。而武俠名家的版權之爭、市場競爭力，也增加出版推廣困難，古龍武俠小說的版權糾紛、司馬翎作品的版權官司也成爲研討會的場外話題。

與

武俠小說

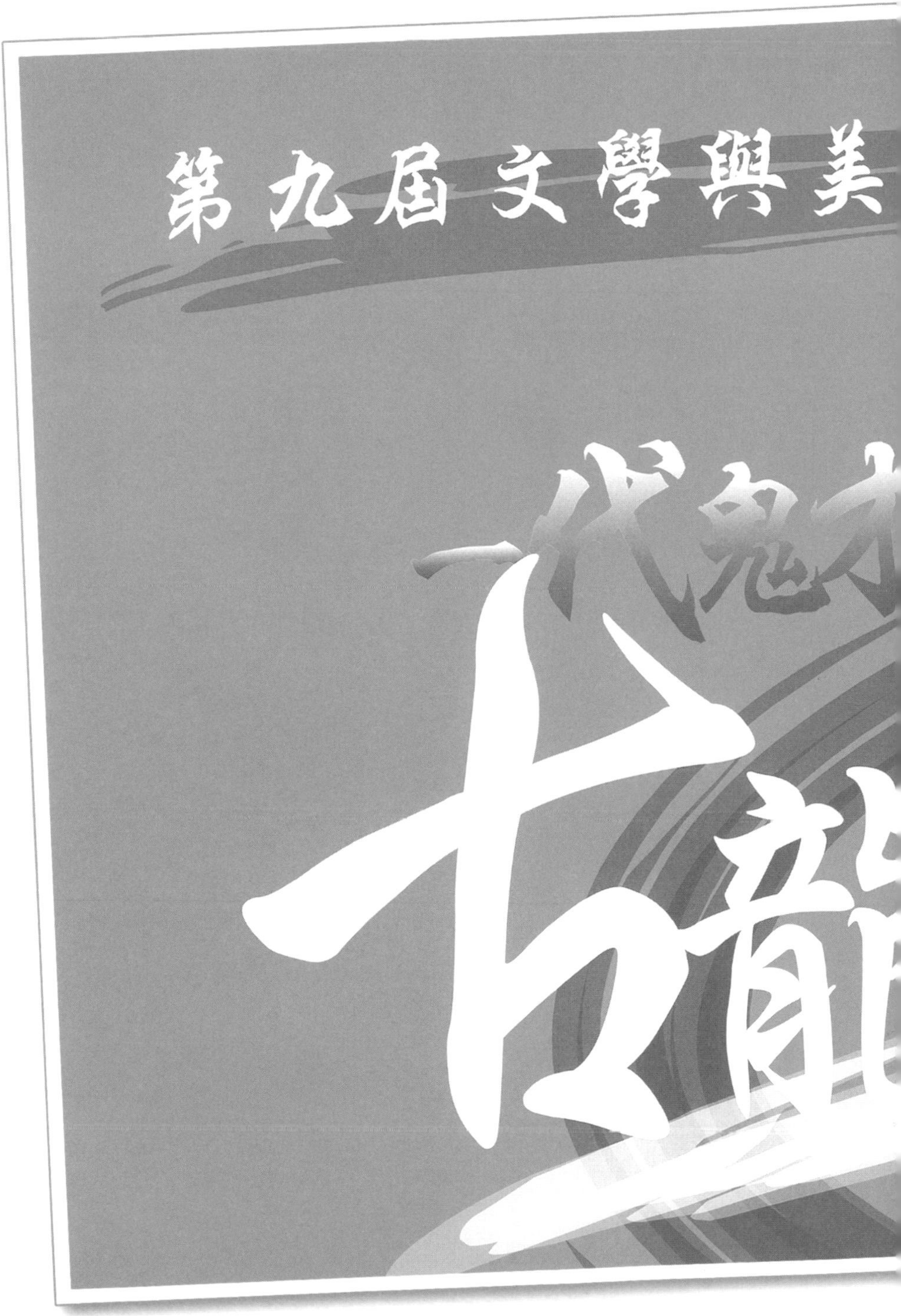
第九屆文學與美
古

古龍兄為人慷慨豪邁、跌蕩自如，变化多端，文如其人，且復多奇氣。惜英年早逝。余與古兄當年交好，且喜讀其書。今睽不見其人，又無新作可讀，深自悼惜。

金庸

一九九六．十．十一．香港

碧血洗銀槍（全）

古龍精品集 75

碧血洗銀槍（全）

目・錄

目錄

【導讀推薦】

水深波浪闊，無使蛟龍得
——古龍何以回筆寫俠士的淬煉？

著名文化評論家、聯合報主筆
陳曉林

《碧血洗銀槍》在古龍的作品中是相當特別，甚至相當突兀的一部。這是因爲：古龍在創作了許多部風格超逸、境界高遠的代表作之後，居然回過頭來抒寫一個在歸類上應是屬於「傳統武俠」的故事。

對於眾多熱愛古龍小說、也熟悉古龍風格的人而言，古龍在塑造出像小李飛刀、葉開、傅紅雪、楚留香、陸小鳳等超凡入聖的俠士形象之後，竟藉由本書中馬如龍這個角色的艱苦經歷，重新刻畫一個具有俠氣的人物在塵世間、在江湖上，可能遭遇到無窮無盡、無休無止的陷害與打擊，以致經常處在生死一線的孤絕情境中，或許會感到相當費解。

古龍太過超前了時代

問題是：古龍爲何將他本已提升、點化臻於藝術審美境界的武俠傳奇，拉回到風塵漫天的險惡江湖，去接受人間煙火的薰炙與焚煉？

其實，古龍在武俠創作上的這一次迴轉，是有來龍去脈可循的，而且此事與筆者本人有關，值得在此作一交代。事緣一九七四年古龍正在創作生涯的高峰時期，於發表了一連串膾炙人口的經典名著之後，他為了更求創新突破，殫精竭慮，言人之所未言，特意以散文詩的語言、蒙太奇的手法，寫出了一新耳目的《天涯．明月．刀》，於該年四月在當時台灣兩大報之一的「中國時報」副刊連載。詎料因風格太新奇，讀者不習慣，而該報老闆又過於急功近利，竟在連載兩個月後即下令「腰斬」，另以水準在二三流以下的武俠作者東方玉取代；此一猝然而至的打擊，讓古龍深感痛苦，久久未能釋懷。

如今回顧，在哲學、文學、藝術等領域，天才過於超前了他的時代，以致被庸眾誤解或羞辱的事件，所在多有；現今古龍的武俠作品在兩岸三地均受到尊重和肯定，讀者反應之熱烈尤其令人印象深刻，而《天涯．明月．刀》則早已被評論界推崇為古龍最有創意、且最精采的作品之一，古龍的委屈得到報償，可謂天道好還。而就在《天涯．明月．刀》被腰斬之後一年半，本人受聘主編該報副刊，乃直接向報老闆言明，古龍是台灣最傑出的武俠作家，一定要重新請他為副刊撰寫連載稿，否則本人寧可放棄主編之職；經本人據理力爭，報老闆終於答應正式宴請古龍，重新邀稿。古龍覺得多少已討回公道，故而同意復出，本人也因此機緣而得以和古龍結為知交，由於意氣相投，經常在一起衡文論藝，飲酒暢敘。

回筆借用傳統武俠的模式

但古龍「一朝被蛇咬」，認爲該報副刊的讀者對過於創新突破的技法或情節恐怕不能欣賞，此次重新出發，寧可在表面上援用「傳統武俠」的寫法，而在理念內涵上注入他所體會的俠義精神。於是，古龍藉由傳說中神秘奇異的「碧玉珠」爲引子，以武林聖地「碧玉山莊」的掌權老夫人要爲愛女擇婿，以致引發激烈競爭的陳舊套路爲敘事模式，展開他那「點石成金」、「化腐朽爲神奇」的寫作技法。爲了照顧到仍只熟悉傳統武俠故事的讀者，古龍煞費苦心，將本書寫成了表裡雙重結構的故事情節，以達到讓「內行的看門道，外行的看熱鬧」的閱讀效果。正因如此，內容一方面顯得奇詭紛呈，目不暇給，另方面卻又悲憤莫名，意義深沉。

設局陷害是人間世的常態

故事如此展開：武林四公子杜青蓮、沈紅葉、馬如龍、邱鳳城齊赴「碧玉夫人」之約，其中邱鳳城雖也依時到來，卻因早有互相矢誓生死不渝的紅顏愛侶「小婉」，故寧可在雪谷中挖坑自戕，亦不願被碧玉夫人選中。四人到齊時，杜、沈二人倏忽中毒身亡，邱鳳城竟也突遭殺手掩襲，若非中劍處恰佩戴著其愛侶小婉所贈的玉件，也已身亡。算來兇手必爲馬如龍，實屬一目了然，而動機自是想要獨占鰲頭，膺選爲「碧玉山莊」的乘龍快婿。適時趕來的彭天霸、馮超凡、絕大師等「急公好義」的大俠們立即要馬如龍對此等慘劇作出交代，馬如龍根本無言以對，只能製造脫身機會，亡命奔逃。

這樣的開場情節，當然只是個幌子，然而古龍真正要抒寫的，又豈只是迫害者與逃亡者的「角色逆轉」？

在亡命奔逃途中，馬如龍忽然見到深雪中露出一堆黑髮，稍加檢視，發現埋在雪堆下的女人仍有一口氣，他如今自身難保，背後多名高手在苦苦追殺，但內心天人交戰下他仍決定設法救治此落難的女人。接著，古龍進而描寫此女自稱名叫「大婉」，不但奇醜，而且脾氣古怪，極難相處；馬如龍眼見「大婉」亦是被人追殺，似已走投無路，故不忍中途離去，只得捨命助她逃難。不料彭天霸等高手追到，反而是大婉助他暫脫困境。從此，馬如龍一路遭到兇險與患難，被人再三設局陷害，他的人格、勇氣、膽識、器度也再三受到淬煉。

探索俠義人物的精神內涵

顯然，古龍是要藉由馬如龍不斷經歷生死一髮間的嚴酷考驗，來凸顯「俠義」二字的真髓。換言之，在已寫出了楚留香、陸小鳳、沈浪、李尋歡等無數超凡入聖、悠遊無敵的名俠典範之後，古龍重新將生具俠氣的人物（像馬如龍）置身於陰謀迭出、殺機瀰漫、骯髒險惡的江湖世界，挑戰他的人性極限，試探他的正義感、自尊心、同情心是否經得起最嚴格的衝擊與考驗。這當然是在對俠義人物的精神內涵、乃至武俠小說的本質意義，進行所謂「後設」的探索與發掘。但在表層上，古龍畢竟仍需寫出一個緊張熾烈、高潮疊起的戲劇化故事，才能支撐他所要表達的深層意蘊；於是，過多的情節壓縮在相對有限的篇幅裡，節奏便不免顯得過於快速。

雖然如此，古龍在他所擅長的故事情節「大轉捩」、「大逆變」方面，仍賦予了充分的鋪墊和線索。邱鳳城從僞裝多情純良、不惜對摯愛的小婉以死殉情的形象，搖身一變而爲心機周密、層層設局去陷害馬如龍的正兇，甚至不惜親手將小婉捏死滅口，情節推展固然快速緊湊，古龍所佈下的伏線卻也歷歷分明。至於大婉的身分，更是一路佈下伏筆，從她竟能與俠名久著的「江南俞五」、神妙莫測的前輩奇女「玲瓏玉手玉玲瓏」爲友，而且能將這些神龍見首不見尾的傳奇人物引介給馬如龍，便可看出她絕非泛泛之輩。因此，她的「奇醜」顯然也只是考驗馬如龍的手段之一。

而古龍將俞五、玉玲瓏等傳奇人物帶入書中，分明是在向傳統武俠經典致意，因爲他們可以影射前代武俠名家筆下的某些鮮活形象。同時，古龍在本書中不時也淡淡地提及他自己在先前的名著中所塑造的一些傳奇人物，諸如小李飛刀、沈浪、上官金虹、葉開，當然亦不無從以古人爲師到已自成一家的寓意。若回想到古龍因爲《天涯・明月・刀》事件在心理上所遭受的壓抑與挫傷，便可多少理解他在此一新作中，幽微曲折地表達的自我療癒意向了。

永憶江湖，永憶古龍

正是爲了重新彰顯與詮釋「俠」的精神內涵，古龍在抒寫馬如龍於歷盡各種難關和絕境而仍堅持人性尊嚴之餘，還刻畫了另一被人布局陷害、業已離死不遠的「大盜」鐵震天。他同樣遭到絕大師等名門正派的「大俠」們圍捕，身受重傷，奄奄一息，處境比馬如龍還悲慘；經玲瓏玉手易容後的馬如龍明知前來圍捕鐵震天的「大俠」們並未發現自己的身分，只要稍為忍耐，等他們處置了「大盜」便會離去，自己即可乘機脫身。但他熱血上湧，挺身而出，寧可與萍水相逢的鐵震天同生共死。這便是古龍所要表彰的俠氣，大婉、俞五、玉玲瓏等人正因肯定馬如龍的這種俠氣，才不惜生出江湖助他破解邱鳳城及其背後的龐大黑暗勢力，使馬如龍終於洗清冤屈，得還清白！至於大婉設計讓「碧玉夫人」的愛女謝玉崙在暗中長期親身觀察馬如龍的爲人，終於使她體認到馬如龍狂狷孤傲，有所不爲，卻也有所必爲，絕非大俠們眾口鑠金所指稱的兇手，從而芳心暗許；不消說，大婉自己或許也傾心於馬，故而才一再試探馬的品格，凡此男女相悅又相試的情節，則不妨視古龍信筆拈來的花絮而已。

由於筆者邀請古龍重新開筆寫武俠連載稿，當時與「中國時報」競爭正酣的「聯合報」亦跟進邀古龍提供武俠連載稿；於是，古龍同時在台灣兩大報副刊發表武俠連載，一時聲勢高漲，與《天涯·明月·刀》遭腰斬時形成鮮明的對照。風氣所至，香港各報亦跟進向古龍邀稿，已擱筆不寫武俠的金庸更邀請古龍長期爲其明教系統供稿，古龍儼然成爲武俠創作的中流砥柱！筆者如今回想與古龍的這段患難之交，其間種種意氣相投、肝膽相照的情景，猶自歷歷在目。然而好景不常，斯人已逝，寧不令人黯然神傷？再想到，其實《天涯·明月·刀》乃是爲武俠小說開新境的曠世之作，而其時人們不知珍惜，古龍竟因此一傑作問世時知音者稀而飽受傖夫之氣，世事顛倒錯亂至此，如今卻見謬附知音者大不乏人，撫今追昔，豈不令人啞然失笑！

前言

據說近三百年來，江湖中運氣最好的人，就是金壇段家的大公子段玉。在金壇，段家是望族，在江湖，段家也是個聲名很顯赫的武林世家。

他們家傳的刀法，雖然溫良平和，絕沒有毒辣詭秘的招式，也絕不走偏鋒，但是勁力內蘊，博大精深，自有一種不凡的威力。他們的刀法，就像段玉的爲人一樣，雖不可怕，卻受人尊敬。

他們家傳的武器「碧玉刀」，也是柄寶刀，也曾有段輝煌的歷史。但是我們現在要說的這故事，並不是「碧玉刀」的故事。

江湖中還有件寶物叫「碧玉釵」。碧玉刀爲人帶來的，是幸運和財富，碧玉釵爲人帶來的，卻是不祥和災禍。

據說無論誰擁有了這枚碧玉釵，就立刻會有災禍降臨到他身上。據說它的每一個主人都是死於橫禍，沒有一個例外。

在江湖中，有關碧玉釵的傳說很多，有的甚至已接近神話，充滿了妖異和邪惡的幻想。

我們現在要說的這故事，也不是「碧玉釵」的故事。

我們現在要說的這故事，是「碧玉珠」的故事。

「碧玉珠」是什麼？是一個人？一種武器？一件寶物？還是一種神奇的丹藥？

一 四公子

嚴冬。酷寒，雪谷。

千里冰封，大地一片銀白。一個人在雪地上挖坑，挖了一個三尺寬，五尺深，七尺長的坑。

他年輕、健康、高大、英俊，而且有一種教養良好的氣質。他身上穿的是一襲價値千金的貂裘，手裡拿著對光華奪目的銀槍。槍桿是純銀的，上面刻著五個字：

鳳城，銀槍，邱。

這麼樣一個人，本不是挖坑的人，這麼樣一對銀槍，也不該用來挖坑的。

這裡是個美麗的山谷，天空澄藍，積雪銀白，梅花鮮紅。

他是騎馬來的，騎了一段很遠的路。馬是純種的大宛名駒，高貴、神駿，鞍轡鮮明，連馬蹬都是純銀的。

這麼樣一個人，爲什麼要騎著這麼樣一匹好馬，用這麼樣一對武器，到這裡來挖坑？

坑已經挖好了。他躺了下去，好像想試試坑的大小，是不是可以讓他舒舒服服的躺在裡面。這個坑難道是爲他自己挖的？

只有死人才用得著這麼樣一個坑，他年輕健康，看起來絕對還可以再活好幾十年，爲什麼要爲自己挖這麼樣一個坑？難道他想死？這人活得好好的，爲什麼想死？爲什麼一定要到這地方來死？

雪昨夜就已停了，天氣晴朗乾冷。他解下馬鞍，輕輕拍了拍馬頭，道：「你去吧，去找個好主人。」健馬輕嘶，奔出了這片積雪的山谷。他在馬鞍上坐了下來，仰面看著藍天，癡癡的出神，眼睛裡帶著種說不出的悲痛和憂慮。

這時候雪地上又出現了一行人，有的提著食盒，有的抬著桌椅，還有個人挑了兩罈酒，從山谷外走了進來。走在最前面的一個人，看來像是個酒樓的堂倌，過來陪笑問訊：「借問公子，這裡是不是寒梅谷？」

挖坑的少年茫然點了點頭，連看都沒有看他們一眼。

這人又問：「是不是杜家大少爺約你到這裡來的？」挖坑的少年連理都不理他了。

這人嘆了口氣，訕訕的自言自語：「我真想不通，杜公子爲什麼要我們把酒菜送到這裡來？」

另一人笑道：「有錢人家的少爺公子，都有點怪脾氣的，像咱們這種窮光蛋當然想不通。」

一行人在梅樹下擺好桌椅，安排好杯盞酒菜，就走了。又過半天，山谷外忽有人曼聲長吟。

「雪霽天晴朗，臘梅處處香。騎驢灞橋過，鈴聲響叮噹。」

真的有鈴聲在響，一個人騎著青驢，一個人騎著白馬。進了山谷。騎驢的人臉色蒼白，彷彿帶著病容，但卻笑容溫和、舉止優雅，服飾也極華貴。

另一人腰懸長劍，頭戴銀狐皮帽，著銀狐皮裘，一身都是銀白色的，騎在一匹高大神駿的白馬上，顧盼之間，傲氣逼人。他也的確有他值得驕傲之處，像他這樣的美男子的確不多。

挖坑的少年還是一個人坐在那裡，癡癡的出神，好像根本沒看見他們。他們也不認得他。

這三個年輕人看來卻都是出身豪富之家的貴公子，而且不約而同的都到這裡來了。但是他們來的目的，卻顯然不一樣，後面這兩位，是爲了踏雪尋梅，賞花飲酒而來。那挖坑的少年，卻是來等死的。

酒在花下。面帶病容的少年，斟了杯酒，一飲而盡，道：「好酒。」

花在酒前，花已盡發。他又喝了一杯，道：「好花！」花光映雪，紅的更紅，白的更白。他再舉杯，道：「好雪。」三杯下肚，他蒼白的臉上也已有了紅光，顯得豪興逸飛，意氣風發。

他的身子雖然弱，雖然有病，可是人生中所有美好的事，他都能領略欣賞。他好像對什麼事都很有興趣，所以他活得也很有趣。

那騎白馬，著狐裘，佩長劍的美少年，臉色卻很陰沉冷漠，好像對什麼事都沒有興趣。

面帶病容的貴公子微笑道：「如此好雪，如此好花，如此好酒，你爲什麼不喝一杯？」

美少年道：「我從來不喝酒。」

貴公子道：「到了這裡來，你不喝酒，豈非辜負這一谷好雪，千朵梅花？」

美少年冷冷道：「無論到了什麼地方，我都不喝酒。」

貴公子嘆了口氣，喃喃道：「這個人真是個俗人，真掃興，我怎麼會交到這種朋友的？」

挖坑的少年還在發呆。貴公子忽然站起來，走過去，圍著他挖的坑繞了個圈子，道：「好坑。」

挖坑的少年不理他。

貴公子道：「這個坑挖得好。」

挖坑少年不理他。

貴公子索性走到他面前，道：「這個坑是不是你挖的？」

挖坑的少年不能不理他了，只有說：「是。」

貴公子道：「我一直說你這個坑挖得好，你知不知道是什麼意思？」

挖坑少年道：「你想我陪你喝酒。」

貴公子笑了，道：「原來你不但會挖坑，而且善解人意。」

挖坑少年道：「可惜我不會喝酒。」

貴公子不笑了，道：「你也從來不喝酒？」

挖坑的少年道：「高興喝的時候就喝，不高興喝的時候就不喝。」

貴公子道：「現在你爲什麼不喝？」

挖坑的少年道：「因爲現在我不高興喝。」

貴公子非但沒有生氣，反而笑了：「現在我知道你是誰了。我常聽人說，銀槍公子邱鳳城的脾氣，就像他的槍一樣，又直又硬，你一定就是邱鳳城。」挖坑的少年又不理他了。

貴公子道：「我姓杜，叫杜青蓮。」邱鳳城還是不理他，就好像從來沒有聽見過這名字。

其實他是知道這個名字的，在江湖中走動的人，沒有聽見過這名字的還不多。

武林中有四公子，銀槍，白馬，紅葉，青蓮。這一代江湖中的年輕人，絕沒有任何人的鋒芒能超過他們。他們彼此間雖然並不認得，杜青蓮的名字，邱鳳城總應該知道。他也應該知道，那騎白馬，著狐裘，佩長劍的美少年，就是白馬公子馬如龍。但是他卻偏偏裝作不知道。

杜青蓮嘆了口氣，道：「看來你今天是決心不喝酒了。」

忽然間，山谷外有個人大聲道：「他們不喝，我喝。」

喝酒的人來了。雪停了之後，比下雪的時候更冷，他們穿著皮裘，還覺得冷。這個人身上穿著的，卻只不過是件薄綢衫，料子雖然不錯，卻絕不是在這種天氣裡穿的衣裳，所以他冷得在發抖。雖然冷得要命，他手裡居然還拿著把摺扇。

桌上有酒壺，也有酒杯。但見他衝過來，就捧起酒罈子，嘴對著嘴，喝了一大口，才透出口氣，道：「好酒。」杜青蓮笑了。

這人又喝了一大口，道：「不但酒好，花好，雪也好。」三大口酒喝下去，他總算不再發抖了，臉上也有了人色。

這人雖然窮，卻不討厭。他甚至可以算是個很讓人喜歡的人，長得眉清目秀，笑起來嘴角上揚，而且還有兩個酒渦。杜青蓮已經開始覺得，這個人可愛極了。

這人又道：「此情此景，此時此刻，不喝酒的人真應該……」

杜青蓮道：「應該怎麼樣？」

這人道：「應該打屁股。」

杜青蓮大笑。那挖坑的少年仍然不聞不問，除了他心裡在想著的那個人，那件事之外，別的人他看見了也好像沒看見，別的事他更不放在心上。

馬如龍眉目間雖然已有了怒氣，但是他並沒有發作。他不是不敢，他只不過是不屑跟這種人一般見識而已。

這人卻偏偏要找他，捧起酒罈子，道：「來，你也喝一口。」

馬如龍冷冷道：「你不配。」

這人道：「要什麼樣的人才配跟你喝酒？」

馬如龍道：「你是什麼人？」

這人不回答，卻「唰」的一下把手裡的摺扇展開。扇面上寫著七個字，字寫得很好，很秀氣，就像他的人一樣。

霜葉紅於二月花。

這個人雖然落拓潦倒，這把扇子卻是精品。扇面上這七個字，無疑也是名家的手筆。

杜青蓮舉杯一飲而盡道：「好字。」

這人也捧起酒罈子來喝了一大口，道：「你的眼光也不錯。」

杜青蓮道：「這字是誰寫的？」

這人道：「除了我之外還有誰能寫得出這麼好的字來？」

杜青蓮大笑，道：「現在我也知道你是誰了。」

這人道：「哦？」

杜青蓮道：「除了沈紅葉外，哪裡還能找得出你這麼狂的人？」

武林四公子中，最傲的是「白馬」馬如龍，最剛的是「銀槍」邱鳳城，最瀟灑的當然是杜青蓮，最狂的就是沈紅葉。

馬、邱、杜，三家都是豪富、望族，白馬、銀槍、青蓮，都是有名有姓的貴公子。紅葉的身世卻很神秘。

據說他就是昔年天下第一名俠「沈浪」的後人。

據說「小李探花」生平最好的朋友，天下第一快劍「阿飛」，就是他的祖先。

阿飛的身世，本來就是個謎，所以紅葉的身世也如謎。他也從來沒有說起過自己的來歷，人們把他列入四公子，只因為他從小就是在葉家長大的。葉家就是「葉開」的家。葉開就是「小李飛刀」唯一的傳人。——小李飛刀是什麼人，有什麼人不知道？

現在武林四公子都已經來齊了，但是他們並不是自己約好到這裡來的。

這裡距離他們每一個人的家都有好幾千里路，杜青蓮的雅興就算很高，也絕不會奔波幾千里，只為了要到這裡來賞花喝酒。

邱鳳城也用不著奔波幾千里，到這裡來等死，一個人如果要死，無論什麼地方都一樣可以死的。他們為什麼到這裡來？來幹什麼？

馬如龍還是冷冷的坐在那裡，態度絕沒有因為聽到沈紅葉這名字而改變，但是他的手已經移近了他的劍柄，他凝視著沈紅葉，忽然道：「很好。」

沈紅葉道：「什麼事很好？」

馬如龍道：「你是沈紅葉就很好。」

沈紅葉道：「為什麼？」

馬如龍道：「本來我認為你不配，不配讓我拔劍，我的劍下從不傷小丑。」

沈紅葉道：「現在呢？」

馬如龍道：「沈紅葉不是小丑，所以現在你只要再說一句輕佻無禮的話，你我兩個人之間，就要有一個人橫屍五步，血濺當地。」

沈紅葉嘆了口氣，苦笑道：「我只不過想找你喝口酒而已，你又何必生氣！」

杜青蓮道：「他不喝，我喝。」他接過沈紅葉手裡的酒罈子，嘴對著嘴，灌了好幾口，才吐出口氣，道：「好酒。」

沈紅葉又把罈子從他手裡搶回來，喝了一大口，嘆著氣道：「這麼樣的酒，就算有毒，我也要拚命喝下去。」

杜青蓮微笑道：「一點也不錯。如果我們現在能死在這裡，倒也是我們的運氣。」

沈紅葉道：「爲什麼？」

杜青蓮道：「因爲，這裡有個人會挖坑。」

沈紅葉道：「他的抗挖得很好？」

杜青蓮道：「好極了。」

沈紅葉忽然站起來，捧著酒罈子走過去，圍著那個坑繞了個圈子，喃喃道：「這個坑果然是個好坑，一個人死了之後，若是能埋在這麼好的一個坑裡，倒真是運氣。」

杜青蓮道：「只可惜這個坑不是爲我們挖的。」

沈紅葉道：「只有死人才用得著這麼樣一個坑，難道他想死？」

杜青蓮道：「看樣子好像是的。」

沈紅葉好像很吃驚，道：「像他這麼樣一個人，爲什麼想死？」

杜青蓮道：「因爲他也跟我們一樣，也接到一封信，叫他今天到這裡來。」

沈紅葉道：「那封信也是碧玉夫人給他的？」

杜青蓮道：「一定是。」

沈紅葉道：「碧玉夫人叫我們到這裡來，是爲了要在我們四個人之中，選一個女婿？」

杜青蓮道：「不錯。」

沈紅葉道：「碧玉夫人是天下公認的第一位高人，碧玉山莊中，每個人都是天香國色，我接到那封信時，高興得連覺都睡不著。」

杜青蓮道：「我可以想得到。」

沈紅葉道：「如果她選中我做女婿，我說不定會高興得發瘋。」

杜青蓮道：「你最好不要瘋，碧玉夫人絕不會要一個瘋子做女婿。」

沈紅葉道：「她會不會要一個死人做女婿？」

杜青蓮道：「更不會。」

沈紅葉道：「那麼我們這位邱公子，好好的爲什麼想死？」

杜青蓮道：「因爲他是個癡情的人，而且已經跟一位美麗的姑娘，訂下了生死不渝的山盟海誓。」他嘆了口氣，又道：「如果碧玉夫人選中他做女婿，他就沒法子和那位姑娘共偕白首了。」

沈紅葉道：「所以只要碧玉夫人一選中他做女婿，他就決心死在這裡？」

杜青蓮道：「一點也不錯。」

沈紅葉想了想，道：「這件事還有另一種說法。」

杜青蓮道：「什麼說法？」

沈紅葉道：「碧玉夫人是不是一定會看見這個坑的？」

杜青蓮微笑道：「這麼大一個坑，想要看不見，恐怕都很難。」

沈紅葉道：「她看見了這個坑，就知道邱公子已經抱定了決死之心，說不定就會放過他，選我做碧玉山莊的姑爺了。」

杜青蓮嘆道：「你真是個聰明人，聰明人的想法，總是跟別人不一樣的，跟癡情人更不一樣。」

沈紅葉笑了笑，道：「癡情人也未必就不是聰明人。」

邱鳳城臉色已經變了，忽然站起來，瞪著杜青蓮，道：「你怎麼知道這件事的！」這是個秘密，這秘密本來只有兩個人知道，可是這句話問了出來，就無異已證實了杜青蓮說的不假。

杜青蓮嘆了口氣道：「你想不到我會知道這件事？」

「我自己也想不到，只可惜那位美麗的姑娘……」

他沒有說完這句話，臉上忽然起了種奇異的變化，蒼白的臉忽然變成種可怕的死黑色，他看著沈紅葉，張開口，想說話，但是聲音已完全嘶啞。

沈紅葉道：「你是不是……」聲音也忽然嘶啞，只說出了這四個字，他的臉上也起了種奇怪的變化。兩個人面對面站著，你看著我，我看著你，眼睛裡都帶著恐懼之極的表情。

「啵」的一聲，沈紅葉手裡的酒罈子掉了下去，掉在坑裡，砸得粉碎。他臉上忽又露出種悲傷而詭秘的笑容，用嘶啞的聲音一字字道：「看來還是我的運氣比你好，我就站在這個坑旁……」這就是他說的最後一句話，這句話還沒有說完，他的人也掉進坑裡去。這個坑雖然並不是爲他準備的，可是他已經掉了下去，活人又怎麼能去跟死人爭一個坑？

二 殺手

杜青蓮也已倒下。在他倒下去的時候，嘴角已有血沁出來。但是他又掙扎著爬起，桌上的酒壺裡還有酒，他掙扎著爬起來，喝盡了這壺酒，大笑道：「好酒，好酒。」笑聲淒厲而悲傷。

「這麼好的酒，就算我明知有毒，也要喝的，你們看，我現在是不是已經喝下去了。」

他大笑著衝過來，一個觔斗跌入坑裡，他不願讓沈紅葉獨享。天色忽然黯了，冷風如刀，但是他們卻永遠不會覺得冷了。

邱鳳城，馬如龍，吃驚的看著他們倒下去，自已彷彿也將跌倒。這變化實在太突然、太驚人、太可怕。

也不知過了多久，邱鳳城終於慢慢的抬起頭，瞪著馬如龍。他的眼色比風更冷，他的眼睛裡彷彿也有把刀，彷彿想一刀剖開馬如龍的胸膛，挖出這個人的心來。他爲什麼要用這種眼色看著馬如龍？馬如龍已經恢復了鎭靜。杜青蓮是他的朋友，他的朋友忽然死在他面前，他並沒有顯得很悲傷。杜青蓮死得這麼突然，這麼離奇，他也沒有顯出震驚的樣子。

別人是死是活？是怎麼死的？他好像根本沒有放在心上。因爲他還沒有死，因爲他還是馬如龍，永遠高高在上的「白馬公子」馬如龍。

邱鳳城盯著他，忽然問道：「你真的從來都不喝酒？」

馬如龍拒絕回答。他一向很少回答別人問他的話，他通常只發問，發令。

邱鳳城道：「我知道你喝酒的，我也看過你喝酒，喝得還不少。」

馬如龍既不承認，也不否認。

邱鳳城道：「你不但喝酒，而且常喝，常醉，有一次在杭州的珍珠坊，你日夜不停的連喝了三天，把珍珠坊所有的客人都趕了出去，因爲那些人都太俗，都不配陪你喝酒。」他接著道：「據說那一次你把珍珠坊所有的女兒紅都喝完了，二十斤裝的陳酒，你一共喝了四罈，這紀錄至今還沒有人能打破。」

馬如龍冷冷道：「最後一罈不是女兒紅，真正的女兒紅，珍珠坊一共只有三罈。」

邱鳳城道：「你喝了六十斤陳酒後，還能分辨出最後一罈酒的真假，真是好酒量。」

馬如龍道：「是好酒量。」

邱鳳城道：「可是，今天你卻滴酒不沾。」他的眼色更冷：「今天你爲什麼不喝？是不是知道酒裡有毒？」馬如龍又閉上了嘴。邱鳳城道：「你和杜青蓮結伴而來，當然知道他在哪裡叫的酒菜，要買通一個人在酒裡下毒，當然也容易得很。」

馬如龍雖然沒有承認，居然也沒有否認。

邱鳳城道：「我已決心寧死不入碧玉山莊，現在杜青蓮和沈紅葉也死了，碧玉夫人也不必再選，閣下已當然是她的東床快婿。」他冷笑：「這真是可賀可喜。」

馬如龍沉默著，過了很久，才冷冷道：「我已明白你的意思。」

邱鳳城道：「你應該明白。」他已握住了他的銀槍。

馬如龍一個字都沒有再說，慢慢的走過來，面對著他。就在這時候，忽然有個人出現了：「邱鳳城是我的，這次還輪不到你。」

這個人不知道是什麼時候來的，很可能就是在杜青蓮和沈紅葉突然暴斃的時候，那時候誰也不會注意到別的事。這個人瘦削，頎長，顴骨高高聳起，一雙手特別大。這雙大手裡握著桿金槍。四尺九寸長的金槍，金光燦爛，就算不是純金的，看來也像是純金的。

這個人穿著一身衣裳也是金色的，質料高貴，剪裁合身，這就是他的標誌。所以江湖人只要一看見他，立即就會認出他，「金槍」金振林。

江湖中最有名的一桿槍，本來就是這桿金槍，金振林的金槍。可是現在情況變了，因爲「銀槍公子」已經在三年前擊敗了這桿金槍。從此金槍和銀槍之間，就結下了誰都無法化解的仇恨。

金振林道：「我們還有舊帳，舊帳一定要先算。」

他用手裡的金槍指著邱鳳城：「今天就是我們算帳的時候。」

邱鳳城冷笑，道：「你這個時候選得真巧。」金振林也在冷笑，忽然間擰身，墊步，金槍毒蛇般刺出。金光閃動間，銀槍也出手。馬如龍只有退後。舊帳先算，這本是武林的規矩。

金槍毒辣，迅速，有力，而且比銀槍長，一寸長，一寸強。但是銀槍卻更靈活、更快，招式的變化也遠比金槍更多。看來金槍這次又必敗無疑。邱鳳城顯然很想趕快結束這一戰，出手間已使出了全力。就在他以全力去對付金振林的時候，一株積雪的梅花後，忽然又有個人竄了出來。

一個黑衣人，黑衣勁裝，黑帕蒙面，全身都是黑的。這個人比金振林更長更瘦，就像是一根黑色的箭，身法之快，也像是一枝箭。

他手裡有刀，一把薄而利的雁翎刀。刀光一閃，斜劈邱鳳城的左頸，這是絕對致命的一刀。

邱鳳城雖然在危急中避開這一刀，前胸卻已空門大露。金振林的金槍立刻閃電般刺入了他的心臟。

這一槍也是絕對致命的殺手！金振林一擊命中，絕不再停留，凌空翻身，掠出四丈。

鮮血濺出，邱鳳城倒下去時，金振林已在十丈外，黑衣人退得比他更快。

馬如龍沒有去追，卻竄到邱鳳城的身旁。他從不關心別人的死活，可是現在他不去追兇，卻搶著來看邱鳳城是不是已經死了，所以他錯過了一件事，一件任何人都想不到的事！金振林已追上了那黑衣人，兩個人並肩向外竄，黑衣人漸漸落後。忽然間，刀光又一閃，黑衣人掌中的雁翎刀，忽然閃電般劈出，一刀劈在金振林的左頸後，這一刀比剛才他的出手更快、更狠。

金振林慘呼，鮮血箭一般射出，想回頭來撲這黑衣人。他的身子剛撲起，就已倒了下去。

黑衣人一刀得手，也絕不再停留，身形起落，向谷外猛竄。他殺人的動作乾淨、俐落，而且極有效，顯然有極豐富的經驗。他殺人之後，殺了就走，連看都不再看一眼。可惜他還是慢了一步。

他忽然發現前面有人擋住了他的去路，他殺人滅口，別人也同樣要殺他滅口。他立刻想到了這一點。不等對方出手，他已先出手，他的刀比毒蛇更毒。他殺人一向很少失手，可惜這一次他的對象選錯了人。

並肩站在山谷外，擋住他去路的有三個人，一個高大威猛，一個肥胖臃腫，一個是和尚。高大威猛的是個銀髮赤面的老人，像貌堂堂，氣勢雄壯。和尚如果在江湖中走動，就一定有點來歷，「乞丐，女子，出家人」，一向都是江湖中最難鬥的三種人，大家都知道。

一個有經驗的人要殺人，當然要選最弱的一個。他選的是那看來非但臃腫，而且遲鈍的胖子。

他做夢也想不到這胖子竟是當今天下的刀法第一名家，「五虎斷門刀」的當代掌門人彭天霸。當今江湖中最快、最狠、最有名的一把刀，就是彭天霸的家傳五虎斷門刀。

彭天霸當然帶著刀，刀在腰，刀在鞘，可是忽然間就到了這黑衣人的咽喉。黑衣人的刀劈出，才看見眼前有刀光閃動，等他看見刀光時，刀鋒已割斷了他的咽喉。

那高大威猛的老人輕呼：「留下他的活口……」可惜他說出這句話的時候，黑衣人的頭顱幾乎已完全脫離了他的脖子。

彭天霸嘆了口氣，道：「你說得太遲了！」

高大威猛的老人也嘆了口氣，道：「其實我早就應該想到，你的刀下是從來沒有活口的。」

那和尚淡淡道：「彭大俠的殺孽雖重，殺的人卻都是該殺的人，這人片刻間刀傷五命，死得並不冤枉。」

高大威猛的老人道：「我只不過想問問他，『聚豐樓』的那五個堂倌和小廝，既非江湖中人，跟他也不會有什麼仇恨，他爲什麼一定要將他們置之死地？」

彭天霸道：「現在他雖然死了，這件事我們遲早還是問得出的。」

老人道：「問誰？這件事除了他之外，還有誰知道？」

忽然有個人大聲道：「我知道！」

邱鳳城居然還沒有死。他掙扎著，推開了馬如龍，喘息著道：「這件事幸好還有我知道。」

自從移花宮主姊妹仙去之後，武林中最神秘，也最神奇的一個女人，就是碧玉夫人，天下最神秘的地方就是碧玉山莊。江湖中對碧玉山莊裡的情況，瞭解得並不多，甚至不知道這山莊究竟在哪裡。因爲碧玉山莊也和移花宮一樣，是女子的天下，男人的禁地。

據說那裡的女人不但都很美，而且都有一身極神奇的武功。但是無論多能幹的女人，都有需要男人的時候，如果想傳宗接代，更少不了男人。

現在碧玉夫人的千金已長大了，碧玉夫人並不想要這唯一的女兒獨身到老，她也像別的母親一樣，想找個滿意的女婿。目前江湖中最有資格做她的女婿的，無疑就是四公子。

可惜她只有一個女兒，所以她只能在這四個人中挑選一個，所以她要這四個人到這寒梅谷來。碧玉夫人的邀請，從來沒有人能拒絕，也沒有人敢拒絕。

所以邱鳳城、馬如龍、杜青蓮、沈紅葉，這四位名公子全來了。碧玉夫人並沒有一定要他們保守秘密，但是他們自己卻沒有把這件事說出來。因爲四個人中只有一個人能中選，如果選不中，當然是件很沒面子的事，四公子的聲名全都如日中天，誰都丟不起這個人。

想不到酒裡居然有毒，杜青蓮和沈紅葉竟被毒死，更想不到邱鳳城的死敵金槍金振林也找到這裡，而且還找了個經驗豐富的殺手來。除了他們自己之外，絕沒有人會知道邱鳳城今天在這裡。金振林怎麼會知道的？

——當然是某一個人把他找來的，另外還找了個以殺人爲職業的刺客陪他來——因爲這個人知道金振林未必是邱鳳城的敵手。——這個人當然也就是在酒中下毒的人——這個人要金振林和那刺客埋伏在途中，把「聚豐樓」送酒菜到這裡來的五個堂倌小廝全都殺了滅口。

——這個人又要那刺客在事成之後，把金振林也殺了滅口——他不怕這刺客洩漏他的秘密，因爲一個以殺人爲生的人，不但要心黑、手辣、刀快，還得要嘴穩——所以這刺客就算沒有死，也絕不會洩漏這位僱主的秘密。

邱鳳城最後的結論是：

「我本來應該已經死在金振林的槍下，你們三位本來卻不該到這裡來的，所以這個人的計劃本來應該已完全成功，而且永遠沒有人能揭破他的陰謀和秘密，碧玉夫人不必再費心挑選，這個人已當然是碧玉山莊的東床快婿。」

邱鳳城並沒有說出這個人是誰，也不必再說出來。這個人是誰，每個人心裡都已很明白，每個人都在冷冷的看著馬如龍。

馬如龍沒有反應。別人用什麼眼色看他，別人心裡對他怎麼想，他都不在乎。

彭天霸一直不停的在來回走動，他的人雖然胖，卻極好動。這時他才停下來，停在金振林屍身旁，撿起了那桿金槍，掂了掂分量，喃喃道：「這桿槍並不重。」

邱鳳城道：「他練的是家傳梨花槍，走的本來是輕靈一路。」

彭天霸道：「據說有人曾經試過，把七個銅錢從他面前拋出去，他一槍刺出，絕對可以把七個錢眼全都刺穿。」

邱鳳城道：「他出手的確極準。」

彭天霸嘆了口氣，道：「他自己一定也想不到，這次居然會失手。」

邱鳳城道：「這次他也沒有失手。」

彭天霸淡淡道：「既然他沒有失手，你為什麼沒有死？」

邱鳳城沒有直接回答這句話，卻掙扎著解開了自己的衣襟。他外面穿的是貂裘，裡面還有三件緊身衣，貼身的衣服內襟，有個暗袋，正好在心口上，暗袋裡藏著個荷包。

荷包上繡著朵並蒂花，繡得極精緻，顯然是出自一個極細心的女子之手。現在荷包已經被刺穿了，正刺在那一雙並蒂花之間。荷包裡的一塊玉珮，也已經被刺得粉碎。

金振林那一槍並沒有失手，那一槍本來絕對可以刺穿邱鳳城的貂裘，刺入他的心臟。但是金振林沒有想到他還貼身藏著塊玉珮，而且正貼在他的心上。

邱鳳城道：「這是小婉送給我的，她要我貼身藏著，她要我不要因為別人而忘了她。」

他的眼神忽然變得很溫柔：「我沒有忘記她，所以我還活著。」小婉無疑就是他的情人，他寧死也不願背棄情人。

彭天霸嘆了口氣，目中已有了笑意，道：「原來一個人癡情也有好處。」

那高大威猛的老人忽然道：「邱公子，我雖然不認得你，你這對銀槍，我卻是認得的。」

邱鳳城道：「這是晚輩家傳之物，晚輩並不敢以此自炫。」

老人道：「我知道。」他的詞色也很溫和：「昔年令尊以這對銀槍力戰『長白群熊』時，我也在場。」

「長白群熊」幾兄弟個個都是強悍兇惡的巨寇，雄據遼東多年，江湖中從來沒有人敢輕犯他們的地盤。

邱鳳城的父親約得了「奉天大俠」馮超凡，力闖長白山，以一對銀槍和馮超凡一對純鋼混元牌，蕩平長白群熊的窩。這一戰不但當時轟動天下，至今猶膾炙人口。

邱鳳城道：「前輩莫非是馮大俠！」

老人道：「不錯，我就是馮超凡。」

他微笑道：「你看見了他剛才那一刀，想必也該知道他是誰了。」

除了五虎斷門刀之外，天下實在沒有那麼「絕」的刀法。刀絕、情絕、人絕、命絕！一刀絕命，永無活口。

邱鳳城嘆了口氣，道：「此人一定是作惡多端，才會遇見了五虎斷門刀。」

彭天霸笑了笑，道：「剛才出手的若是這和尚，他死得只怕更快。」這和尚的出手難道比五虎斷門刀更絕？

邱鳳城動容道：「這位前輩莫非是少林的絕大師？」

彭天霸道：「不錯，他就是絕和尚。」

少林絕僧的人更絕，情也更絕，天生嫉惡如仇，一個人如果有什麼過錯落在他手裡，這一生中就休想有片刻安穩了。

邱鳳城長長嘆息，道：「想不到蒼天竟將三位前輩送到這裡來了。」

彭天霸道：「可是我們本來的確不該來的，也不會來的。」

馮超凡道：「我們本來只不過想到聚豐樓去喝杯酒。」他是聚豐樓的老主顧。

飯館裡的老主顧都有固定的堂倌伺候，因爲只有這堂倌知道這位老主顧的脾氣，喜歡吃點什麼，喝點什麼，都用不著再吩咐。但是這天他去的時候，專門伺候他的堂倌「小顧」卻送了一桌酒菜到寒梅谷去了。——如此嚴寒，居然還有人在寒梅谷賞花飲酒，這人想必是個雅人。

彭天霸道：「三杯下肚，我們這三個老頭子也動了豪氣，想到寒梅谷看看這位雅人。」

馮超凡嘆道：「想不到我們走到半路，就看見小顧他們的屍身。」

彭天霸道：「每個人都是一刀就已致命，殺得好乾淨，好俐落！」

馮超凡道：「他也是用刀，當然更忍不住來看看是誰有這麼快的一把刀！」

彭天霸道：「所以我們這三個不該來的人就來了。」

這真是天意。邱鳳城仰面向天，喃喃道：「天網恢恢，疏而不漏，殺人者死！」

他忽然站起來，面對著馬如龍一字字道：「這三句話，你以後一定要牢記在心，千萬不要忘記。」

這時天色已漸漸暗了，冬天的夜晚總是來得特別早的。

三 天殺

馬如龍還是沒有反應。如果是別人，到了這種時候，縱然還沒有逃走，也一定會極力辯白。可是他沒有。他還是靜靜的站在那裡，別人說的這件事，好像跟他全無關係。

——他不辯白，是不是因為他知道這件事已無法辯白了？

——他不逃走，是不是因為他知道無論誰在這三個人面前都逃不了的？

絕大師也一直靜靜的站在那裡，淡漠的臉上也全無表情。這時他才開口：「我好像聽一個人說過，天下刀法的精萃，盡在五虎斷門刀中，所以天下各門各派的刀法，他沒有不知道的。」

彭天霸道：「你的確聽人說過，不是好像是聽人說過。」

絕大師道：「我是聽誰說的？」

彭天霸道：「當然是聽我說的。」

絕大師道：「你說的話，我一向都很相信。」

彭天霸道：「我雖然也會吹牛，卻只在女人面前吹，不在和尚面前吹。」他笑笑又道：「在和尚面前吹牛，就像是對牛彈琴，一點用處都沒有。」

絕大師既不動怒，也不反譏，臉上還是冷冷淡淡的全無表情，道：「剛才那黑衣人一刀就想要你的命，他用的那一刀，想必是他刀法中的精萃。」

彭天霸道：「在那種情況下，他當然要把他全身本領都使出來。」

絕大師道：「你好像說過，天下各門各派的刀法精萃，你沒有不知道的？」

彭天霸道：「我說過。」

絕大師道：「他那一刀是哪一門，哪一派的？」

彭天霸道：「不知道。」他回答得真乾脆，江湖中人人都知道「五虎斷門刀」的當代掌門，是個最乾脆的人。

絕大師卻偏偏還要問：「你真的不知道？」

彭天霸道：「不知道就是不知道，還有什麼真的假的！」

絕大師道：「你不知道，我知道。」

彭天霸顯然很意外，脫口問道：「你真的知道？」

絕大師道：「知道就是知道，也不分什麼真假。」

彭天霸笑了：「他用的那一刀，是哪一門哪一派的刀法？」

絕大師道：「那是天殺！」

天殺！

彭天霸道：「我又不懂了，什麼叫天殺？」

絕大師道：「你去解開他的衣服來看看。」

黑衣人的胸膛上，有十九個鮮紅的字，也不知是用硃砂刺出來的，還是用血？

天以萬物予人，人無一物予天，殺！殺！殺！殺！殺！殺！殺！

彭天霸道：「這就叫天殺？」

絕大師道：「是的。」

彭天霸道：「可惜我還是不懂。」

絕大師道：「這是個殺人的組織，這組織中的人以殺人爲業，也以殺人爲樂，只要你出得起金錢，你要他殺什麼人，他就殺什麼人。」

彭天霸道：「你怎麼知道的？」

絕大師道：「我追他們，已經追了五年。」

彭天霸道：「追什麼？」

絕大師道：「追他們的根據地，追他們的首領，追他們的命！」他淡淡的接著道：「殺人者死，他們殺人無算，他們不死，天理何存！」

彭天霸道：「你沒有追出來？」

絕大師道：「沒有。」

彭天霸道：「可是你總有一天會追出來的，追不出來，你死也不肯放手。」

絕大師道：「是的。」

天暗了，冷風如刀。彭天霸又俯下身，將黑衣人的衣襟拉起來，好像生怕他會冷。死人絕不會怕冷的。

這黑衣人如果還活著，就算冷死，彭天霸也不會管。但是無論誰對死人都反而會特別仁慈些，因爲每個人都會死的。等到他自己死了後，他也希望別人能夠對他仁慈些。彭天霸拉起了這死人的衣襟，就有樣東西從這死人衣襟裡掉了下來。

掉下來的是塊玉。玉，是珍中的珍，寶中的寶。玉是吉物，不但避邪，而且可以爲人帶來吉祥、平安、如意。

在古老的傳說中，甚至說玉可以「替死」，替主人死，救主人的命。小婉送給邱鳳城的那塊玉，就救了邱鳳城的命。

這塊玉卻要馬如龍的命。因爲這塊玉上結著條絲絛，絲絛上繫著塊金牌，金牌的正面，是一匹馬，金牌的反面是四個字！

天馬行空

這是天馬堂的令符，馬如龍就是天馬堂主人的長公子。

天馬堂的令符，怎麼會到了這刺客身上？這只有一種解釋：馬如龍用這塊玉和這令符，收買了這刺客，叫這刺客來爲他殺人。殺杜青蓮，殺邱鳳城，殺金振林，殺聚豐樓的堂倌和小廝。

可是他想不到邱鳳城居然沒有死，更想不到彭天霸、馮超凡，和絕大師會來。這是天意，天殺不是天意，天意是戒殺的！

直到現在爲止，誰也沒有說出「這個人」的名字，因爲這件事的關係太大，杜青蓮、沈紅葉、金振林，每一個人的死，都足以震動武林，而且極可能引起江湖中這幾大世家的仇殺！

只要他們的仇殺一開始，就絕不是短時期可以結束的，也不知會有多少無辜的人因此而死。這絕不是可以輕率下判斷的事。可是現在動機和證據全有了，而且鐵證如山。

馮超凡沉著臉，一字字道：「現在我們應該聽聽馬如龍有什麼話說。」

馬如龍沒有說話，他慢慢的解下了身上的銀狐裘，緩緩說道：「這是我三叔少年時，夜獵大雪山所得，先人的遺物，我不能讓它毀在我的手裡。」

他將這狐裘交給了彭天霸：「我知道閣下昔年和我三叔是朋友，我希望你能把他的遺物送回天馬堂，交給我的三嬸。」

彭天霸嘆了口氣，道：「馬三哥英年早逝，我……我一定替你送回去。」

馬如龍又慢慢的解下了他那柄劍光奪目的長劍，交給了絕大師。

他說：「這柄劍本來是武當玄真觀主送給家父的，少林武當，本是一脈相傳，希望你能把這柄劍送回玄真觀去，免得落入非人之手！」

絕大師道：「可以。」

馬如龍又從身上取出一疊銀票和金葉子，交給了馮超凡。

馮超凡道：「你要把這些東西，交給誰？」

馬如龍道：「錢財本是無主之物，交給誰都無妨。」

馮超凡沉吟著，終於接了過來，道：「我拿去替你救幾個人，做點好事。」

現在每個人都已看出馬如龍這是在交代後事，一個人在臨死前交託的事，很少有人會拒絕的。他們用兩隻手捧著馬如龍交託給他們的遺物，心情也難免很沉重。

馬如龍長長吐出口氣，喃喃道：「現在只剩下這匹馬了。」

他的白馬還繫在那邊一棵梅樹下，這種受過嚴格訓練的名種良駒，就像是個江湖高手一樣，臨危不亂，鎮靜如常。馬如龍走過去，解開了牠的韁繩，輕拍馬股，道：「去！」白馬輕嘶，小步奔出。

馬如龍轉過身，面對著馮超凡，道：「現在我只有一句話要說了。」

馮超凡道：「你說。」

馬如龍冷冷道：「你們都是豬！」

這句話說出，他的身子已箭一般倒竄了出去，凌空翻身。他的白馬開始時是用小步在跑，越跑越快，已在數十丈外。馬如龍用盡全力，施展出「天馬行空」的絕頂輕功。這種輕功身法最耗力，可是等到他氣力將衰時，他已追上了他的馬。這匹萬中選一的快馬，現在身子已跑熱了，速度已到達巔峰。馬如龍一掠上馬，馬長嘶，行如龍，人是純白的，馬也是純白的，大地一片銀白。

馮超凡和彭天霸也展動身形追過來，手裡還拿著馬如龍交給他們的金葉子和狐裘。等到他們發覺自己的愚蠢時，這一人一馬已消失在一片銀白中。馮超凡跺了跺腳，將手裡一疊金葉子用力摔在地上：「我真是個豬。」

天色更黯，風更冷。冷風刀一般迎面颳過來，馬如龍胸中卻像是有一團火。怒火！因為他自己知道自己絕不是兇手，絕沒有在酒裡下毒。只可惜除了他自己，誰都不會相信他是清白無辜的。他看出了這一點。他只有走！

死，他並不在乎，能夠和那些認定了他是兇手的人決一死戰，本是件快事！但是他若死在他們手裡，這冤枉就永遠再也沒法子洗清了。他要死，也要死得清白，死得光明磊落。他發誓，等到這件事水落石出，真相大白的那一天，他一定還要找他們決一死戰！

真正的兇手是誰？是誰在酒裡下的毒？是誰買通了那天殺的刺客？他連一點線索都沒有。

無論這個人是誰，都一定是個極陰沉毒狠的人，這計劃之周密，實在是無懈可擊。他是不是能揭穿這陰謀，找出真兇？現在他是連一點把握都沒有，現在他根本還不知道應該往哪裡下手。他只知道，在真兇還沒有找出來的時候，他就是別人眼中的兇手。

如果馮超凡、彭天霸，和少林絕大師都說一個人是兇手，江湖中絕沒有人還會懷疑，不管他走到哪裡，都一定有人要將他置之死地。他更不能把這麻煩帶回去。一個千夫所指的兇手，本來就是無處可去，無路可走的。

如果是別人，在他這種情況下，說不定會被活活氣死、急死，可是他不在乎。他相信天地之大，總有他可以去的地方，也相信天網恢恢，疏而不漏，總有一天他能把真兇找出來的。他對自己有信心，他對自己全身上下每個地方都充滿信心，他的手比別人更有力，他的思想比別人更靈活，他的耳和他的眼也比別人更靈敏。

就在這時候，他已聽見了一點別人很可能聽不見的聲音。彷彿是在呼喊，卻又微弱得像是呻吟。然後他就看見了一束頭髮。天色雖然已黯了，可是漆黑的頭髮在銀白的雪地上，看來還是很顯眼。

如果別人經過這裡，很可能也會看見這束頭髮的，卻一定看不見這個人。這個人全身都已被埋在冰雪裡，只露出了半邊蒼白的臉。這半邊臉在他眼前一閃，快馬就已飛馳而過。他沒有停下來。他在亡命。

情絕人更絕的絕大師，絕不會放過他的，現在很可能已追了上來。這次他們如果追上他，是絕不會再讓他有機會逃走的，他絕不能爲一個已經快凍死的陌生人停下來。

——但是那個人一定還沒有死，還在呻吟。馬行如飛，已奔出了很遠，他忽然勒轉馬頭，兜了回去。

一個人如果見死不救，他還有什麼值得自己驕傲的？馬如龍是個驕傲的人，非常驕傲。

連漆黑的頭髮都已結了冰，蒼白的臉上更已完全沒有血色。這個人居然奇蹟般的活著。

——一個人如果被埋在冰雪裡，要過多久才會被凍死？

據說女人忍受飢寒痛苦的力量，要比男人強些。這個人，是女人，很年輕，卻不美，事實上，這個女人不但醜，簡直醜得很可怕。她的鼻樑破碎而歪斜，鼻子下是一張肥厚如豬的嘴，再加上一雙老鼠般的眼睛，全都長在一張全無血色的圓臉上。這個女人看來就像是個手工拙劣的瓷人，入窯時就已燒壞了。

現在她雖然還沒有死，要活下去也已很難。如果有一杯燒酒，一碗熱湯，一件皮裘，一個醫道很好的大夫，也許還能保住她的命。可惜現在什麼都沒有。

馬如龍自己身上的衣服已不足禦寒，自己的命也未必能保住。他已經盡了心，現在實在應該拋下這個其醜無比的陌生女人趕快走的。但是他卻將自己身上唯一一件可以保暖的乾燥衣服脫下來，裹在她的身上，把她的身子緊緊包住，用自己的體溫去暖她。

——男人最大的悲哀是「愚蠢」，女人最大的悲哀卻是「醜陋」。一個醜陋的女人，通常都是個可憐的女人。馬如龍非但沒有因爲她的醜陋而拋下她，反而對她更同情。只要他還有一口氣，就絕不會眼看著她像野狗般凍死。但是他並不知道把她帶到哪裡去，現在他自己也已一無所有，無處可去。

這時天已黑了。

寒冬的夜晚不但總是來得特別早，而且總是特別長。

四　長夜

夜。漫長的寒夜剛開始。馬如龍拾了些枯枝，在這殘破的廢廟裡找了個避風的地方，生起了一堆火。

火光很可能會把敵人引來，任何人都知道，逃亡中是絕不能生火的，就算冷死也不能生火。但是這個女人實在需要一堆火，他可以被冷死，卻不能讓這個陌生的女人因爲他畏懼敵人的追蹤而被冷死。他寧死也不做這種可恥的事。

火堆生得很旺。他將這女人移到最暖和，最乾燥的地方，他自己也同樣需要休息。他剛閉起眼睛沒多久，忽然聽見有個人尖聲問：「你是什麼人？」

這個女人居然醒了。她不但醜得可怕，聲音也同樣尖銳可怕。馬如龍沒有回答她的話。現在他自己也不知道自己是誰了，一個亡命的人，既沒有未來，也沒有過去。他慢慢的站起來，想過來看看這女人的情況，是不是能走能動，能不能再活下去。誰知這女人卻忽然從火堆旁抄起一根枯枝，大聲嚷道：「你敢過來，我就打死你！」他冒險救了她的命，這個奇醜無比的女人卻好像認爲他要來強姦她。馬如龍一句話都沒有說，又坐下。

這女人手裡還緊緊握著那根枯枝，用一雙老鼠般的眼睛狠狠盯著他。馬如龍又閉上了眼睛。他實在懶得去看她，這女人卻又在尖聲問：「我怎麼會到這裡來的？」馬如龍也懶得回答。

這女人總算想起了自己的遭遇，所以才問道：「我剛才好像已經被埋在雪堆裡，是不是你救了我？」

馬如龍道：「是的。」

想不到這女人又叫了起來：「你既然救了我，爲什麼不把我送到城裡去找個大夫？爲什麼要把我帶到這破廟來？」

她的聲音更尖銳：「你這種人我看得多了，我知道你一定沒有存好心。」

馬如龍本來已幾乎忍不住要說：「你放心，我不會強姦你的，像你長得這副尊容，我還沒興趣。」但是他沒有說出來。這女人的臉在火光下看來更醜，他不忍再去傷她的心。所以他只有緩緩嘆了口氣，道：「我沒有送你去找大夫，只因爲我已囊空如洗。」

這女人冷笑道：「一個大男人，怎麼會混成這種樣子，窮得連一文都沒有，一定是因爲你好吃懶做，不務正業。」馬如龍又懶得理她了。這女人卻還不肯放過他，還在嘮嘮叨叨的罵他不長進，沒出息。

馬如龍忽然站起來，冷冷道：「這裡的枯柴，足夠你燒一夜，等到天亮，一定會有人找到這裡來的。」他實在受不了，只好走。

這女人卻又尖聲嚷叫起來：「你幹什麼？你想走？難道你想把我一個孤苦伶仃的弱女子，

拋在這裡不管了，你還算什麼男人？」她這樣子實在不能算是個「弱女子」，可惜她確實是個女人。

這女人冷笑道：「你是不是怕我的對頭追來，所以想趕快溜之大吉？」

馬如龍忍不住了，他問道：「你有對頭？」

這女人道：「我沒有對頭？難道是我自已把我自已埋在雪堆裡的，難道我有毛病？」

馬如龍又慢慢的坐了下去。他並沒有問她，對頭是誰？爲什麼要來追你？他只知道現在絕不能走了。一個弱女子，被人埋在冰雪裡，被人追殺，一個男子漢既然遇到了這種事，就絕不能不管。

這女人又問道：「現在你不走了？」

馬如龍道：「我不走了。」

這女人居然道：「你爲什麼不走了？是不是又想打什麼壞主意？」馬如龍居然笑了。他實在忍不住要笑，像這樣的女人實在少見得很，想不到他居然在無意間遇到一個。他不笑又能怎麼樣，難道去痛哭一場？難道去一頭撞死？

這女人又尖叫道：「你一個人偷偷的笑什麼？你究竟在打什麼鬼主意？說！」

馬如龍什麼都沒有說，因爲破廟外已經有人在說道：「他不會說的，這位馬公子心裡在打什麼主意，從來都不會說出來的。」火光閃動中，一個人慢慢的走了進來，赫然竟是彭天霸。

彭天霸手裡還拎著那件銀狐皮裘，用左手拎著。他的右手裡提著的是把刀，一把已經出了鞘的刀，五虎斷門刀。可惜這女人既不認得他這個人，也不認得他這把刀。她一雙老鼠般的眼睛立刻又瞪了起來，大聲道：「你是誰？」

彭天霸道：「我是條豬。」

這女人道：「你雖然長得胖了些，比豬好像還瘦一點。」

彭天霸嘆了口氣，道：「只可惜我比豬還笨一點，所以，才會接下他這件銀狐裘。」

這女人顯得很意外，問道：「這是他的？」

彭天霸道：「是。」

這女人道：「他為什麼要把這麼好的東西給你？」

彭天霸道：「因為他要用這件皮裘拿住我的手。」

這女人道：「是你用手拿住這皮裘，還是這皮裘拿住你的手？」

彭天霸道：「都是一樣的。」

這女人道：「怎麼會一樣？」

彭天霸道：「不管是這皮裘拿住了我的手，還是我的手拿住這皮裘，反正我這隻手上已經有了東西，既不能拔刀，也不能發鏢了。」他的飛虎追魂鏢，也和他的五虎斷門刀同樣可怕。

這女人卻不懂：「他為什麼不讓你拔刀，又不讓你發鏢？」

彭天霸道：「因為他要逃走。」

這女人道：「他為什麼要逃走？是不是因為你欺負他？你為什麼要欺負人？」

彭天霸只有苦笑。他終於發現自己跟這女人說話，實在不是件明智之舉。他立刻沉下了臉，冷冷道：「馬公子，這次你用不著再逃了，這次我們三個人分成了三路，現在只有我一個人，你不妨把我也殺了滅口。」

馬如龍沒有開口，這女人卻搶著道：「他不會殺你的，他是個好人。」

彭天霸道：「他是個好人？」

這女人道：「他當然是個好人，我從來都沒有見過他這樣好的人，你敢碰他，我就打死你！」

彭天霸笑了，冷笑，想不到這女人忽然撲了過來，抱住了他的膀子，大聲道：「我替你擋住他，你快走。」

馬如龍沒有走。她也擋不住彭天霸，彭天霸的臂一振，她就倒在地上。

彭天霸道：「你說的話太多了，一定累得很，還是躺一躺的好。」他輕輕一腳踢出，踢住了她的暈穴，把手裡的狐裘蓋在她身上。

馬如龍眼睛盯著他手裡的刀，等著他出手。想不到彭天霸反而把刀又插入了腰畔的刀鞘，伸出一雙手來烤火。他知道馬如龍逃不了的，在出手之前，先使雙手的血脈暢通。這老江湖的鎮定與沉著，讓人不能不佩服。

馬如龍居然也很沉得住氣，既沒有顯得焦躁不安，也沒有搶先出手。

火勢已弱。彭天霸又加了幾根柴木在火堆裡，才緩緩地說道：「你可知道我跟你三叔是朋友？」

馬如龍道：「嗯。」

彭天霸道：「他生前是不是曾經在你面前，說起我的事？」

馬如龍道：「嗯。」

彭天霸道：「他有沒有說起過，我跟他怎麼交上朋友的？」

馬如龍道：「沒有。」

彭天霸道：「我們是不打不相識。」他笑了笑，又接道：「你三叔是個極驕傲的人，當然不會在你面前，提起這件事。」

馬如龍道：「爲什麼？」

彭天霸道：「因爲我的聰明才智雖然比不上他，可惜他的興趣太廣了，琴棋書畫，什麼他都要去學一學，練劍的時間當然就不會有太多。」

這一點馬如龍也聽說過，他的三叔不僅是位極負盛名的劍客，也是位極有名的花花公子。

彭天霸道：「所以他雖然樣樣比我強，武功卻不如我，我跟他曾經交手三次，每一次都是在一百招之內將他擊敗的。」他不讓馬如龍開口，忽然又問道：「你的劍法比起你三叔如何？」

馬如龍沉吟著，過了很久，才緩緩道：「我不如他。」

彭天霸道：「我也相信你的劍法絕對不如他，所以你手裡縱然有劍，我也可以在一百招之內，取你的性命。」他淡淡的接著道：「現在你是空著手的，最多只能接我六十招。」

馬如龍沒有開口。彭天霸又道：「我的刀法，刀刀俱是殺手，每招出手必盡全力，有時雖然不想殺人，可是一刀劈出後，我自己也控制不住。」

他嘆了口氣道：「所以我的刀下一向很少有活口。」馬如龍沉默。彭天霸又道：「你也和你的三叔一樣，是個絕頂聰明，也驕傲已極的人，但是我並不希望你和他一樣早死。」

彭天霸也沉吟了很久，才緩緩道：「我忽然覺得這件事有幾點奇怪的地方。」

馬如龍道：「你究竟想說什麼？」

馬如龍道：「哦？」

彭天霸道：「你知不知道我怎麼會找到這裡來的？」

馬如龍搖頭。

彭天霸道：「是你自己把我帶來的。是你在雪地上留下的那些馬蹄印子把我帶來的。」

馬如龍居然沒有想到這一點，因爲他從來沒有逃亡過。

彭天霸道：「你能想得出那麼周密狠毒的計劃來害人，就不該這麼的疏忽大意，更不該在自己救命還來不及的時候，冒險去救一個像她這麼樣奇醜無比的陌生女人。」他嘆了口氣，又道：「這些事你卻偏偏做出來了，看來，又不像是裝出來的，我雖然是條豬，也不能不覺得有點奇怪，所以……」

馬如龍道：「所以怎麼樣？」

彭天霸道：「所以我希望你能好好的跟我走，不要逼我出手。」

馬如龍淡淡道：「你要我跟你到哪裡去？」

彭天霸道：「暫時我便把你送到少林去，三個月內，我一定替你查明這件事的真相，到那時我一定會給你個公道。」馬如龍既沒有答應，也沒有拒絕。

彭天霸道：「現在你已是眾矢之的，無論走到哪裡，別人都不會放過你，你只有這條路走。」這是實話，也是實情。

彭天霸慢慢的走過來，道：「所以現在你一定要完全信任我，現在也只有我能幫助你。」他伸出他的手。看來這的確已經是世上唯一肯幫助馬如龍，唯一能幫助馬如龍的一雙手了。

馬如龍終於把這雙手握住，道：「我相信你，可是……」他沒有再說下去。因爲就在這時候，彭天霸已突然飛起一腳，踢在他環跳穴上。他的腿一軟，彭天霸的手已閃電般一翻，扣住了他的脈門，縱聲大笑道：「現在你總該知道，究竟誰是豬了！」

手放開，人倒下。「咯」的一聲脆響，五虎斷門刀又已出鞘。彭天霸的確不愧是當今江湖中數一數二的刀法名家。拔刀的動作不但乾淨俐落，而且姿勢優美。

他殺人的姿勢想必也同樣優美，拔刀，通常都是爲了要殺人的。但是他應該還有很多事要問馬如龍，縱然他已確定馬如龍就是真兇，也應該先問清楚。爲什麼他現在就已拔刀？

馬如龍終於明白了。看見彭天霸的刀拔出來，他就明白了，兇手就是彭天霸！所有的陰謀和行動，都是他在暗中主持的，所以他絕不能留下那「天殺」黑衣人的活口。

所以他現在根本不必再問什麼，他同樣也不能再留下馬如龍的活口。只可惜馬如龍現在雖然已完全明白，卻已太遲了，刀光如雪，已向他直劈了下來。

想不到的是，這一刀還沒有劈在馬如龍脖子上，彭天霸的人竟然跳了起來，凌空翻身，遠遠落下，臉色已慘變，厲聲喝問：「是什麼人？」除了已經被他點了穴道的兩個人之外，這裡根本沒有別的人。難道他看見了鬼？

火光明滅閃動，彭天霸的臉色好像也跟著在閃，一陣紅，一陣白、青。可是這裡非但看不見別的人，連鬼影子都看不見一個。他忽然一個箭步竄過來，一刀向馬如龍的脖子劈了下去。

他又見了鬼！這一次他見的鬼一定更可怕。馬如龍什麼都沒有看見，他卻又跳了起來，跳得更高，而且凌空翻了個身之後，就竄了出去，連頭都沒有回。

破廟外一片黑暗，他一竄出去，就連人的影子都看不見了。火焰閃動，風在呼嘯。寒風中忽然又傳來一聲呼喊，短促而尖銳，充滿了恐懼和驚訝。

馬如龍聽出呼聲是彭天霸發出來的，卻猜不出這是怎麼回事。他很想出去看看，可惜他雙腕和兩膝的穴道都已被點住。

彭天霸雖然是以刀法成名的，點穴的手法也絕不比人差。這時只要有個人進來，手裡只要有把刀，隨便他是個什麼樣的人，隨便他手裡拿著的是把什麼樣的刀，都可以一刀割斷馬如龍的咽喉。幸好沒有人進來。沒有人，沒有鬼，沒有聲音，沒有動靜，什麼都沒有。天地間彷彿已只剩下他們兩個連動都動不了的人，和一堆快要熄滅了的火。

但是，馬如龍知道隨時都可能有人會來的。就算彭天霸不會再回來，馮超凡、絕大師、邱鳳城，都隨時可能會來。無論來的是誰，都絕不會放過他。

現在漫長寒冷的夜晚還沒有過去，還不知道會發生些什麼事。冬天的夜晚總是特別長、特別長的。

五　大婉

枯枝燒得很快，火已越來越小了。馬如龍盡量要自己冷靜，他的心還沒有冷靜下來，身子卻越來越冷，整個人都已快凍僵。火已經快滅了，被點的穴道，還不知要等到什麼時候才能解開。

現在還沒有到一個晚上最冷的時候，再這樣冷下去，說不定，會活活冷死在這裡。他從來沒有想到過，像他這麼樣一個人，會有可能被凍死。其實人生就是這樣子的，未來的事，誰也沒法子預料。造化弄人，誰也沒法子預告自己的命運。

馬如龍在心裡嘆了口氣，忽然發覺自己並沒有自己想像中那麼值得驕傲。就在這時候，那女人忽然從狐裘裡伸出頭來。

馬如龍的氣血還沒有通，她的穴道反而先開了，用一雙小老鼠的小眼睛，像隻小老鼠般東張西望了半天，才長長吐出口氣，道：「想不到那胖子居然走了，想不到你居然還活著。」這的確是件很意外的事！無論誰都想不到彭天霸會放過馬如龍，就像是隻中了箭的兔子一樣忽然落荒而逃。

她站起來，穿起了馬如龍的皮裘，笑道：「這件衣服的皮毛真不錯，又輕又軟又暖和，我穿著大小也正好剛合適。」

幸好馬如龍還能說話，忍不住道：「只可惜這件衣服好像是我的。」

這女人搖頭道：「這不是你的，現在已經不是你的了。」

馬如龍道：「爲什麼？」

這女人道：「因爲你已經把它送給了那胖子，那胖子又送給了我。」

她笑得更愉快：「所以現在這件衣服已經是我的了。」

馬如龍並沒有爭辯。他一向不是個小家子氣的人，這種事他根本不在乎。可是他實在太冷，又忍不住道：「你能不能加點火？」

這女人說道：「加火幹什麼？我又不冷。」

馬如龍苦笑道：「你不冷，我冷。」

這女人說道：「我不冷，你爲什麼會冷？」

馬如龍怔住了。這女人實在太妙了，妙得讓人哭也哭不出，笑也笑不出。他的肚子居然還沒有被氣破，已經是他的運氣。

這女人居然又道：「年輕人一定要能夠吃苦耐勞，冷一點又有什麼關係？你年紀輕輕，連這點苦都不能吃，將來還能做什麼大事？」

馬如龍只有閉上嘴。他終於發覺要跟這種女人講理，不但是白費力氣，簡直愚不可及。

一個男人遇見了一個這麼樣的女人，最好的法子就是把眼睛和嘴全都閉起來。

這女人居然放過了他，喃喃道：「不知道天是不是快亮了，我出去看看。」她一個人自言自語走了出去，剛走出去，忽然又大叫一聲，跑了回來，也像是屁股上忽然中了一箭。

馬如龍本來不想理她的，可是這個女人雖然討厭，對他總算不錯，不但說他是個好人，而且還拚了命去抱住彭天霸叫他快走。一個人只要還活著，就要活得問心無愧，就要恩怨分明。所以馬如龍不能不問：「什麼事？」

這女人驚聲道：「外面……外面有個人。」

天寒地凍，半夜三更，這個荒僻的破廟外面怎麼會有人？馬如龍更不能不問：「誰？」

這女人道：「就是剛才那個胖子。」

馬如龍動容道：「他還沒有走？」

這女人道：「還沒有。」既然沒有走，爲什麼不進來？馬如龍道：「他在外面幹什麼？」

這女人道：「誰知道他在幹什麼？他一個人躺在那裡，好像睡著了。」她居然還能解釋：「胖子總是喜歡睡覺的。」

可是不管多胖，多喜歡睡覺的人，也不會睡在雪地上的。馬如龍道：「你一定看錯了。」

這女人道：「我絕不會看錯，我的眼睛不但長得漂亮，而且眼力最好。」她的眼睛實在長得不難看，至少比老鼠要好看一點。

馬如龍說道：「你能不能再出去看看？」

這女人道：「你自己爲什麼不出去看看？」馬如龍又閉上了嘴。

這女人看著他，忽然笑道：「我明白了，你一定也跟我一樣，也被那胖子踢了一腳，所以現在連動都不能動。」馬如龍閉著嘴。這女人居然說：「好，我就替你出去看看，你對我總算還不錯。」可是她剛走出去，又大叫一聲，跑了回來，看樣子比剛才還吃驚。

馬如龍道：「他不在了？」

這女人喘息著道：「他……他還在，他永遠都走不了的。」

馬如龍道：「爲什麼？」

這女人道：「因爲他已經死了！」

彭天霸怎麼會死？剛才他還活得很好，而且身體健康，無病無痛，看起來比誰都要活得長些。

馬如龍道：「他真的死了？」

這女人道：「絕對死了，從頭到腳都死了，死得乾乾淨淨。」

馬如龍道：「你看不看得出他是怎麼會忽然死了的？」

這女人道：「我當然看得出。」她好像在發抖：「無論誰的脖子被砍了一刀，我都看得出他非死不可！」

馬如龍更驚奇。彭天霸絕對是當今武林中數一數二的刀法名家。他的脖子怎麼會被人砍了一刀？這一刀是誰砍的？天下還有誰的刀法比他更快？更高明？這個人爲什麼要砍他一刀？

只有一種解釋！真正的兇手並不是彭天霸，主持這陰謀的還另有其人，連彭天霸都一直在受這個人操縱。現在這個人把彭天霸也殺了滅口。這個人是誰？他既然殺了彭天霸，爲什麼不進來把馬如龍也殺了滅口？

這些問題除了「這個人」之外，絕沒有第二個人能回答。馬如龍終於發現，這陰謀遠比他想像中更複雜，更可怕。

這女人忽然道：「不行。」

馬如龍道：「什麼事不行？」

這女人道：「我們絕不能夠再留在這裡。」

馬如龍同意。他們確實不能夠再留在這裡，只可惜他偏偏又沒法子走。

這女人忽然又道：「我是個女人。」

馬如龍道：「我知道。」

這女人道：「英雄好漢都是男人，君子也一定是男人，所以……」

馬如龍道：「所以怎麼樣？」

這女人道：「所以我既不是君子，也不是英雄好漢。」她嘆了口氣，道：「所以你雖然不能走，我卻要走了。」

爲了她，馬如龍才會在這裡停下來，才會生起這堆火，遇到這件事。現在她居然要一個人走了。

馬如龍居然答應：「好，你走吧。」

這女人居然又說：「可是我走不動，我一定要把你的馬騎走。」

馬如龍居然也答應道：「好，你騎走吧。」

這女人終於也覺得這個人有點奇怪了，她總算還有點人性。她居然也忍不住嘆了口氣，道：「你這個人實在是個好人，只可惜……」

馬如龍道：「只可惜什麼？」

這女人道：「只可惜好人都是不長命的。」

她居然真的走了，穿著馬如龍的狐裘，騎著馬如龍的白馬走了。火堆已熄滅，她居然也沒有替他加柴添火。這女人做出來的事真絕，簡直比絕大師還要絕一百倍。

寒夜寂寂，蹄聲還沒有去遠，寒風中忽然又傳來一陣極輕快的腳步聲。兩個人的腳步聲，停在破廟外。

「有個死人在這裡，」一個人失聲道：「死的是彭天霸！」

「還有沒有救？」

「一刀致命，神仙也救不活。」

馬如龍的心沉了下去。他聽得出這兩個人的聲音，正是絕大師，和馮超凡。看見了彭天霸的屍身，再找到他，他們絕不會再給他任何機會解釋。想不到他們並沒有進來，因爲他們也看見了剛才疾馳而去的白馬。

「那一定是天馬堂的白龍駒。」他們也看見了馬上人穿著的狐裘。

「一刀致命，殺了就走，好辣的手，好狠的人！」

「他逃不了的。」

「可是彭天霸……」

「彭天霸會在這裡等，馬如龍卻不會等，我們追！」

這幾句話說完，腳步聲和衣袂帶風聲都已去遠。他們都將那個穿著狐裘，騎著白馬的女人當作了馬如龍。他們都想不到破廟裡還有人。

如果那女人沒有走，如果這裡有火光，如果那匹白馬還留在這裡，現在會是種什麼樣的情況？馬如龍當然可以想像得到。他忽然發覺那個女人做事不但絕，而且絕得很巧，絕得很妙。他忽然發現她也許並不是別人想像中那種不通人情，蠻不講理的女人。也許她比誰都聰明得多。

無論多寒冷漫長的黑夜，總有天亮的時候，無論被什麼人點住了的穴道，總有開解的時候。現在天已經亮了，被封閉的穴道，氣血也已通了。

彭天霸用的手法並不太重，他並不想把馬如龍的穴道封閉太久。因爲馬如龍絕對活不了太久的。想不到馬如龍現在還活著，他自己的屍體卻已完全冰冷僵硬。那一刀正砍在他左頸上，是從前面砍下去的，卻連後面的大血管都已砍斷。

一刀致命，一刀就已得手。這位以刀法名震武林的高手，竟似完全沒有閃避招架。世上絕沒有任何人能使他完全沒有招架閃避之力，一刀就要了他的命。

除非他做夢也想不到這個人會對他下毒手，做夢也想不到這一刀會砍下來。因爲這個人是他的朋友，很接近的朋友，很信任的朋友。他們共同計劃這件事，現在他們的計劃已成功，想不到這個人竟要把他也殺了滅口。這個人是誰？馬如龍非但猜不出，而且完全沒有一點頭緒，一點線索。這問題根本沒有任何人能回答。

另外一個比較容易的問題是——這計劃成功後，會發生什麼事？會有什麼樣的結果？對誰最有好處？

——這個人計劃做這件事，當然是爲了自己的好處。這計劃成功後，馬如龍就會被認定是兇手。杜青蓮、沈紅葉、邱鳳城的親人和朋友，都會去找馬如龍算帳。

如果他們找不到馬如龍，就會去找天馬堂。如果他們殺了馬如龍，天馬堂也一定會去找他們算帳。所以這件事到最後結果，一定是火併，天馬堂和杜、沈、邱三家的火併。

這四大家族的火併，最後一定是兩敗俱傷。鷸蚌相爭，得利的是漁翁。誰是這個漁翁？

又是晴天。雪地上的馬蹄印子，明顯得就像是特地畫出來，好讓別人追上去的。現在他們是不是已經追上了她？

馬如龍甚至可以想像到人們發現她是個什麼樣的女人後，臉上那種哭笑不得的表情。他忽然覺得這個女人很絕，很醜，很怪，卻很有趣。這是他第一次覺得她很有趣。

不管怎麼樣，他並沒有虧欠她什麼，以後他恐怕再也不會見到她的人了。她是往東走的，他決定往西去。現在，他不但冷得要命，而且餓得要命。他知道西面有個很大的城市，有家很好的客棧，屋子總是收拾得很乾淨，床上總是鋪著新換的被單，屋裡總是生著很旺的火！廚房裡隨時都準備著上好的羊肉涮鍋，烤得又香又酥的芝麻醬燒餅。這些正是他現在最需要的。

繁華熱鬧的城市，乾淨整齊的街道，那家客棧的店小二，正在門口拉生意。馬如龍卻不敢進去了。快走到門口時，他才想起自己身上已不名一文，連買個燒餅的錢都沒有。門口的店小二也並沒有拉這位客人進去的意思，一個在如此嚴寒天氣裡，身上連件皮貨都沒有的人，絕不會是好客人。

被人冷落的滋味實在不好受。這是馬如龍第一次嚐到這種滋味，他終於發現了金錢的價值，實在比他以前想像中高得多。既然飢寒交迫，囊空如洗，他還是挺起胸膛，大步走了過去。

雖然連他自己都不知道自己要到哪裡去，他的腳步還是沒有停。就在這時候，他看見了一匹白馬。他認得這匹馬，這匹馬好像也認得他，正看著他揚蹄輕嘶，這匹馬居然就是他的白龍駒。

馬繫在一家酒樓下，樓上的窗戶裡忽然有個人探出頭來向他招手。這個人居然就是那個讓人覺得又絕、又妙、又有趣的醜八怪。她明明是往東去的，怎麼忽然又到了這個西邊的城市裡？

她大聲招呼：「上來，快上來。」馬如龍還在遲疑，她又大聲道：「你是要自己走上來，還是要我下來拉你？」他只有苦笑，「我上去，我自己上去。」

酒樓上溫暖而寬敞，充滿了羊肉酥魚，茅台大麴，和芝麻醬燒餅的香氣。

她一個人佔據了一張可以坐得下八個人的位子，桌上擺著連八個人都吃不了的酒菜。她身上還穿著馬如龍那件狐裘，看著馬如龍道：「坐下，快坐下。」

馬如龍只有坐下。她又大聲道：「吃，快吃。」

馬如龍只有吃。他不想讓她過來拉他，也不想要她把羊肉塞到他嘴裡。她做事好像通常都不太給別人選擇的餘地。

看到馬如龍把一塊燉得極爛的小羊肉吞下肚，這女人眼睛裡才有了笑意，卻還是板著臉道：「年輕人不但要能餓，還要能吃，你不把這碗燉羊肉吃完，不管你想說什麼，我都不理你。」

馬如龍居然真的把一大碗燉羊肉都吃完了，還吃了兩個燒餅。

這女人又倒了一大碗酒給他：「吃飽了肚子，就可以喝酒了，快喝！」

這次馬如龍卻在搖頭道：「不喝。」

這女人道：「你是不是要我捏著你的鼻子灌下去？」

馬如龍不理她。他實在不相信一個女人會在大庭廣眾之下捏住他的鼻子。可是他想錯了。她居然真的捏住了他的鼻子。

她的臉雖然長得又醜又怪，一雙手卻長得很好看。而且纖秀光滑，柔若無骨。這是馬如龍第一次發現她身上居然還有個地方長得好看，他終於把這碗酒喝了下去。

自從那次在珍珠坊大醉了三天之後，他就滴酒不沾。他已決心戒酒。可是不管多有決心的人，在經過了他遇見的這些倒楣事之後，而且又被一個女人在大庭廣眾間捏住鼻子的時候，決心都會動搖的。

這女人終於笑了，道：「這樣才像話，一個人，如果連酒都不敢喝，算什麼男子漢！」

她又替他倒了一碗：「可是你放心，這酒裡沒有毒，我並不想毒死你。」

馬如龍既然已開了戒，索性就喝個痛快。他本來就想大醉一場，無論誰在他這種情況下，都會想大醉一場的。三大碗下肚，酒意上湧，他終於問道：「現在我是不是已經可以說話了？」

這女人冷冷道：「有話快說，有屁快放。」

馬如龍問道：「你怎麼會跑到這裡來了？」

這女人道：「我高興來，就來了。」

馬如龍道：「你本來明明是往東邊去的。」

這女人說道：「可是我忽然想到西邊來。」

馬如龍道：「你不是在盯著我？」

這女人道：「你是不是以為你自己長得很漂亮，女人都要盯著你？」她忽然又冷笑，道：

「我既不是杜青蓮的媽，又不是沈紅葉的娘，更不是那個臭和尚的祖奶奶，我爲什麼要盯著你？」

馬如龍動容道：「你知道這件事？」

這女人道：「哼。」

馬如龍道：「你怎麼會知道的？」

這女人道：「哼。」

馬如龍道：「你是不是看見了馮超凡和絕和尚，是不是他們告訴你的？」

這女人連哼都不再哼一聲，又滿滿的替他加了一碗酒，一大碗。

馬如龍嘆了口氣，道：「你喝酒是不是一定要用大碗？」

這女人終於回答：「是。」

馬如龍問道：「你爲什麼一定要用大碗？」

這女人道：「只有小婉喝酒才用小碗，我又不是小婉。」

小婉？馬如龍好像聽過這名字，聽邱鳳城說的，邱鳳城的情人就叫小婉，他荷包中那塊玉，就是小婉送給他的。

馬如龍忍不住又問道：「你也知道小婉？」

這女人冷冷道：「你問得太多了。」

馬如龍道：「可是你連一句都沒有回答。」

這女人道：「那只因爲你問的都是不該問的話，該問的你都沒有問。」

馬如龍道：「我該問什麼？」

這女人道：「你吃了我的肉，喝了我的酒，至少應該先問問我貴姓大名的！」

馬如龍道：「你貴姓大名？」

這女人道：「小婉喝酒用小碗，我用大碗喝酒，應該叫什麼？」

馬如龍道：「你叫大婉？」

這女人居然笑了笑，道：「這次你總算變得聰明些了。」

六 破碗

這個女人叫大婉。她的臉雖然長得又醜又怪，一雙手卻比大多數女人都好看。她的眼睛雖然又小又狹，又斜，可是笑起來的時候，眼波卻很柔美，就像是陽光下流動著的小小一泓春水。

她說的話雖然尖酸刻薄，但是仔細想一想，其中又彷彿另有深意。她做的事雖然令人哭笑不得，而且蠻不講理，但是以後你卻往往會發現她這麼樣是爲了你。若不是因爲她穿走了馬如龍的狐裘，騎走了他的白馬，他恐怕已活不到現在。

現在她很可能已從馮超凡他們嘴裡知道了這件事，但卻還沒有把馬如龍當作一個冷血的兇手。現在世界上唯一一個還肯把他當作朋友的人，恐怕就是她了。她究竟是個什麼樣的人？

馬如龍忽然道：「你是個好人。」他嘆了口氣：「以前我總覺得你有點不講道理，現在才知道你是個好人。」

大婉道：「你怎知道我是個好人？」

馬如龍道：「我說不出，可是，我知道。」

他也替她倒了碗酒：「來，我用大碗敬你一大碗。」大婉居然真的喝了這一大碗，喝得很痛快。

馬如龍忽然又問道：「你這個大婉，跟那個小婉有沒有什麼關係？」

大婉道：「沒有。」

馬如龍道：「可惜。」

大婉道：「爲什麼可惜？是不是因爲你想看看那個小婉？」

馬如龍道：「我實在很想看看她。」

大婉道：「可惜你找不到她。」

馬如龍苦笑，說道：「可惜她不叫大婉。」

大婉道：「這又有什麼可惜？」

馬如龍道：「如果她叫大婉，我就比較容易找得到了，可惜她偏偏要叫小婉。」他又解釋：「叫大婉的女孩子絕不會太多，叫小婉的女孩子卻絕不會太少，我只知道她叫小婉，叫我怎麼去找？」

大婉道：「你雖然找不到，總有人能找得到的。」

馬如龍道：「誰能找得到？」大婉不回答，卻忽然回道：「今天你已經喝了幾碗酒？」

馬如龍道：「喝了八碗，八大碗。」

大婉道：「你還能喝幾碗？」

馬如龍道：「不知道。」

大婉道：「不知道的意思，就是還能喝很多？」

馬如龍道：「不知道的意思，就是我喝酒通常都不用碗的。」

大婉道：「你用什麼喝？」

馬如龍道：「用酒罈子。」大婉又笑了。

馬如龍道：「你以為我是在吹牛？」

大婉道：「如果你酒量真的有這麼好，我就可以帶你去見一個人。」

馬如龍道：「去見誰？」

大婉道：「去見一個雖然從來不用小碗喝酒，卻一定能找得到那個小婉的人。」

馬如龍道：「他用什麼喝酒？」

大婉道：「用破碗。」

馬如龍道：「用破碗喝酒的人，就叫做破碗？」

大婉嫣然道：「想不到你居然越來越聰明了。」

馬如龍眼睛裡已發出了光，道：「你說的這個破碗，是不是『破碗』俞五？」

大婉道：「除了他還有誰呢？」

除了他之外，的確再也沒有別的人，像他這樣的人，絕對找不出第二個。沒有人能比他更會喝酒，也沒有人能比他更懂得喝酒。沒有人能比他更會吃，也沒有人比他更講究吃。這兩樣不但天下聞名，而且絕對是天下第一。

他出名的當然還不止這兩樣。昔年江湖第一名俠葉開，曾經送他十六個字評語，說他：

「貧無立椎，富可敵國，名滿天下，無人識得。」

用這十六個字來說他這個人，真是再恰當也沒有了。天下最豪富的就是鹽商，最賺錢的生意就是油米、綢布、木材、當舖。江南俞家不但是最大的鹽商，也是這四行的大亨，的確可以算是豪富中的豪富，富可敵國。江南俞家有五兄弟，俞五是五太爺。

天下最窮的人當然是要飯的叫化子。俞五也是叫化子中的老大，當今「丐幫」的幫主。他雖然名滿江湖，見過他真面目的人卻不多，所以有人就算看見他也不認得。可是他屬下卻有無數丐幫兄弟，遍佈在黃河兩岸，大江南北。所以你如果要找一個別人找不到的人，也只有去找他。

馬如龍道：「你能找得到他？」

大婉道：「我找不到，誰找得到？」

馬如龍道：「你知道他在哪裡？」

大婉道：「其實你應該知道的，他當然是在吃飯喝酒。」

丐幫子弟，天下爲家，有飯就吃，什麼地方都可以吃，什麼地方都可以喝。有酒有飯的地方，雖然不少，通常都還是在飯館酒舖裡最多。大婉把馬如龍帶到一家小飯館，一家很小很小的小飯館，一共只有兩張破桌子，幾張爛椅子。

馬如龍一走進門，就嗅到一陣陳腐的臭氣，擺在一張小桌上的幾樣滷菜，顏色已經變了，而且又乾又硬，看來就像是一堆從陰溝裡撈出來的石頭，就算餓了三天的人，也絕不會有勇氣嘗試。最講究乾淨的一位幫主，對於吃，更從來不馬虎，他怎會到這種地方來吃飯喝酒？

這裡根本連一個客人都沒有，連那位掌櫃兼跑堂的老頭子，都快睡著了。可是大婉走過去，在他耳邊輕輕說了兩句話，他立刻就完全清醒，一雙疲倦衰老的眼睛，也忽然變得炯炯有光。江湖中藏龍臥虎，難道這老頭子也是位深藏不露的武林高手？

他一直在用一種很奇怪的眼色打量大婉，顯得又驚訝，又興奮，就像是個孩子忽然見到了一位仰慕已久的名人。馬如龍長身玉立，是江湖少見的美男子，無論走到哪裡，都是最引人注意的一個。這老頭子居然連看都沒有看他一眼，在大婉旁邊，這位白馬公子竟似已變得完全黯然失色。馬如龍覺得很有趣。

老頭子忽然長嘆了口氣，喃喃道：「想不到，想不到，實在想不到。」

大婉道：「你想不到我會來？」

老頭子道：「能夠見到姑娘的芳駕光臨，我這一輩子也不算白活了。」

他忽然跪下來，五體投地，伏在地上，吻了吻大婉的腳。他的態度比一個最忠心的臣子看見皇后時還尊敬。然後他才站起來，說道：「五爺就在後面的廚房裡，姑娘請隨我來。」

馬如龍覺得更有趣了。這個奇醜無比的女人，究竟是什麼來歷？別人對她這麼尊敬，她居然受之無愧，就好像認爲本來就應該如此。大婉看得出他心裡在想什麼，淡淡道：「這老頭本來是我們家廚房裡的一個小廝，我們家的規矩一向很大。」

馬如龍很想問她：「難道你們家的下人看見你時，都要吻你的腳？好像連皇宮大內，都沒有這種規矩。」他沒有問，因爲這時候他們已走進了廚房。

任何人都絕不會想到，在這又髒又臭的小飯館裡，居然會有這樣一個廚房。廚房寬大，乾淨，明亮，每樣東西都收拾得整整齊齊，每個碟子，每個碗，都擦得比鏡子還亮，連燒火的灶上都看不見一點煙灰。天馬堂是世家，也一向講究飲食，可是連天馬堂的廚房都沒有這麼寬敞乾淨。

廚房裡有個人正在炒菜。任何人在炒菜的時候，樣子都不會很好看的，這個人卻是例外。他的手拿著鍋鏟時，就像是千古一人的大畫家吳道子拿著彩筆，絕代無雙的名劍客西門吹雪拿著劍，不但姿態和動作都優美之極，而且專心誠意。

他正在煎豆腐，蝦子豆腐。現在豆腐還沒有煎好，老頭子站在他身後，絕不敢打擾他。

大婉居然也沒有打擾他。他的身材並不太高，白白淨淨的一張臉，穿著件雖然打著補釘，卻洗得一塵不染的麻布長衫，看來就像是懷才不遇的落第秀才。

馬如龍忍不住悄悄的問：「他就是江南俞五？」

大婉嘆了口氣，道：「除了他，還有誰？」

現在豆腐已經煎好了，鍋已離火。他用鍋鏟一塊塊盛出來，每塊豆腐都煎得恰到好處。用小火煎得微微發黃的豆腐，盛在雪白的瓷盤裡，看來就像是一塊黃金。可是黃金絕沒有這麼香，這麼誘人。他看看這盤豆腐，自己也覺得很滿意，用兩隻手端著盤子，放在一張洗得一塵不染的木桌上，才輕輕吐出一口氣，抬起了頭。他終於看見了大婉，「是你。」

「是我。」大婉在笑，連一點讓人討厭的樣子都沒有露出來：「想不到五爺還認得我。」

俞五對她的態度也很溫和，道：「你是不是已經喝過酒？」

大婉道：「喝了一點。」

俞五道：「好，好極了，我正想找個人來陪我喝酒。」他微笑，又道：「喝酒就像是下棋，一定要兩個人喝才有趣。」

大婉道：「三個人喝比兩個人更有趣，我另外還找了一個人來陪你。」

俞五總算看了馬如龍一眼，道：「他也喝酒？也能喝？」

大婉道：「聽說他的酒量還不錯。」

俞五道：「你聽誰說的？」

大婉道：「聽他自己。」

俞五道：「他說的話你都相信？」

大婉道：「你爲什麼不自己試試？」

俞五微笑，道：「好，好極了。」

豆腐也煎得好極了。馬如龍一點都不客氣，一口氣就吃了三塊，吃一塊豆腐，喝一碗酒，一口氣就喝了三碗，三大碗。俞五也喝了三碗。

他用的果然是個破碗，很大的一隻破碗，已被砸成三片，再用碗釘補起來的。淡青色的碗，就像是雨過天青時那種顏色。

馬如龍忽然道：「好碗。」

俞五道：「你看得出這是個好碗？」

馬如龍道：「這是柴窯燒的，而且是最好的那一窯燒出來的，除了皇宮大內外，現在普天之下，絕對找不出第三個這樣的碗來。」

俞五道：「不錯，這種碗天下的確只有兩個。」他看看馬如龍，微笑道：「想不到你居然很有眼力，不但看人有眼力，看碗也有眼力。」

大婉冷冷道：「他看人，倒未必有眼力。」

俞五大笑道：「他看人若沒有眼力，怎麼會看上了你？」大婉好像沒有聽見這句話，馬如龍的臉卻有點發紅了。

俞五忽然又道：「你們來找我，當然並不是爲了要來陪我喝酒的。」

馬如龍道：「我想找一個人，可是我找不到。」

俞五道：「你是不是想我替你找？」

馬如龍道：「是！」

俞五道：「你要找誰？」

馬如龍道：「我只知道她叫小婉。」

俞五又大笑，道：「小碗不如大碗，你既然有了個大碗，爲什麼要找小碗？」

這位江湖名俠的眼力顯然並不太好，竟把馬如龍看成了大婉的情人。這兩人一個奇醜，一個卻是美男子，他應該看得出他們並不相配的。

大婉卻偏偏故意問道：「小碗爲什麼不如大碗？」

俞五道：「無論裝酒裝藥，小碗都沒有大碗裝得多，小碗當然不如大碗。」

大婉道：「破碗呢？」

俞五笑道：「破碗就比大碗更好。」

大婉道：「爲什麼？」

俞五道：「一個碗若是破了，必定已嚐遍了酸甜苦辣，就像是一個人，也要歷盡風霜才會老，老人總比小孩的經驗豐富，薑也是老的辣。」他端起他的破碗，一飲而盡，大笑道：「所以破碗當然比大碗更好。」

大婉也笑了：「幸好我們說的是人，不是碗，這個小婉不但比大婉好，也比破碗好。」

俞五道：「哦？」

大婉道：「我知道，這個小婉一定是個很美很美的女孩子，而且又溫柔，又多情。」

俞五道：「你怎麼知道的？」

大婉道：「因爲她是邱鳳城的情人，銀槍公子喜歡的女孩子，當然不會是我這樣的醜八怪。」

俞五大笑，道：「原來這個小婉是別人的。難怪你肯要我替他去找。」他不讓馬如龍分辯，也不再問別的，忽然道：「我們來做個交易。」

馬如龍道：「什麼交易？」

俞五道：「你在這裡陪我用大碗喝酒，我替你去把這個小婉找到。」

馬如龍道：「好。」

俞五道：「三天之內，我一定有消息告訴你。」

馬如龍道：「我就在這裡，陪你喝三天。」

俞五道：「用大碗喝？」

馬如龍道：「當然用大碗。」

俞五道：「我喝幾碗你就喝幾碗？」

馬如龍道：「不錯。」

俞五看著他，看了半天，才問道：「你知不知道我最大的本事是什麼？」

馬如龍道：「你說。」

俞五道：「我最大的本事就是吃飯，喝酒，睡覺。」

馬如龍道：「吃飯，睡覺，我沒有把握，喝酒我倒可以跟你比一比。」

俞五道：「你不怕醉？」

馬如龍道：「醉死了我也要喝。」

俞五大笑道：「好，好極了！」

世上的確有種人是死也不肯服輸的，馬如龍無疑就是這種人。看著他們左一碗，右一碗的往肚子裡倒，大婉忽然嘆了口氣，道：「我出來的時候，我媽媽再三叮嚀我，叫我千萬不要喝醉酒，也千萬不要去惹喝醉了的人，她說，天下的醉鬼都是一樣的，不但自己神智無知，對別人也蠻不講理。」

俞五道：「你媽媽是個最聰明的女人，她說的話你一定要記住。」他又喝了一碗：「男人喝醉了酒，是什麼事都做得出來的。」

大婉道：「所以她說，一個聰明的女人，遇到了一個醉鬼時，最好的法子就是趕快溜之大吉。」

馬如龍道：「有理。」他也喝了一碗：「非常有理。」

大婉道：「兩個醉鬼當然比一個醉鬼更糟。」

俞五道：「有理。」他又喝了一碗：「天下唯一比一個人喝醉了更糟的，就是兩個人都喝醉了。」

大婉嘆了口氣，道：「只可惜現在我就快要遇見兩個醉鬼了。」

俞五說道：「在哪裡？兩個醉鬼在哪裡？」

大婉道：「好像就在這裡，就在我面前。」俞五看看馬如龍，馬如龍看看俞五，兩個人一起大笑。

「我媽媽只告訴我，遇見一個醉鬼時，應該趕快溜之大吉，卻沒有告訴我遇見兩個醉鬼時應該怎麼辦？」她笑了笑，又道：「幸好我自己倒想出了個法子。」

俞五道：「什麼法子？」

「我自己也喝醉。」她也喝了一大碗，喝得更快：「等我自己也變成醉鬼的時候，就不怕醉鬼了。」

俞五拍手道：「有理。」

馬如龍道：「只有一點不好。」

俞五道：「哪一點？」

馬如龍道：「三個醉鬼是不是比兩個醉鬼更糟？」

俞五道：「是的。」

他嘆了口氣：「天下唯一比兩個醉鬼更糟的，恐怕就是三個醉鬼了。」

「現在我就遇見了三個醉鬼。」馬如龍嘆了口氣，道：「因爲這三個醉鬼中，有一個就是我自己。」

現在他還沒有醉，說的也不是醉話。他心裡的確有很多感觸。——一個人絕對不能逃避自己——自己的過錯，自己的歉疚，自己的責任，都絕對不能逃避。因爲那就像是自己的影子，是絕對逃不了的。

七 小婉

馬如龍醉了。一個人跟自己所信任的人在一起喝酒時才會醉，也比較容易醉。他信任大婉，也信任俞五。一個人在心情不好，遭受冤屈時，就會想喝酒，也比較容易醉。雖然他相信他受到的冤枉總有一天會昭雪，可是他心裡還是覺得很悶。

一個人如果用大碗喝醉了的時候，說過些什麼話，做過些什麼事，總是記不清的。就算記起來，也模模糊糊的像是個夢，像是別人說的話，別人做的事。

他彷彿記得自己好像說過一句現在連他自己想起來都會嚇一跳的話。那時大家都已經醉了，他忽然拉住大婉的手，說：「你嫁給我好不好？」大婉就開始笑，不停的笑，笑得連氣都喘不過來的時候，她才問：「你爲什麼要我嫁給你？」

「因爲我知道你對我很好，因爲別人都懷疑我，把我當作殺人的兇手，都想殺了我，只有你信任我，只有你，肯幫我的忙。」他說的是真心話。一個人在真的醉了的時候，總是會把真心話說出來的。

大婉卻不信：「你要我嫁給你，只不過因爲你喝醉了，等你清醒的時候，就會後悔的。」她雖然還在笑，但笑得卻好像有點淒涼！「等你看見比我好看的女人，你更會後悔得要命。」

她說：「我又醜又怪又兇，比我好看的女人也不知道有多少。」

現在他已經清醒了，卻忘了大婉是不是已經答應了他。但是他還是忍不住問自己：「如果她答應了我，現在，我是不是已經在後悔了，現在我還會不會要她嫁給我？」這問題連他自己都不能回答。就在這時候，他看見了一個女孩子，一個遠比大婉美得多的女孩子。

他醒來時已經不在那廚房裡，俞五和大婉也全都不在了。他醒來時已經躺在床上，一張並不算很大，卻很柔軟、很舒服，而且很香的床。這張床擺在一間並不算很大，卻很乾淨，很舒服，而且很香的屋子裡。

這間屋子的窗外有幾株梅花，窗下有個小小的妝台。這個妝台上有個小小的銅鏡，銅鏡旁也有一瓶梅花。這個女孩子就站在梅花旁。

梅花高貴而艷麗，這女孩子也像梅花一樣，也一樣美得不俗氣。她身上雖然是鮮紅的衣裳，臉色卻是蒼白的。她的眼睛雖然清澈而美麗，卻又彷彿帶著種說不出的憂鬱。

她正看著馬如龍，用一種很奇怪的眼色看著馬如龍，彷彿有點好奇，又彷彿有點怕。馬如龍的頭還在痛，他不認得這個女孩子，也想不起自己怎麼會到這裡來的。

這女孩子忽然問道：「你就是馬公子？『白馬公子』馬如龍？」

馬如龍道：「我就是。」

這女孩子道：「前幾天你是不是也在寒梅谷？」

馬如龍道：「是的。」

這女孩子道：「你見到了邱鳳城？」

馬如龍道：「你也認得他？」

這女孩子點了點頭，眉宇間憂鬱更濃，輕輕道：「我姓蘇，叫小婉，我就是你要找的人。」

「這裡是什麼地方？」馬如龍終於問道：「我怎麼會到這裡來的？」

「是一位俞五爺送你來的。」她先回答了後面的問題，然後再說明她爲什麼會收留下一個酒醉的陌生男人：「俞五爺說你不但是鳳城的朋友，而且只有你知道他的行蹤。」

馬如龍苦笑，俞五居然還能送他到這裡來，醉得當然沒有他這麼厲害。他從未想到居然還有人能把他灌醉，他忽然發現自己對自己的一切都好像估計過高。他又問：「這裡是你的家？」

小婉道：「我沒有家，這地方不能算一個家。」馬如龍明白她的意思，「家」的意義，並不是一棟房子。無論多華美的房子，都不能算是一個家。

小婉道：「我本來只不過是城裡怡芳院的一個……一個妓女，從小沒爹沒娘，鳳城爲我脫了籍，替我買了這棟房子。」她笑了笑，笑得有說不出的淒涼：「可是，他若不在這裡，這裡又怎麼能算一個家？」

馬如龍忍不住嘆息：「想不到他真的是個這麼多情的人！」一個像邱鳳城那樣少年成名的世家子弟，居然會對一個風塵中的女人如此多情、如此癡情，實在是件非常令人感動的事。

小婉道：「他的脾氣雖然剛強，卻是個心地善良的人，從來不肯做一點對不起別人的事。」一提起了邱鳳城，她眼睛裡立刻充滿了溫柔的情意：「他對我更好，處處都爲我著想，從來都沒有看輕過我，一個像我這樣的女人，能夠遇到他這樣的男人，我……我死也瞑目了！」

馬如龍說道：「你們還年輕，怎麼會死！」

小婉又笑了笑，笑得更淒涼：「可是你若來遲一步，現在就已看不到我。」馬如龍立刻想到了，邱鳳城挖的那個坑。

小婉道：「他臨走時就已跟我約好，至遲昨晚上一定會回來。」

馬如龍道：「如果他沒有回來呢？」

小婉黯然道：「那就表示他已經離開了人世，我當然也要陪他一起去。」她的聲音雖柔，但卻充滿了必死的決心，一經山盟海誓，便以生死相許。

馬如龍輕輕吐出口氣，道：「幸好他還沒有死。」

他的確在爲他們慶幸：「他雖然也跟你一樣，抱定了必死之心，但是他還沒有死。」

小婉道：「那麼現在他的人在哪裡？爲什麼還不回來？」

馬如龍閉上了嘴。他也不知道邱鳳城的人在哪裡，彭天霸、馮超凡，和絕大師在追蹤他的時候，邱鳳城並沒有跟他們在一起。

金振林那一槍雖然沒有致命，但他的傷還是不太輕。一個受了重傷的人，能到哪裡去？

那天他們本來是為了要赴碧玉夫人的約會，才到寒梅谷的。後來碧玉夫人是不是也到了寒梅谷？他是不是被碧玉夫人帶回了碧玉山莊？馬如龍不能確定。

小婉還在凝視著他，等著他的回答。他卻不能把心裡的猜測說出來，他不願再傷這多情少女的心。

小婉輕輕嘆息：「我知道他如果沒有死就一定會回來，你又何必騙我？」

馬如龍道：「我……」

小婉不讓他說下去，又道：「其實你用不著騙我的，我只要知道，他也跟我一樣癡，我就已心滿意足了。」

她態度忽然變得很冷淡，道：「現在天已快黑了，孤男寡女，瓜田李下，我也不敢再留馬公子。」話說到這裡，已經讓人沒法子再說下去。

馬如龍只有走。但是他臨走的時候卻說：「我知道你的決心，我並不想勉強你，但是我希望你能等三天，三天之內，我一定有邱鳳城的消息告訴你。」

小婉遲疑著，終於答應：「好，我再等三天。」

天色果然已黯了。外面是條狹窄幽深的長巷，小婉這棟房子在長巷的盡頭。馬如龍拉緊了衣襟，迎著風走出去。

他要來找小婉，為的是想證實邱鳳城那天說的話。他並不是懷疑邱鳳城，可是他實在沒有別的線索去找。那就像是個溺水的人，無論看到什麼，都會緊緊一把抓住。

現在他已證實了邱鳳城的確是個多情人，他們的感情，連他都被感動。所以他希望能幫助他們，希望能在三天之中找出邱鳳城的下落。他希望能讓這一對有情人終成眷屬。

但是他偏偏又覺得這件事好像有點不對，究竟是什麼地方不對，他卻說不出。他總覺得小婉那屋子好像少了點什麼東西，又好像多了點什麼東西。少的是什麼？多的是什麼？他也說不出。

大婉現在是不是也已經醒了？她的頭是不是也跟他現在一樣痛？他忽然發現自己居然在想念她。這個奇醜無比，蠻不講理的女人，好像也有她可愛之處。

只可惜他根本不知道她是從哪裡來的？也不知道她到哪裡去了？他們本就是萍水相逢，既然又各分西東，此後只怕已永無再見的時候。馬如龍嘆了口氣，決定不再想她。

暮冬殘年。年關已近了，正是家家戶戶辦年貨，買新衣的時候。這時候，每個人的袋子裡都需要裝點錢，所以，能夠換錢的東西，都拿出來換錢了。這條巷子外面，居然也擺了個小小的花市，水仙、臘梅，正當時應景，開得正好。

一個小戶人家的主婦，剛帶著她的丫頭去買了些年貨回來，金針、木耳、紅棗、白果、筍乾，裝滿了一籃子。那小丫頭手裡提著籃子，眼睛卻在望著一盆盆的梅花。十五六歲的小姑娘，有誰不愛美？有誰不喜歡又香又紅的梅花？

她終於忍不住說：「大奶奶，咱們也買兩盆梅花回去好不好？」

「不好。」穿著絲棉襖的主婦板著臉，回答得很堅決。

小丫頭卻還不死心：「這些花又不貴，買點回去看看有什麼不好？」

「因爲我沒有這種心情。」

小丫頭嘆了口氣，喃喃道：「大奶奶也真是的，大爺也只不過兩三天沒回來，大奶奶就連看花的心情都沒有了。」

小丫頭雖然滿心不願意，還是噘著嘴，跟著那心情欠佳的主婦走了。這只不過是件無足輕重的小事，任何人都不會注意的，更不會放在心上。馬如龍卻注意到了。

——一個平凡的主婦，丈夫只不過兩三天沒有回來，她就已連看花的心情都沒有。

——小婉妝台上那瓶梅花，卻是剛折下來的。

——如果馬如龍不來，她就已殉情而死，她怎麼會還有心情去折花？

現在馬如龍終於想起來她房裡少的是什麼，多的是什麼了。那裡少了個丫頭，卻多了瓶花。

門已經關了。這巷子裡住的都是小戶人家，小婉的這棟房子已經算比較大的，牆也比較高，用很堅實、很厚的木板做成的大門，已經從裡面上了栓。但是馬如龍要進去並不難。

他十歲的時候已經可以跳上這道牆，天馬堂的輕功和劍法在江湖中的評價都極高。他已經開始對小婉懷疑，他應該一躍而入，在暗中查探小婉的動靜。他也知道，如果你要去看一個人的真面目，只有在他看不見你時才能看到。

可是他做不出這種事，非但以前沒有做過，以後也絕對做不出，所以他準備敲門。就在他正準備敲門的時候，忽然聽見了一種奇怪的聲音。

他聽見的是一個人的笑聲。笑聲並不是種奇怪的聲音，人間雖然有不少悲慘不幸的事，可是你無論走到哪裡，都還是可以聽得到笑聲的。

他覺得奇怪的是，這笑聲絕對是男人的笑聲，而且是從這棟房子裡傳出來的。這是邱鳳城買給小婉的房子，這裡只有小婉一個人，怎麼會有男人的笑聲？夜很靜，巷子裡更靜，笑聲雖然短促，他卻聽得很清楚。

——只要是牽涉到這件事的人，隨時都可能暴斃、橫死。

——有些人在殺人前也會笑的。

——現在是不是又有人要把小婉也殺了滅口？馬如龍不再顧忌，一躍而入。

屋子裡的爐火太暖，東廂房朝西面的一扇窗戶剛剛支了起來。站在一株雜在紅梅中的松樹上，正好可以看見面對著窗戶，站在屋裡的小婉。

馬如龍從牆外一躍而入，剛好落腳在這棵松樹上。他並不想窺人隱私，可是，他已經看見了，不但看見了小婉，也看見了一個男人。

他看不見這個男人的臉。這個男人背對著窗戶，面對著小婉，斜倚在一張軟榻上。

馬如龍只看得見他垂在軟榻旁的一隻腳。這隻腳上穿著雙式樣非常好，做得非常考究的靴子。只有走馬章台，風流豪闊的花花大少，才會穿的一種靴子。

小婉正站在他面前，用一種很奇怪的眼色盯著他，忽然冷笑道：「你真的要我死？」

這男人也在冷笑，道：「你以爲我不敢？你以爲我怕你？」

小婉道：「好，你要我死，我就死給你看。」

八　私情

有的人天生就喜歡花，不管在什麼心情下，都會折幾枝花供養在瓶裡。

看來小婉並沒有隱瞞什麼事，更沒有私情，她確實已抱著決死之心。可是這男人爲什麼要逼她死呢？這男人跟她是什麼關係？難道是邱鳳城的朋友，來逼她殉情嗎？還是來殺她滅口的？

馬如龍正在想，小婉卻忽然做出件他連做夢都想不到的事。她忽然走了過來，坐到這個男人的腿上，摟住了他的脖子，輕輕的咬著他的耳朵，喘息著說道：「你要我死，我也要你死。」

她的衣襟已散落，一件緊身的絲棉小襖裡面，只有一件鮮紅的肚兜。襯得她的皮膚更白。

馬如龍實在看不下去。這是別人的私情，他本來不該管的，可是，他想起了邱鳳城的癡，想起了那個坑——他本來可以大喝一聲，先驚散這兩個快要「死」的人。他本來可以直接從窗戶裡竄進去，可是他反而躍出牆外，用力去敲門。他敲了很久，才聽見小婉在裡面問：「誰呀？」

「是我。」

「你是誰？我怎麼知道你是誰？你難道連個名字都沒有？」小婉的口氣很不好，不過她總算還是出來開了門。

「是你！」看見馬如龍，她當然會吃一驚，可是她很快就鎮定下來，板起了臉，冷冷道：「想不到馬公子又來了，是不是怕我一個人晚上太寂寞，想來替邱鳳城好好的照顧照顧我？」

這話說得更絕，這種話說出來，只要是知趣的人，就應該趕快走的。可惜馬如龍這次卻偏要做個不知趣的人，淡淡道：「我知道你並不寂寞，我只不過怕你被人捏死。」

小婉的臉色變了，臉上一陣紅，一陣白，忽然轉身往屋裡走，「你跟我來。」她說。

馬如龍就跟著她走了進去，她居然把他帶進了剛才那間屋子，剛才那個男人卻已不在了。

「坐，」她指著剛才那個男人坐過的軟椅，道：「請坐。」

馬如龍沒有坐，他沒有看見那個男人，卻已看見了那雙靴子，那雙式樣非常好看的靴子。

這屋裡有床，床帳後還掛著道布幔。很長的布幔，幾乎已拖到地上，但還沒有完全拖到地上。所以，這雙靴子才會從布幔下露了出來。

小婉道：「你爲什麼不坐？」

馬如龍道：「這位子，好像不是我坐的。」

小婉笑了笑，笑得當然不太自然：「你不坐，這裡還有誰來坐？」

馬如龍道：「好像還有個人。」

小婉道：「這屋裡除了鳳城外，只有你進來過，怎麼會還有別的人？」

她實在很沉得住氣，到了這種時候，居然還一口咬定這屋裡沒有別人。馬如龍卻沉不住氣了，忍不住一步竄過去，拉開了布幔。布幔後當然有個人，可是這屋裡確實沒有別的人來過，因爲布幔後的這個人，赫然竟是邱鳳城。

馬如龍衝出屋子，衝出門，衝出了長巷。幸好這時候天已經黑了，在這種酷寒的天氣，天一黑，路上就沒有什麼人，否則別人一定會把他當作個瘋子。

現在他唯一想做的一件事，就是用力打自己幾個耳光。他永遠忘不了他拉開布幔的那一瞬間，邱鳳城看著他的表情，他更忘不了小婉那時的表情。

其實他應該想得到邱鳳城隨時都會回來的，也應該想得到這個人很可能就是邱鳳城。但是他卻偏偏沒有想到。他本來應該能聽得出邱鳳城的聲音，卻又偏偏沒有注意。

邱鳳城畢竟是個教養很好的世家子弟，在那種情況下，居然還對他笑了笑。可是對馬如龍來說，這簡直比打他幾耳光還讓他難受。他只有趕快走，就好像被人用掃把趕出去的一樣，逃了出來。

於是現在他又只剩下一個人，還是身無分文，無處可去。這件事也還是連一點線索都沒有。他整個人都好像被一根很細的繩子吊在半空中，空空蕩蕩的，沒有著落，而且隨時都可能跌下來，跌得頭破血流。

不對！他忽然發覺自己並不是一個人，後面好像有個人在跟著他。他用不著回頭去看，就知道從後面跟上來的人是誰了。也不知爲了什麼，他空空蕩蕩吊在半空中的一顆心，忽然就變得很踏實。後面的人已趕了上來，伸出一隻非常好看的手，交給他一樣東西。

馬如龍接了下來，現在他最需要的就是一包治頭痛的藥，她給他的就是一包頭痛藥。

等他把這包頭痛藥吞了下去，她的手又伸過來，手裡還有七八包藥，有的是藥丸，有的是藥錠，有的是藥粉。她一樣樣交給他。

「這是解酒藥，這是紫金錠，這是胃痛散，這是健胃整腸的……」

馬如龍笑了：「你把我當成什麼?當成了藥罐子?」

她也笑了。「我知道你不是藥罐子，是個酒罈子。」她吃吃的笑著道：「可惜只不過是很小很小的一個，也裝不下太多酒。」

大婉看來確實比他有精神，臉色也比他好看得多。「難道她的酒量也比我好?」馬如龍實在不服氣，他忍不住問道：「你的頭痛不痛?」

大婉道：「不痛。」

馬如龍道：「怎麼會不痛?」

大婉道：「因爲我一向不喜歡管別人的閒事。」喜歡管閒事，實在是件很讓人頭痛的事。不但讓別人頭痛，自己也頭痛。

她又問他：「你看見那個小婉了?」

「嗯。」

「怎麼樣？」

「什麼怎麼樣？」

「她長得怎麼樣？」

「長得很不錯。」

大婉笑道：「既然她長得很不錯，你的樣子看起來爲什麼活像見了鬼一樣？」

馬如龍嘆了口氣，道：「如果我真的見了鬼反倒好些。」

大婉道：「你看見了什麼？」

馬如龍道：「我看見了邱鳳城。」

他居然把剛才遇到的事全都說了出來。這是丟人的事，他本來絕不會說的，可是也不知道爲什麼，在她面前，他就覺得什麼話都可以說出來，什麼事都不必隱瞞。

大婉居然沒有笑他，反而嘆了口氣，道：「如果我是你，那時候我也會恨不得能找條地縫鑽下去的。」

這正是馬如龍當時的感覺。他忽然發覺這女人外表雖然又刁又絕又醜，卻有一顆非常善良的心，而且充滿了瞭解與同情。這也是他第一次有這種感覺。

大婉忽然又道：「可是我想不通。」

馬如龍道：「什麼事想不通？」

大婉道：「邱鳳城明明知道是你去了，爲什麼要躲起來？」

馬如龍道：「他們畢竟不是名正言順的夫妻，像他那種出身的人，總難免會有很多顧慮，如果我是他，說不定我也會躲起來的。」

大婉看著他，微笑道：「想不到你居然很會替別人著想。」

馬如龍道：「本來你認爲我是個什麼樣的人？」

大婉說道：「本來我認爲你又驕傲，又自私，別人的死活，你根本不會放在心上。」她的聲音忽然變得很溫柔：「可是現在我已經知道我錯了。」這個蠻不講理的女人，居然也肯認錯，這實在也是件讓人想不到的事。

大婉又道：「他看見你之後，說了些什麼？」

馬如龍道：「就因爲他什麼都沒有說，我反而更難受。」

馬如龍苦笑，道：「那時候我能說什麼？」

大婉道：「你說了什麼？」

大婉道：「他有沒有要把你抓去交給馮超凡的意思？」

馬如龍道：「沒有。」

大婉道：「你也沒有問他，那天你走了之後，寒梅谷又發生了些什麼事？碧玉夫人是不是到那裡去了？有沒有選上他做女婿？」

馬如龍道：「我沒有問。」

他忽然問她：「這些事你怎麼會知道的？」

大婉笑了笑，笑得很神秘，道：「當然是有人告訴我的。」

馬如龍道：「誰告訴你的？」

大婉道：「一個喝醉了酒的人。」

馬如龍道：「這個喝醉了酒的人就是我？」

大婉笑道：「你總算還不太笨。」

馬如龍只有苦笑。他喝醉了之後說的話一定不少，只可惜連他自己都不知道自己說了些什麼。

「其實碧玉夫人用不著再選了，杜青蓮、沈紅葉已經一命嗚呼，你已經變成個人人喊打的過街老鼠，除了銀槍公子邱鳳城之外，還有誰配作碧玉山莊的女婿？」她嘆了口氣道：「碧玉夫人就算還想選，也沒有什麼好選的。」事實就是這樣的，這件事發生後，確實對邱鳳城最有利。

馬如龍說道：「但是，他絕不會是兇手！」

大婉道：「爲什麼？」

馬如龍道：「因爲他已經有了以生死相許的心上人，他根本就不想做碧玉山莊的女婿。」

大婉嘆了口氣，道：「其實我也覺得他絕不可能做出這種事，只不過，他既然不會是兇手，你也不是，兇手是誰呢？」

馬如龍道：「一定是天殺！」

大婉道：「天殺是什麼人？」

馬如龍道：「天殺不是一個人，是個秘密的組織，是個殺人的組織。」

大婉道：「他們爲什麼要做這種事？爲什麼要害你？」

馬如龍說道：「因爲，他們要造成混亂。」他又解釋：「我們幾家人如果火併起來，江湖中一定會變得混亂，他們就可以乘機崛起。」

他的解釋很合理。這種事以前並不是沒有發生過，以後也一定還會有的。

馬如龍道：「現在他們還只不過是個見不得人的組織，等到他們的計劃完全成功後，他們就會搖身一變，變成一個光明正大的幫派，因爲那時候江湖中已經沒有人能制得住他們了。」

大婉道：「因爲那時候別的門戶和家族，都已因這次火併而兩敗俱傷。」

馬如龍道：「但是我絕對不會讓這種情況真的發生。」

大婉道：「你準備怎麼辦？」

馬如龍道：「我一定要先把天殺的首腦找出來。」

大婉道：「你準備怎麼找？」

馬如龍不說話了。他實在連一點線索都沒有，根本不知道應該從哪裡下手。

大婉道：「這個人一定知道你們四位公子那天要到寒梅谷去。」

馬如龍道：「不錯。」

大婉道：「他怎麼知道的？除了你們四個人之外，還有誰知道這件事？你有沒有把這件事告訴過別人？」

馬如龍說道：「我沒有，可是，邱鳳城……」他忽然想起，小婉好像也提起過「寒梅谷」這個地方。

小婉曾經問過他——前幾天你是不是在寒梅谷？她知道他們要到寒梅谷去，當然是邱鳳城告訴她的。邱鳳城能把這件事告訴她，就可能也告訴過別人。小婉也可能告訴過別人。

他也像別的男人一樣，從來不相信女人能夠保守秘密。這就是他唯一的線索。

馬如龍道：「我一定要去問問他，有很多事都只有問他才會明白。」

大婉問道：「你是不是準備現在就去問他？」

馬如龍道：「當然現在就去。」

他說走就走，大婉嘆了口氣，道：「你真會選時候，現在去真是再好也沒有了，現在他們說不定又在那裡『你捏死我，我捏死你』，你及時趕去，正好又可以救他們一次，他們一定感激得要命。」

馬如龍不走了。他也可以想像得到，如果他們發現他又回去了時，臉上是什麼表情。這種既煞風景，又惹人討厭的事，誰也不願意去做的。

馬如龍道：「你認爲我應該什麼時候去？」

大婉眼睛裡忽然露出種奇怪的表情，忽然壓低聲音，道：「你最好現在就去，快去。」

女人的心意，就像是五月的天氣，變得真快。

馬如龍忍不住要問：「你為什麼又要我現在就去？」

大婉道：「因為你現在不去，只怕就永遠都去不成了。」

她忽然又嘆了口氣，道：「現在你恐怕已經去不成了。」

這時他們又走入了一條暗巷中。馬如龍沒有再問她：「為什麼？」他已經用不著再問。

因為他已看見巷子的兩頭，都有人堵住了他們的去路。七個人，七個黑衣人。

九　患難見眞情

這條巷子裡住的無疑是大戶人家。

大戶人家要防外面的盜賊去偷他們，所以他們寧願看不到陽光，也一定要把圍牆做得很高。所以這條巷子兩邊都是高牆，連天馬堂的輕功都無法一躍而上的高牆。

巷子很深、很暗，前面來的有四個人，後面也有三個。七個人都穿著黑色的緊身衣，而且還用黑布蒙住了臉。他們走得都很慢，看起來一點都不著急，因爲他們知道這兩人已經好像是甕中的鱉，網底的魚，根本已無路可走。

馬如龍也壓低聲音，道：「你用不著害怕，我會叫他們放你走的。」

大婉道：「他們會讓我走？」

馬如龍道：「這件事根本和你完全沒有關係，爲什麼不讓你走？」

大婉說道：「你認爲，他們是來找你的？」

馬如龍道：「當然是。」

大婉道：「你錯了。」她嘆了口氣，道：「我也希望他們是來找你的，可惜不是。」

馬如龍道：「爲什麼不是？」

大婉道：「你是個兇手，來捉拿兇手，不但光明正大，而且是很露臉的事，爲什麼要把臉用黑布蒙起來？」

馬如龍終於想起，她也跟他一樣，也有麻煩，也有人在追殺她。

大婉道：「可是你也用不著害怕，我也會叫他們放你走的。」

馬如龍道：「你認爲我會走？」

大婉道：「我們非親非故，別人來要我的命，難道你也要陪我一起死？」

馬如龍道：「不管怎麼樣，我總不會把你一個人留在這裡。」

大婉道：「爲什麼？」

馬如龍道：「因爲我做不出這種事。」

大婉道：「這理由不夠好。」

馬如龍道：「可是對我來說，已經足夠了。」

大婉道：「說不定我是個壞女人，是個賊，你本應該幫他們把我抓住才對。」

馬如龍道：「我知道，你絕不是這種人。」

大婉道：「你怎麼知道？你連我究竟姓什麼都不知道。」

馬如龍道：「可是我相信你。」

大婉看著他，忽然又嘆了口氣，道：「我本來以爲你已經變得聰明了些，想不到你還是這麼笨。」

這條巷子雖然很長，七個黑衣人走得雖然很慢，現在還是距離他們很近。七個人都帶著兵刃，都是極少見的外門兵刃，有個人手裡竟拿著對自從上官金虹死在小李飛刀之下後，就沒有人再使用過的龍鳳金環，還有人竟提著對「鴛鴦跨虎籃」。

這都是江湖中絕跡已久的兵刃，因爲這種兵刃的威力雖大，卻極難練。能使用這種兵刃的人身手絕對不弱。馬如龍實在沒有對付他們的把握，但是他絕不氣餒膽寒。

大婉忽然道：「喂，你們是來找我的？還是來找他的？」

手提龍鳳雙環的黑衣人，短小精悍，步履沉穩，從蒙面黑巾中露出來的一雙眼睛灼灼有光，銳利如鷹，無疑是個高手。這人冷冷道：「是來找你的又怎麼樣？是來找他的又怎麼樣？」

大婉道：「如果是來找他的，就沒有我的事了，我既不是英雄，也不是君子，你們就算殺了他，我也絕不管你們的閒事。」

這人冷冷道：「你不必說，我也看得出。」

大婉道：「可是你們如果是來找我的，情況就不同了。」

這人道：「哦？」

大婉道：「他自己的麻煩雖然已經夠多，還是不肯像我一樣袖手旁觀的，你們只要動一動我，他就會跟你們拚命。」

這人道：「所以我們若是要動你，就一定要先殺了他。」

大婉看著馬如龍，道：「是不是這樣子的？」

馬如龍道：「是。」

他自己也不知道自己怎麼會說出這種話的，其實他現在還有很多事要做，這件事還沒有水落石出時，他絕不能死。如果他現在就死在這裡，不但死得不明不白，他的冤枉也永遠沒法子洗清了。可是他已經把話說了出來，他既不想反悔，也絕不後悔。

大婉道：「喂，你們聽見他說的話沒有？」

這黑衣人冷笑道：「看來他不但是個英雄，還是個君子。」

大婉道：「看來他的確是的。」

這人道：「只可惜這種人總是不長命的。」

大婉嘆了口氣，道：「這句話我早就告訴過他了，可惜他偏偏不聽。」

「叮」的一聲，雙環拍擊，火星四射。昔年上官金虹威震天下，創立了雄霸江湖的「金錢幫」，不但雄才大略，武功也極驚人。在百曉生的兵器譜中，「上官金環」雖然列名第二，但是江湖中大多數人都認爲，他的武功並不在排名第一的天機老人之下。

他掌中一對龍鳳金環，被公認爲天下最霸道的一種武器。這種武器在這黑衣人手裡，雖然沒有上官金虹昔年那種獨步江湖，不可一世的氣概，威力卻還是很驚人。大婉卻連看都沒有去看一眼，她在看著馬如龍，眼睛裡充滿笑意，笑得那麼溫柔，那麼愉快。

強敵已經追殺而來，生死已在瞬息之間，她居然還覺得很愉快。因爲馬如龍並沒有拋下她一個人逃走，不管她嘴裡說什麼，在她心裡的感覺中，這一點彷彿已經比她的生死更重要。

馬如龍忽然也覺得愉快起來，就連她那雙浮腫的眼睛，現在看來都似已變得可愛多了。美與醜之間，本來就沒有絕對的標準，能讓你覺得愉快的人，就是可愛的人。

大婉輕輕的問：「你怕不怕？」

馬如龍並不是完全不怕，恐懼一直是人類最難克服的弱點之一，幸好人心中還有幾種更美的情感能戰勝恐懼。

大婉道：「如果你怕，現在要走也許還來得及。」

馬如龍道：「我不走。」

大婉又輕輕的嘆了口氣，道：「那麼我……」她沒有說完這句話。她的聲音彷彿忽然被一把看不見的快刀割斷了，她的咽喉彷彿忽然被一雙看不見的魔手扼住。她的眼睛裡忽然露出種恐懼之極的表情，就好像忽然看見別人看不見的惡鬼。

馬如龍回過頭，就會發現她看見的只不過是一個人，一個很平凡的女人，身上穿著件很樸素的青布衣裳，手裡提著一籃花，剛轉入這條窄巷。馬如龍沒有回頭，所以忍不住要問：「你怎麼樣？」

大婉道：「我要走了，你不走，我走。」她居然真的說走就走，這句話還沒有說完，她的身子已經飄飄飛起，掠上了那道任何人都想不到她能上得去的高牆。

那個平凡的賣花女一直低著頭往前走，好像根本沒有看見有道高牆擋住了她的路，大家眼看著她要一頭撞到牆上去，撞得頭破血流。想不到她的頭沒有被牆撞破，牆反而被她撞破了。只聽「卜」的一聲響，兩三尺厚的風火高牆上，忽然出現了一個人形破洞，這個平凡的賣花女竟已穿牆而過，就好像穿過了一張薄紙。

馬如龍怔住了，每個人都怔住了，大婉的輕功令人吃驚，賣花女的武功更驚人。天色彷彿忽然間就已變得很暗，風彷彿忽然就變得很冷。現在她們雖然已走了，殺人的人卻仍在風中，奪命的金環也仍在手。

馬如龍終於問：「你們要找的是她？還是我？」

黑衣人道：「是她。」

馬如龍道：「她已經走了。」

黑衣人道：「對你來說，很不好。」

馬如龍道：「為什麼？」

黑衣人道：「因爲你應該知道，利劍出鞘，不能不見血，否則必定不祥。」他的掌中仍有殺人之利器，眼中也仍有殺機：「我們這些人也一樣，只要我們出手，就非殺人不可，現在她已走了，我們只有殺你。」

馬如龍道：「很好。」

其實他也知道這情況很不好，無論對誰來說，這情況都很不好。他掌中既沒有殺人的利器，心中也沒有殺機。他也沒有選擇的餘地。

——人爲什麼要殺人？他痛恨暴力。在某種情況下，只有用武力才能制止暴力。他已將全身的精氣勁力集中，他只有一條命，他還不想死。他認爲暴力一定要被制止。

又是「叮」的一聲響，雙環再次拍擊，火星亂雨般四射而出。馬如龍的人也射出去，箭一般射了出去。他沒有殺氣，可是他有另外一股氣。血氣！

他的目標並不是這個掌中有金環的黑衣人，而是另外一個人。「擒賊先擒王」這句話，在這種情況下並不適用。現在他要攻的是對方最弱的一環。

在正邪不能兩立，敵我勢難並存的情況下，能保全自己，就要保全自己，能消滅敵方一人，就得要消滅對方一人。他攻擊的目標是黑霸。

黑霸姓黃。每個人都叫他黑霸，只因爲他是他們組織中最黑、最高大，看來最有霸氣的一個人。黑霸身高八尺九寸，肩寬三尺，手臂伸出來比別人的大腿還粗，拳頭大如孩童的頭顱。

馬如龍怎麼會將這麼樣一個人看成對方最弱的一環？是不是因爲這個人一直都緊跟在奪命金環的左右？——藤蘿只有依附大樹才能生存，狡狐只有依仗猛虎的威風才能嚇人，弱者總希望能依附強者，得到保護。一個人的強弱，絕對不是從外表可以判斷的，馬如龍的判斷沒有錯。

黑霸用的武器是一對混元鐵牌，看來至少有六七十斤重的混元鐵牌。馬如龍衝過去，這對混元鐵牌也發動了攻勢，一橫掃，一直拍。可惜一種武器的強弱，也不是可以用它的重量來判斷的。

馬如龍揮拳，一拳就已經從這對橫掃直拍的鐵牌中穿過去，一拳就已痛擊在黑霸的鼻樑上。這一拳擊下時，只有很輕的一聲響，就好像一拳打在一塊死肉上，甚至連呼喊的聲音都沒有，黑霸就已仰面躺下。

馬如龍可以從這個已經躺下了的人身上衝過去，衝出這條窄巷，也可以乘機衝入牆上那個破洞。他沒有這麼做。因爲他忽然覺得自己並不是不可以跟這些人拚一拚，並不是完全沒有機會。只要還有一分機會，他就絕不放棄。他一向是個驕傲的人，非常非常驕傲的人。

黑霸倒下時，他已用足尖挑起了一面鐵牌，用左手抄住，乘勢橫掃，掃退了金環。他的右手已猛切在另一個人的手腕上，擊落了一支判官筆。

可是金環仍在，在一雙可怕的手裡，另外還有一雙可怕的手，手裡還有一對跨虎籃。這兩雙手，兩種武器，才是真正要命的。等到奇詭莫測的跨虎籃，配合著威猛無雙的奪命金環攻上來時，他才發覺自己又犯了個不可原諒的錯誤。他又低估了他的對手，高估了自己。

這種錯誤絕不容人再犯第二次，一次已足以致命！但是他還可以拚，用他的血肉和性命去拚！一個肯拚命，敢拚命的人，不但危險，而且可怕，一個人只有在迫不得已時，才肯拚命。這些人爲什麼也不惜跟他拚命？——天殺！——他們本來就是來殺他的！他忽然想通了。

黑霸已掙扎著站起來，破碎流血的鼻子使得他呼吸困難，喘息急促。他忽然用力撕開自己的衣襟，嘶聲狂呼：「殺了他！殺了他！殺！殺！殺！殺！殺！殺！」

悽厲的呼聲，拚命的殺手！撕裂的衣襟裡，黑鐵般的胸膛上，十九個鮮紅的血字。——天殺！不擇手段，不惜犧牲一切，都要殺了他！

馬如龍握緊了拳頭，咬緊了牙，死就死吧！又有一個人在他拳頭下倒下。他已看不清倒下去的這個人是誰了。可是他忽然看見一道銀光。燦爛奪目的銀光凌空飛來，是一桿槍，銀槍！

「鳳城，銀槍，邱。」他看見這桿槍時，就聽見了邱鳳城的聲音：「你們要殺他，就得先折斷這桿槍，你們要折斷這桿槍，就得先殺了我！」

他從來也沒想到過邱鳳城會來救他，可是邱鳳城現在已來了！就在他身旁，以一桿槍，一條命，陪他一起跟別人拚命！——人們爲什麼總是要等到危急患難時，才能認清誰是朋友？才能看清另外一個人的真面目？

槍尖刺穿了一個人的咽喉，拳頭又打碎了另一個人的肋骨。這次每個人都聽見了骨頭碎裂聲音。

還沒有倒下的人，忽然間全部不見了，兩個拚命的人，當然比一個更危險、更可怕，何況這兩個人是邱鳳城和馬如龍。

不知道什麼時候，夜色已很深了，窄巷裡陰涼而黑暗。馬如龍只感覺到有一隻溫暖的手，握住了他的手。

邱鳳城的聲音裡也同樣充滿溫暖：「我看得出你現在需要什麼，你現在實在需要喝杯酒。」

十 問題

酒並不能算很好。既不是善釀，更不是女兒紅，只不過是市面上隨時可以買到的花雕而已。馬如龍雖然不在乎，小婉卻還是帶著歉意解釋：「鳳城很少在這裡喝酒，也很少有朋友到這裡來，這罈酒還是我剛才臨時去買的。」

酒是她親自去買的，菜也是她親自下廚去做的，因爲這裡根本沒有用丫鬟奴僕。「鳳城喜歡清靜，不願用下人，所以這裡什麼事都只好由我自己做了。」她的聲音中充滿了女性的溫柔，她的生活都是以邱鳳城爲中心的，邱鳳城喜歡怎麼樣，她就怎麼樣去做。

男女間只要兩情相悅，就已足夠，又何必還要使喚的人？又何必還要有好酒？馬如龍忽然覺得很羨慕他們。他忍不住在心裡問自己：如果他也有一個像小婉這樣的女人，肯全心全意的跟著他，什麼事都以他爲主，他是不是也肯放棄一切，來過這種簡樸平淡的生活？

他忽然又想到大婉。如果他娶了大婉，她是不是也會這麼樣待他？馬如龍沒有再想下去。這問題不但荒謬得可笑，簡直有點滑稽。

他當然絕不會娶一個像大婉那樣的女人，就算把刀架在他脖子上他也不肯的。現在大婉看來雖然已經沒有以前那麼醜了，也沒有以前那麼可惡了，卻還是不能算很好看的，也絕不能算是很可愛。一個無數少女心目中的白馬王子，怎麼會娶一個這樣的女人？馬如龍舉杯一飲而盡，決定要從此忘記她這個人。

邱鳳城好像也喝了不少。既然他今天有喝酒的興致，小婉當然也陪著他喝，兩個人好像都有了點酒意，態度已漸漸親暱起來，好像已經忘了面前還有馬如龍這個人。馬如龍也已經漸漸開始覺得自己是多餘了，正準備找個機會告辭。

剛才他準備要問邱鳳城的那些問題，現在他已不想再問。因為他已經完全信任邱鳳城。

他正想站起來的時候，邱鳳城又在向他敬酒了，他拉著小婉的手，帶著笑道：「你一定也得敬他三杯，三大杯。」

小婉吃吃的笑，拚命搖頭：「我只能敬他一杯。」

「一定要敬三大杯。」

「三大杯喝下去一定會把我喝死。」

「你不喝我就捏死你。」

小婉笑得更媚，眼波中已有了春情：「我情願被你捏死。」

「真的？」

「當然是真的。」

「好，」邱鳳城帶著笑，用一隻手捏住小婉的咽喉，輕輕的說：「那麼我就真的捏死你。」

馬如龍實在不想再聽，也不想再看下去。他應該立刻就走的。但是他沒有走，因為就在他站起來的時候，他忽然看見一件他連做夢都想不到的事。他看見小婉那雙充滿春情的眼睛，忽然死魚般凸出，臉色忽然發青，身子忽然僵硬。這一次真的是真的！邱鳳城竟真的活活把小婉捏死了！

馬如龍怔住，就好像也有雙看不見的手，捏住了他的咽喉，呼吸也忽然停頓，身子也漸漸僵硬，連手腳都已冰冷。小婉已倒了下去。邱鳳城看著她倒下，神色連一點都沒有變，臉上居然還帶著笑。

「說謊是種壞習慣，我這人從來不說謊的。」他帶著笑道：「我說真的要捏死她，我就真的捏死了她，所以我說的話你以後一定要相信。」

馬如龍連一個字都說不出來。他只想吐，把剛吃下去的酒菜全部吐個乾淨，可是他連吐都吐不出。

邱鳳城笑得更愉快：「你為什麼不問我？為什麼要捏死她？」用不著別人問，他自己居然先說了出來：「其實我早就準備捏死她的，從我看到她那天開始，因為她不但長得很好看，而且是個很癡心的女人，像她這樣的女人，正好能配合我的計劃。」

——他的計劃？什麼計劃？馬如龍雖然並不笨，卻還是沒有完全想通。

邱鳳城居然又解釋：「我要讓大家都知道，我已經有了這麼樣一個肯死心塌地跟著我的女人，已經跟我有了山盟海誓，誓死不分，大家才會相信我絕不想做碧玉夫人的女婿。」他嘆了口氣：「其實我想得要命。」

但是他競爭的對手太強，他自己也沒有把握能入選。「所以我定要先除去你們三個人。」要除去這三個人實在很不容易。

「幸好我知道你們都是酒鬼，又碰巧知道小杜在聚豐樓訂了一席酒菜。」所以他就買通了聚豐樓的伙計，在酒裡下了毒，再要「天殺」的殺手，將那些伙計滅了口。

「唯一讓我想不到的是，你居然不喝酒。」他接著又道：「幸好我這人做事一向謹慎，早已留下了後著。」

他的後手就是金振林和彭天霸。金振林早已被他收服，彭天霸本來就已跟他串通，貼胸藏在心口的玉珮當然也是計劃的一部份，事成後每個人都要被殺了滅口。

「馮超凡和絕大師卻是完全不知情的，我故意要彭天霸請他們到聚豐樓去喝酒，再帶他們到寒梅谷去，只不過爲了要他們證明這件事，證明我絕對是清白無辜的，證明你才是兇手。」他微笑：「可是你也不能怪我，只怪你自己運氣不好，居然沒有喝酒，居然沒有死，如果你也死了，就不會有這些煩惱了。」

現在他已沒有競爭的對手，可是小婉如果不死，他還是沒法子自圓其說，還是沒法子拋下她去做碧玉夫人的乘龍快婿。所以小婉非死不可。邱鳳城看著馬如龍：「至於你，你死不死都已經沒什麼太大的關係了，因爲大家都已認定了你是兇手，你不死對我反而有好處。」

「有什麼好處？」馬如龍終於能開口：「我不死對你有什麼好處？」

邱鳳城嘆息著，悠然道：「難道你現在還沒有想到我就是『天殺』的首腦？」

馬如龍全身都已冰冷僵硬。「天殺」想崛起，就一定要造成江湖中的混亂，讓別人自相殘殺。他不死，可能造成這種混亂。現在他終於完全明白，這些事他本來以爲自己永遠不會明白的，可是忽然間就已完全明白了。他做夢也沒有想到，真正的兇手會親口將這些事告訴他。他忍不住要問：「你爲什麼要把你自己的秘密告訴我？」

邱鳳城笑道：「因爲……」剛說出兩個字，他的臉色忽然變了，就好像杜青蓮臨死前那種可怕的變化一樣，蒼白的臉忽然變成可怕的死黑色。他掙扎著站起，踢倒了桌子，想要撲過來，可是桌子倒下時，他自己也倒了下去。

十一 吊刑

馬如龍又怔住。酒中怎麼會有毒？是誰下的毒？是不是小婉已猜出邱鳳城要對她下毒手，所以先在酒中下了毒？他喝的也是同一個酒壺倒出來的酒，現在邱鳳城已經毒發斃命，他爲什麼連一點事都沒有？

問題實在太多，太複雜，而且來得太突然。他的思想已經完全亂了，連最簡單的問題都沒法子想得通。現在他最聰明的做法，就是趕快離開這是非之地。這些事很可能是經過設計的，根本就是個陷阱。他已經想到了這一點，可惜等他想到時，他已經落入陷阱裡。一個設計得更精密，更惡毒的陷阱，無論誰只要一掉下去，就再也休想逃出來了。

屋子裡點了四盞燈，四盞價值極昂貴的波斯水晶燈，價值昂貴的東西都是好東西，這種燈就算從高處掉在地上，燈罩也不會碎，四盞燈都好好的擺在桌上，擺得四平八穩。忽然間，「啵」的一聲響，四個精美的水晶燈罩竟同時碎裂，燈火將滅未滅。

就在這同一剎那間，馬如龍也忽然感覺到一種巨大的壓力，海浪般從四面八方向他湧來。他的心跳立刻加快，呼吸卻幾乎停止，鼻血湧出，喉頭發甜。眼珠子彷彿已將爆裂。他幾乎暈了過去。等他這陣暈眩過去時，這股奇異而可怕的力量已消失，屋子裡卻多了四個人。

他第一個看見的就是絕大師。心絕情絕，趕盡殺絕的絕大師。

有絕大師，馮超凡就一定會在。一個瘦骨嶙峋，面目皮膚黝黑如鐵的苦行僧，一件灰布僧袍雖然千釘萬補，手裡拿著的卻是串價值連城的翠玉佛珠。另一人大袖寬袍，赤足麻鞋，頭上挽道髻，全身的肌膚晶瑩如玉，就好像真是用白玉雕成的一個人，跟那苦行僧正是個極強烈的對比。

四個人是從四個方向進來的，沒有進來之前，每個人都將他們數十年性命交修的內力真氣發出，封死了馬如龍的退路，也封死了他的出手。他們對馬如龍這個人已深具戒心，已認定他是什麼事都做得出的。

剛才那股力量襲擊來時，東西兩方的力量遠比南北強大。從東方來的是那苦行僧，從西方來的是那玉道人，這兩人的內力竟比名滿天下的絕大師更強。馬如龍從未見過他們，卻已猜出他們是誰了。

苦行僧的法號就叫「吃苦」，他吃盡千辛萬苦，西遊萬里，遠赴天竺，求的並不是佛經，而是自從達摩東渡以來，就爲天下學武的人癡心夢想，想求得的佛門武功奧秘。他此行無疑有了收獲。

玉道人就是昔年一劍縱橫，震動江湖，令天下英雄喪膽，天下美女傾心的玉郎君。看見這四個人，馬如龍的心已沉了下去。普天之下，絕沒有任何人能從他們的手底下逃走，也絕沒有任何人能從他們手底下救人，這一點無論誰都不能不承認。

燈火並沒有滅，因爲他們並不想讓燈火熄滅。他們想做之事，一定能做到，他們不想做的事，一定不會發生。他們好像根本沒有看見馬如龍這個人，他們的眼中只有邱鳳城。

邱鳳城已經連呼吸都已停止。酒壺酒杯都已翻倒在地上，吃苦和尚撿起來嗅了嗅，一雙深陷入骨的眼睛裡寒光閃動如利刃。他追隨唐三藏西遊求經的路線遠赴天竺，這條路並不好走。在他經過的那些窮山惡水，叢林沼澤中，到處都充滿了絕對致命的毒蟲毒蛇毒獸毒花毒樹毒草。天下所有的毒物他幾乎全都看見過，在這方面，他的經驗幾乎已可比得上嚐遍百草的神農。

絕大師雖然出家多年，剛烈急躁的脾氣絲毫未變，已忍不住問：「怎麼樣？」吃苦和尚不但閉著嘴，連眼睛都已閉了起來。絕大師更焦急。

如連吃苦和尚都查不出邱鳳城中的是什麼毒，天下絕沒有第二個人能查得出。幸好吃苦和尚終於開口。

「壺裡的酒沒有毒。」

「毒在哪裡？」

「在他喝的最後一杯酒裡。」

「是什麼毒？」

「是用牽機、斷腸、銷魂，三種毒草煉成的『秋蟲散』。」

「你能確定？」

「這種毒散無色有味，最宜下在酒中，配合酒性，發作更快。」

「多快？」

「酒一入喉，毒已發作，酒一入腸，命如秋蟲。」

「他的毒剛發作。」

「所以毒必在最後一杯酒中。」

「中毒能解？」

「秋蟲並非必死，只要救得快，就能解。」

「你能解？」

「我不能，他能。」

吃苦和尚轉過頭，看著玉道人說：「識毒天下無人及我，解毒我不及你。」

玉道人道：「你怎知道你不及我？」

吃苦和尚道：「因爲你是個負心人，我不是。」

玉道人笑了。他不能不承認這一點，從他十六歲的時候開始，就不知有多少女人想毒死他。因爲他太多情了，情卻不專，因爲他太可愛，她們都不想失去他，因爲她們都知道，除非毒死他，否則他遲早會負心的。久病都能成爲良醫，經常可能被人毒死的人，怎麼能不會解毒？

吃苦和尚道：「如果他不知解毒，現在他早已是個死人。」

絕大師道：「如果他解不了這秋蟲散的毒，還有沒有別人能解？」

玉道人自己替自己回答了這問題，他的回答是：「沒有。」

馬如龍終於明白了。這不僅是個陷阱，簡直是條繩索，如果說是邱鳳城自己下的毒，有誰相信他自己要毒死自己？所以下毒的當然是馬如龍。

邱鳳城毒發時的情況，和沈紅葉、杜青蓮死前完全相同。寒梅谷中的那壺毒酒裡，下的無疑也是秋蟲散。所以那次下毒的人當然也是馬如龍。

邱鳳城早已知道絕大師他們會來，早已算準自己有救，所以不妨先在酒中下毒。

現在他雖然已經在馬如龍面前承認自己是兇手，可是除了馬如龍外，世上並沒有第二個人聽到他的自白。所以世上也絕對沒有人相信他會在別人面前自承罪狀。所以馬如龍就算說出來，也沒有人會相信。

邱鳳城既然是被馬如龍毒死的，小婉當然也是被馬如龍捏死的。沒有人會追究他爲什麼要捏死小婉，像這樣的兇手，還有什麼事做不出？殺人者死。現在馬如龍無異已經被判了吊刑。

十二 茉莉花

邱鳳城果然沒有死。這已經是他第二次從死中復生了。馬如龍又想到金振林那一槍，想到他貼胸慎藏的那塊玉佩。有了小婉這個人，他才能解釋那塊玉佩。他的計劃每一個步驟、每一個細節，都經過精心的設計，細密的安排。每次他都先將自己置之於死，讓別人不能懷疑他。

現在他已經嘔吐過了，將毒酒都吐了出去，每個人都看得出他可以活下去了，說不定可以活到一百七八十歲，比誰活得都長。現在他們的目標已經轉移到馬如龍身上。每個人的眼睛裡都彷彿有把利刃。

第一個開口的是馮超凡：「你還有什麼話說？」

馬如龍無話可說。如果他把這件事的真相說出來，有誰相信邱鳳城捏死小婉？有誰相信他會洩露自己的秘密？又有誰相信他會在自己的酒杯中下毒？

絕大師已經在冷冷的問：「這一次你還有什麼事要交代？」

馬如龍掌中縱然還有寶劍，囊中縱然還有黃金，身上縱然還有狐裘，這一次他無法再重施故技了。

絕大師道：「現在你的罪行雖然已有鐵證如山，但是以你的爲人，還是絕不會認罪的，更不會束手就縛。」

馬如龍承認。現在他不但已無法辯白，而且已無路可走，他自己也看得出這一點。但是只要他還有一口氣在，就絕不肯放棄反抗。

絕大師道：「以我們四人之力，要拿你雖然易如反掌，但是我們也不願以多爲勝，以大壓小。」

馬如龍忽然道：「我明白了。」

絕大師道：「你明白什麼？」

馬如龍道：「你是想自己對付我，想親手來殺我。」他淡淡的接道：「因爲除了殺人外，你已沒有別的樂趣。」

這句話就像是一根針，一根必定會直刺入對方心底的針。絕大師卻全無反應，冷冷道：「如果你不願我出手，也可以選另外一個人。」

馬如龍道：「我還是選你。」

絕大師道：「很好。」

馬如龍道：「其實我本來不該選你的，你的內力雖然不及吃苦和尚，劍術雖然不及玉道人，可是你殺人的經驗遠比他們豐富，遠比他們會殺。」他嘆了口氣：「只可惜我雖然明明知道這一點，卻還是要選你。」

絕大師不能不問：「爲什麼？」

馬如龍道：「我選你，只因為你是個殘酷固執自大的狂人，總認為只憑你自己就可以判別人的罪，只要你自己判了一個人的罪，你就要趕盡殺絕，非把那個人殺了不可。」他的聲音已激動：「我選你，只因為我要替那些被你冤殺的人出口氣，我縱然不是你的對手，但是我可以保證，我一定有法子可以跟你同歸於盡。」

絕大師當然不能問：「什麼法子？」馬如龍說的話，他也不能不信。他的臉色已經開始在變。一心想置人於死的人，自己也同樣怕死的，這一點他無法掩飾。

馬如龍忽然笑了，大笑。「原來你並沒有別人想像中那麼絕，原來你也跟別人一樣愛惜自己的生命。」他的笑聲中充滿譏誚：「其實我根本沒什麼特別的法子能跟你同歸於盡，我只不過想嚇唬嚇唬你而已。」

高手相爭，非但要不動心，還要不動氣，否則就會被人佔去先機。這道理絕大師一向很瞭解。

可是他現在已經動了氣。他的眼睛裡已現出血絲，額上已暴出青筋，鷹爪般的一雙手已伸出，一步步向馬如龍走過去。

這屋子裡地上鋪著光滑的柚木板，他走過的地方，木板立刻碎裂。他已將全身真力集聚，只要出手一擊，很可能就會殺人！他已全不考慮自己是不是會殺錯人！

除了木板碎裂的聲音外，天地間彷彿已聽不見別的聲音。可是他們忽然又聽見一陣賣花的呼喚聲：「珠蘭，茉莉。」

清脆悅耳的賣花聲，彷彿是從很遠的地方傳來的，可是忽然就已到了很近的地方，近得就好像有人在耳邊呼喚。用白粉塗得很亮的牆壁上，忽然出現了一個人形的破洞。

「珠蘭，茉莉。」一個頭戴竹笠，身穿青衣，身材極苗條的賣花女，手裡拿著朵用鐵線穿的茉莉花，忽然從洞中走了進來。

茉莉花清香美麗，她的手也很美。馬如龍立刻想起了那個在窄巷中，將大婉驚走的神秘賣花女。她到這裡來幹什麼？

「買一朵茉莉花吧。」她忽然將手裡的茉莉花塞入絕大師鷹爪般的手裡。這雙手上的力量，本來已像是滿弦上的箭，一觸即發，只要一發出，就算是石頭碰上，也必將被捏碎。

但是這隻手居然沒有捏碎這朵茉莉花，這朵茉莉花反而好像刺痛了他的手。不但刺痛了手，而且從他的手指間，一直刺入他心臟。因爲他一接到這朵茉莉花，他的人就已躍起，箭一般竄出窗外。

——這個賣花女是誰？這朵茉莉花上有什麼神秘力量？

賣花女已轉過身，走到玉道人面前。「買一朵茉莉花吧，」她手裡又拈起一朵花：「又香又好看的茉莉花，很快就會謝了，不買一定會後悔的。」

「我想買，你怎麼賣？」玉道人問。

「我賣花一向價錢公道，老少無欺，」賣花女的聲音輕柔：「一條命，一朵茉莉花。」

慢。

玉道人在笑，笑得很勉強：「我買不起。」

他的身子忽然後退，箭一般從牆上那個破洞穿了出去。吃苦和尚和馮超凡走得也不比他慢。

賣花女輕輕嘆了口氣：「這麼香的茉莉花，爲什麼偏偏沒有人肯買？」

馬如龍忽然道：「他們不買，我買。」

賣花女背對著他，沒有回頭：「你也只有一條命，你也買不起。」

「我若一定要買呢？」

「我就一定不賣。」

「爲什麼？」

「因爲我不想要你這條命。」

「我這條命反正是撿回來的。」

「既然已經撿回來了，就應該多加珍惜。」她說話的時候，一面在往前走，馬如龍一面在後面追。他們很快就走出這棟房子，走入了外面那條昏暗的小巷。

十三 賣花女

寒夜，無雲，卻有星。在淡淡的星光下看來，這個神秘的賣花女的背影竟彷彿很熟悉，是他以前看見過的一個熟人。她沒有施展輕功，也沒有奔跑。馬如龍卻偏偏追不上她。

等他施展出天馬堂馳名江湖的輕功時，她的人忽然已在五六丈外，等他再追上去時，她的人更遠了。他慢下來，她也慢了下來。他停下，她也停下。看來她雖然不想讓他追上她，卻也不想把他拋得很遠。

馬如龍忽然問：「你是不是不想讓我看見你，不想讓我知道你是誰？」

沒有回答，也沒有否認。

馬如龍笑了笑：「可惜我已經知道你是誰了。」

賣花女忽然也笑了。她的笑聲在這寂寞的寒夜中聽來，就像是一杯熱酒，可以讓人全身溫暖。

「你本來就應該知道的。」她吃吃的笑道：「因爲你並不太笨。」

她當然就是大婉。她本來是被一個賣花女驚走的，可是現在卻穿著那賣花女的衣服，連手裡提著的花籃都是她的。那個神秘的賣花女到哪裡去了？

馬如龍想不通的當然不止這一件事，大婉的身世、武功、來歷，都太神秘，那天她怎麼會被埋在冰雪裡？絕大師、玉道人，這些頂尖武林高手，爲什麼會對她那麼畏懼？有關她的每件事，都不是任何人可以用常情常理解釋的。他跟她相處的時間越長，反而越不能瞭解她。

他當然也不會走。每次只要她出現，就一定會有些奇妙詭秘的事情發生。這次她又要做出什麼樣的事來，還有什麼奇怪的花樣？他實在很想看看。

大婉的花樣果然來了。她的笑眼中又閃出了狡黠的光，忽然說：「我知道你的膽子一向不小，所以這次我要帶你到一個奇怪的地方去。」

「去幹什麼？」

「去見一個人，」大婉似乎在故作神秘：「一個非常奇怪的女人。」

「我見過她？」

「大概見過一次。」

「你說的就是那個賣花女？」

「你果然不笨，」大婉盯著他問：「卻不知你敢不敢去見她？」

馬如龍當然敢去。就算那個賣花女是個會吃人的女妖怪，他也一樣要去。

大婉眨著眼，又問：「你不後悔？見到了她之後，無論發生什麼事，你都不後悔？」

馬如龍的回答很絕：「我已經做了這麼多應該後悔的事，再多做一件有什麼關係？」

大婉又笑了。「沒有關係，」她的笑聲清悅如鈴：「一點關係都沒有。」

所以他們去了。在路上的時候，馬如龍一直在想，不知道這次她要把他帶到什麼地方去？他想過很多種奇怪的地方，卻還是想不到，她居然會把他帶到了這個縣城的衙門。

知縣的官秩雖然只不過七品，卻是一個地方的父母官，縣府衙門的氣派，遠比馬如龍想像中大得多。大門已關了，他們是從邊門進去的。

這是馬如龍第一次進衙門，高架上的鳴冤鼓，大堂上擺著的板子夾棍，各種刑具和肅靜牌，每樣東西，都讓他覺得很好奇。最使他奇怪的，還是那些戴著紅纓帽的官差。縣官雖然早已退堂，衙門裡還是有官差當值衛，每一段路，就可以看見一兩個。這些官差卻好像全都是瞎子，根本就沒有看見他們這樣兩個人。

官差都不是瞎子，他和大婉明明是從他們面前走過去的。他們怎麼會看不見？難道大婉又使出了什麼神秘的魔法，把他變成了個隱形人？

大堂後有個陰森森的院子，也有兩個戴著紅纓帽的官差守候在外面。馬如龍忽然走過去，道：「喂，你有沒有看見我？」

官差不理他，連看都沒有看他一眼，卻去問另一個官差。

「剛才是不是有人在說話？」

「沒有。」

「你有沒有看見什麼人？」

「沒有，連個鬼影子都沒有看見。」

馬如龍發現自己果然又遇到件絕事，如果不是大婉已經把他拉入了院子，他真想用力擰他們一下，看看他們會不會痛？

大婉在笑：「你就算在他們面前翻觔斗，他們也看不見的。」

「爲什麼？」

「因爲他們都是明白人，都明白應該在什麼時候裝聾作啞。」

她忽然改變話題：「你知不知道這院子是什麼地方？」

馬如龍不知道。可是他已感覺到這地方有種說不出的鬼氣。

「這就是仵作驗屍的地方，」大婉輕描淡寫的說：「只要縣境內有兇殺冤死的人，屍體一定要先送到這裡，讓仵作檢驗死因。」

馬如龍還沒有看見屍體，也沒有嗅到血腥氣，可是，胃裡已經開始覺得很不舒服。到了這個地方，誰也不會覺得很舒服的。大婉爲什麼要帶他到這裡來？

院子裡的兩排房屋，非但沒有點燈，也沒有窗戶。可是右邊最後一間屋子，不但關著門，門縫裡彷彿還有燈光透出。大婉走了過去。

馬如龍忍不住問：「你要帶我來見的人，就在這房子裡？」

「你爲什麼不自己進去看看？」她推開了門。

屋裡果然點著燈，一盞昏燈，一張木床。床上，蓋著雪白的布單，布單下有個人。這床布單顯然太短了些，雖然蓋住了這個人的頭臉，卻沒有蓋住她的腳。

馬如龍第一眼看見的，就是她的腳。是一雙雪白的腳，足踝纖巧，足趾柔美。無論誰看到這雙腳，都應該看得出這是雙女人的腳，也應該可以想像到，這個女人一定很美。

在那條陰暗的窄巷中，馬如龍並沒有看見那賣花女的臉，現在也已想像到。他忍不住嘆了口氣。

「她死了？」

「看起來好像是的。」

「是你殺了她？」

大婉淡淡的回答：「她一直看不起我，一直認為她的本事比我大，隨時都可以把我打倒，我一看見她就逃走，也正是要她低估我。」

——低估了自己的對手，永遠都是種不可原諒的錯誤。

大婉悠然道：「她果然低估了我，所以現在我站著，她已倒下，看起來就好像死了一樣。」

馬如龍又忍不住問：「只不過是看起來像死了一樣？」

「嗯。」

「其實她還沒有死？」

「你為什麼不自己去看看？」大婉笑得很神秘：「看得清楚些。」

想看清楚些，就得掀開這床布單。馬如龍掀起布單，立刻又放下，他的臉忽然紅了，他的心忽然跳得比平常快了一倍。雖然他還是沒有看得十分清楚，卻已不敢再多看一眼。

布單下這個女人，竟是完全赤裸的。他從來沒有看見過這麼美的女人，這麼美的身材，這麼美的臉。這麼樣一個女人如果真的死了，實在可惜得很。

大婉又在問道：「你看，她是不是死了？」

馬如龍看不出。

大婉道：「只看了一眼，你當然看不出她的死活，但是你至少應該看得出，像她這麼美的女人並不多。」

馬如龍承認。

大婉道：「那麼你就應該看出她還沒有死。」

馬如龍道：「爲什麼？」

大婉輕輕嘆了口氣，道：「因爲她實在太美了，連我都捨不得讓她死，就算我心裡很想殺了她，也不忍下手的。」

馬如龍也在嘆氣。

大婉道：「你爲什麼嘆氣？」

馬如龍道：「因爲我發現我自己實在很笨。」

大婉道：「你怎麼會發現的？」

馬如龍道：「現在我已經看過她，也相信她還沒有死，可是我反而越來越不明白了。」

大婉道：「不明白什麼事？」

馬如龍道：「我認不認得她？」

大婉道：「不認得。」

馬如龍道：「她跟我有什麼關係？」

大婉道：「直到現在還沒有。」

馬如龍道：「那麼你爲什麼一定要我來看她？」

大婉道：「因爲你們現在雖然還沒有關係，以後卻一定會有的。」

馬如龍道：「以後會有什麼關係？」

大婉笑得更神秘：「有些事我現在還不能告訴你，但是我可以保證，我要你做的事，絕不會讓你後悔的。」

馬如龍道：「現在你又準備要我幹什麼？」

大婉說道：「我準備再帶你去見一個人。」

馬如龍道：「去見誰？」

大婉道：「一個很喜歡你的人，你好像也有點喜歡他。」

馬如龍問道：「你怎麼知道我喜歡他？」

大婉道：「只要見過他的人，想要不喜歡他都很難。」

馬如龍立刻想到了一個讓人很難不喜歡他的人：「江南俞五？」

大婉道：「除了他還有誰呢？」

馬如龍道：「他也在這裡？」

大婉道：「就在對面。」

馬如龍道：「在幹什麼？」

大婉又笑了：「他在幹什麼，你一輩子都猜不到的。」

十四 絕人絕事

馬如龍第一次看見俞五時，俞五正在做菜。這世界上每天都有很多人在做菜，做菜絕對不能算是件很奇怪的事。可是江南俞五居然會親自下廚房做菜，就讓人覺得是件怪事了。這裡是停屍驗屍的地方，不是飯館，也沒有廚房。

「如果你能猜得出他在幹什麼，我佩服你。」

「我不要你佩服，我猜不出。」

「他在梳頭。」

梳頭絕不能算是件奇怪的事，江南俞五也一樣要梳頭的。他不是在替自己梳頭，他在替別人梳頭，替一個老得連牙齒都快掉光了的老太婆梳頭。

對面一間小屋裡，不知何時已燃起了燈。這個老太婆就坐在燈下，穿著一身紅衣裳，就像是新娘子穿的那種繡花紅衣裳，蹺著一條腿，腳上還穿著雙用大紅綢子做的紅繡鞋。她臉上的皺紋雖然比棋盤上的格子還多，嘴裡的牙齒已經掉得比兩歲的孩子還少，可是一頭長髮卻還是又黑又亮，就像是絲緞般柔軟發光。如果你只看見她的衣裳和頭髮，誰也想不到她已經是個老太婆。

更令人想不到的是，江南俞五居然會替這麼樣一個老太婆梳頭。他梳頭的動作也跟他炒菜一樣，高雅而優美。不管他手裡是拿著鍋鏟也好，是拿著梳子也好，他都是江南俞五。獨一無二的江南俞五。

馬如龍雖然還是想不通他爲什麼要替這老太婆梳頭，也想不通大婉爲什麼帶他來看，卻已不知不覺看得出神。俞五卻好像根本沒有注意到他們走進來，他無論做什麼事，都是全心全意的在做。所以他才會做得比別人好。

現在他已經用一根長長的烏木簪，替她挽好了最後一個髻，正在欣賞自己的傑作。

的確是傑作。連馬如龍都不能不承認，這老太婆看來彷彿已忽然年輕了很多。她的眼睛一直閉著，臉上的表情就好像在接受情人的愛撫。

「沒有人比得上你，絕對沒有人比得上你。」她的聲音也老了，卻仍然可以聽得出年輕時的甜美愛嬌。她輕輕嘆息：「只要你的武功有你梳頭的本事一半好，你已經天下無敵。」

俞五微笑：「幸好我並不想天下無敵。」

「爲什麼？」

「因爲一個人如果真的無敵於天下，日子過得一定很無趣。」

老太婆也笑了，大笑：「我喜歡你，真的喜歡你，就算你不替我梳頭，我也會替你做這件事的。」這老太婆究竟是什麼人？俞五想找她做什麼事？馬如龍的好奇心已被引起，大婉卻偏偏把他拉了出去。

「現在你一定越來越糊塗了，因爲你根本不知道我想幹什麼。」

「你還想幹什麼？」

「我還想帶你去看一個人。」

「這次是去看誰？」

「看一個畫在紙上的人，」大婉道：「你就算比現在更聰明一百倍，也絕對猜不出這個人是誰。」

隔壁一間房子也點起了燈，牆上掛著一幅畫，畫的是個像貌很忠厚，樣子很平凡的中年人。馬如龍從來沒有見過這麼樣一個人，就算見過，也很快就會忘記。這種人根本不值得別人牢記在心，也很不容易被別人牢記在心。

「他姓張，叫張榮發，是個非常非常忠厚老實的人，在城裡開了一間小雜貨舖，用了 個跟他差不多老實忠誠的夥計。」

大婉說的就是畫上這個人：「今年他已經四十四歲，生肖是屬豬的，十九歲時他就已娶親，他的老婆叫桂枝，又會生氣，又會生病，就是不會生孩子，所以越氣越病，最近已經病得根本下不了床，連吃飯都要老張餵她，所以越氣越病，脾氣越來越大，連左右鄰居都已受不了。」她忽然停下來，問馬如龍：「你聽清楚沒有？」

馬如龍聽得很清楚，卻聽得莫名其妙，更想不通大婉爲什麼要帶他來看這幅畫，而且，把畫上的這個人介紹得這麼詳細。他當然忍不住要問：「難道這個人跟我也有什麼關係？」

「有一點。」

「我怎麼會跟他有關係？」

「因爲這個人就是你，」大婉絕沒有一點開玩笑的樣子：「你就是他，他就是你。」

馬如龍覺得很滑稽，簡直滑稽得可以讓人笑掉大牙，笑破肚子。可惜他偏偏笑不出。因爲他看得出，大婉既不是開玩笑，也沒有瘋。他故意問道：「這個叫張榮發的人，就是我？」

「絕對是。」

「他看起來一點都不像我。」

「但是你很快就會變得像他了，非常非常的像，甚至可以說完全一模一樣。」

「可惜我不會變。」

「你不會變，有人會替你變。」

大婉忽然問他：「你知不知道俞五爲什麼會替那位大小姐梳頭？」

馬如龍道：「那位大小姐好像已經不是小姐了，好像已經是位老婆婆。」

大婉居然不同意：「她不是老婆婆，她是大小姐，有些人，就算活到一百八十歲，也一樣是大小姐。」

「她就是這種人？」

「絕對是，」大婉道：「如果她不是，世上就沒有這種人了。」

「爲什麼？」

「因爲她姓玉。」

馬如龍終於想起了一個人：「她跟六十年前的那位玉大小姐有什麼關係？」

大婉道：「她就是那位玉大小姐，她就是『玲瓏玉手』玉玲瓏。」

十五　玲瓏玉手玉玲瓏

六十年前，江湖中有三雙最出名的手，無情鐵手、神偷妙手、玲瓏玉手。鐵手無情，手下從未放過任何一個不該放過的人。妙手神偷，任何人偷不到的，他都能偷得到。玉手玲瓏，神奇巧妙，誰也不知道她的一雙手能做出多少巧妙神奇的事。可是每個人都知道，無論誰在她這雙手下，半個時辰內就會變成另外一個人。

馬如龍總算明白了。「俞五替她梳頭，就因爲要請她替我易容改扮，把我變成張榮發？」

「對。」

「你們選擇了這個地方，就因爲這種地方是江湖人絕不會來的？」

「對。」

「那些官差，全都看不見我們，只因爲他們都有求於俞五，不能不放個交情給他？」

「對。」

「因爲我已被認定了是個心狠手辣的惡徒，已逼得無路可走，所以你們才替我出了這法子，讓我可以多活些日子？」

「不對。」

大婉的態度誠懇而沉重：「俞五相信你，我也相信你。我們都相信你是被人陷害的，我們也知道你絕不會躲在一個小雜貨舖裡苟且偷生。」

馬如龍很久沒有開口。他的血已熱了，他的咽喉彷彿被熱血堵塞，過了很久，才嗄聲問：「你爲什麼要相信我？」

「因爲我相信一個剛殺了人的兇手，在自己逃命的時候，絕不會冒險停下來，從雪地裡救起一個快要被凍死的女人。」

馬如龍沒有再說什麼，他心裡的感覺，已經不是言語所能表達得出。

大婉道：「可是你自己一定也要相信，人世間還是有正義公道存在的，邪惡遲早必將滅亡，陰謀遲早必將敗露，你受到的冤枉遲早總有一天會洗清。」她輕輕握住他的手，又道：「只要你能有這種信心，暫時受點委屈，又算得了什麼？」

馬如龍沉默著，沉默了很久，忽然問道：「那個雜貨舖在哪裡？」

「就在西城的一條窄巷裡，你的主顧，都是些善良窮苦的小百姓，能吃飽飯，已經很不容易，所以，很少會管別人的閒事。」

她又補充：「你的那個夥計也姓張，別人都叫他老土，除了偶爾喜歡偷偷的喝兩杯燒酒外，絕對是個可靠的人。」

馬如龍道：「他認不出他的老闆已經換了個人？」

大婉道：「他的眼睛一向不好，耳朵也有點毛病。」

馬如龍道：「就算他認不出來，別人呢？」

大婉道：「別人？」她忽然笑了笑，道：「你是不是說他那個多病的老婆？」

馬如龍苦笑，卻還是忍不住要問：「她是個什麼樣的人？」

大婉又笑了笑，道：「其實你自己應該看得出的。」

馬如龍道：「我看得出？我幾時看見過她？」

大婉道：「剛才你還看見過她。」

馬如龍怔住。「難道剛才我看見的那個好像已經死了的女人，就是我的……」他忽然發覺自己的說法不對，立刻又改口：「難道她就是張榮發的老婆？」

大婉道：「本來不是的，現在卻快要是了，就好像你本來不是張榮發，現在卻快要變成張榮發一樣。」

馬如龍道：「她本來是誰？」

大婉在考慮，看起來並沒有要回答這句話的意思。這次馬如龍卻不肯放過她，又問道：「她本來究竟是個什麼樣的人？現在你難道還是連這一點都不肯告訴我？」

大婉終於嘆了口氣，道：「現在我如果還是不肯告訴你，好像就未免有點不近人情了。」

馬如龍完全同意。

大婉道：「她姓謝，叫謝玉崙，謝謝你的謝，寶玉的玉，崑崙山的崙。」

馬如龍道：「我知道這三個字，你用不著說得這麼詳細。」

大婉道：「她是個女人。」

馬如龍道：「你以爲我連她是男是女都看不出？」

大婉苦笑，道：「你一定也看得出我只不過是在故意拖延而已，因爲我實在不知道究竟應該告訴你多少事。」

馬如龍道：「你能告訴我多少？」

大婉終於下定決心：「好，我告訴你，今年她十九歲，大概還沒有碰過男人，也沒有被男人碰過。」

馬如龍道：「她真的只有十九歲？」

大婉道：「難道你覺得她已經很老了？」

馬如龍道：「她的人雖然不老，武功卻很老，她穿過那道高牆時，就好像穿過張薄紙一樣，那種功力連九十歲的人都未必能練到。」

大婉道：「我的功力也不比她差，你是不是認爲我也很老了？」

馬如龍閉上了嘴。

大婉道：「武功不是死練出來的，一個人功力的深淺，跟他的年齡大小沒有多大關係。」

馬如龍道：「我懂。」

大婉道：「她的武功的確很高，你們知道的那些英雄大俠們，能勝過她的絕對不會超出十個，因爲她不但有個好師父，而且幾乎是一出娘胎就開始練武了。」

馬如龍道：「她的師父是誰？」

大婉道：「我只答應告訴你有關她的事，不是她師父的事。」

馬如龍苦笑，說道：「那麼，我就不問。」

大婉道：「她的脾氣不太好，大小姐的脾氣總是不太好的，如果發現自己忽然變成了一家破雜貨店的老闆娘，說不定會氣得發瘋。」

馬如龍道：「她發瘋的時候，會不會一刀把那雜貨店的老闆殺了……」

這一點他不能不關心，不能不問，因爲雜貨店的老闆就是他。

大婉嫣然道：「這一點你可以放心，她不會殺了你的。」

馬如龍道：「你怎麼知道她不會？」

大婉道：「因爲她有病，病得躺在床上，連站都站不起來。」

一個昨天還能穿牆如穿紙的絕頂高手，怎麼會忽然病得這麼重？馬如龍沒有問。他已經可以想像到，這種病是怎麼來的，以大婉的本事，要一個人「生病」絕不難。

馬如龍道：「可是她看起來也絕對不像是個雜貨店的老闆娘。」

大婉道：「現在不像，等一下就會像了，而且絕對跟原來那個老闆娘完全一模一樣。」

馬如龍道：「玉玲瓏真有這麼大的神通？」

大婉道：「她有多大的神通，等一下你自己就會看出來了。」

馬如龍嘆了口氣，道：「其實我倒並不十分想看。」

大婉道：「等她醒來時，已經躺在雜貨店後面的小屋裡。」

馬如龍道：「我呢？」

大婉道：「你當然就在她床邊照顧她，因爲你們是多年的恩愛夫妻。」

馬如龍又不禁苦笑，道：「可惜她自己一定不會承認的。」

大婉道：「她當然不會承認，可是你要一口咬定她就是你的老婆，姓王，叫王桂枝，已經嫁給你十八年了。不管她怎麼說，怎麼鬧，你都要一口咬定。」

馬如龍道：「到後來連她自己都一定會變得糊裡糊塗，連自己都不知道自己是誰了。」

大婉笑道：「你總算明白了。」

馬如龍道：「我只有一點不明白。」

大婉道：「你說。」

馬如龍道：「我跟她無冤無仇，爲什麼要做這種事？」

大婉道：「因爲這樣做不但對你有好處，對她也有好處，也只有這樣做才能把你受的冤枉洗清，把這件陰謀揭穿。」她的態度又變得極嚴肅，極誠懇：「我知道你是個多麼驕傲的人，這種事你本來絕不肯做的，這次你就算爲了我，我一直信任你，你最少也該信任我一次。」

馬如龍什麼話都不能再說了。就因爲他驕傲，所以他絕不欠別人的情。至於他這樣做了之後，是不是就能將冤情洗清，他倒並不十分在乎。他做的事通常都不是爲自己而做的。

現在如果有人問他：「你是個什麼樣的人？」他的回答，一定跟以前不同了。每一個人都一定要在經過無數折磨打擊後，才能真正的認清自己。

他只問道：「現在你又準備要我幹什麼？」

「當然是要你去喝酒，」大婉嫣然道：「俞五在這裡，你也在這裡，如果不讓你們兩個人先痛痛快快的喝幾杯酒，豈非更不近人情？」

這兩排房子後，還有間獨立的大屋，斜塌的屋背，暗灰色的牆，給人一種古老而陰森的感覺。從外表看來，無論誰都可以想像到這一定是件作們置放驗屍工具的庫房，裡面一定堆滿了各種讓人一想起就會毛骨悚然的器具，不但有刮骨的刀、生鏽的鉤子、縫皮的針和線……還有些東西甚至讓人連想都想不到，連想都不敢去想。

可是你一走進去，你的看法就會立刻改變了。屋子裡乾淨、開闊、明亮，雪白的牆壁無疑是剛粉刷過的，桌上鋪著雪白的桌布，擺著幾樣精緻的小菜和六罈酒。整整四大罈原封未動的陳紹「善釀」，和兩罈二十斤裝的女兒紅。

普通人只要一看見這麼多酒，說不定就已醉了。馬如龍不是普通人，心裡也有點發毛，喝得爛醉如泥絕不是件好受的事，但是跟俞五在一起，想不喝也很難。他只希望這一次能先把俞五灌醉，自己少喝一點。俞五正在看著他微笑，彷佛已看出他心裡在想什麼。

「我知道你喜歡女兒紅，可惜這地方實在找不到這麼多女兒紅。」

「善釀也是好酒。」

「我們先喝女兒紅，再喝善釀。」俞五笑得非常愉快：「一人一罈女兒紅喝下去之後，什麼酒喝起來都差不多了。」

「一人一罈，」馬如龍看看大婉道：「她呢？」

「這次我不喝，」大婉笑道：「玉大小姐剛才還告訴我，女孩子酒喝得太多，不但容易老，而且容易上當。」

馬如龍在心裡嘆了口氣，已經明白自己剛才想的事完全沒有希望。

玉大小姐當然就是玉玲瓏。她也在這屋裡，坐在另外一張長桌邊，桌上放著一個鑲玉的銀箱，十來個純銀罐子，和一個純銀的臉盆。盆裡盛滿溫水，她先試了試水的溫度，就將一雙手浸入溫水裡。

這位大小姐雖然已經老得可以做小姐的祖奶奶，可是她的風姿仍然不老，每一個動作都能保持年輕時的優雅。無論誰只要多看她幾眼，都會覺得她並沒有那麼老了。這也許，只因為她自己並不覺得自己老。

「你們喝你們的酒，我做我的事。」她帶著笑：「我雖然從不喝酒，可是，也絕不反對別人喝酒，而且很喜歡看別人喝酒。」

大婉也在笑：「有時候我也覺得看人喝酒比自己喝有趣得多。」

玉玲瓏同意道：「有的人一喝醉就會胡說八道，亂吵亂鬧，有的人喝醉了反而會變成個木頭人，連一句話都不說，有的人喝醉了會哭，有的人喝醉了會笑，我覺得很有趣。」

她忽然問馬如龍：「你喝醉了是什麼樣子？」

「我不知道。」他是真的不知道，一個人如果真的喝醉了，記憶中往往會留下一大段空白，醒來時只覺得口乾舌燥，頭痛如裂，什麼事都忘了——把不該忘的事全都忘了，應該忘記的事也許反而記得更清楚。

玉玲瓏笑笑道：「我生平只見過兩個真正可以算美男子的人，你就是其中之一，所以，你就算喝醉了，樣子也不會難看的。」

俞五大笑：「他喝醉了是什麼樣子，你很快就會看到的。」

馬如龍醉得雖然不能算很快，可是也絕不能算很慢。

開始的時候，玉玲瓏的一舉一動他都能看得很清楚。

她將一雙手在水裡，浸了大概有一頓飯的工夫，然後就用一塊柔巾把手擦乾，往那銀箱中，拿出把小小的彎刀，開始修指甲。——這個箱子裡還有什麼東西？

修完指甲，她又從七八個不同的罐子裡，倒出七八種顏色不同的東西，有的是粉，有的是漿汁，有黃有褐有白末。她將這些東西全部倒在一個比較小的銀盆裡，用一把銀匙慢慢攪動。

馬如龍看得出這些都是她在替別人易容前做的準備，無論做什麼事，能夠有如此精密周到的準備，都一定不會做得太差的。大半罈女兒紅下肚後，馬如龍忽然有了種奇妙的想法。

「既然她能替別人易容，將醜的變美，美的變醜，年老的變年輕，年輕的變年老，她爲什麼不替自己易容，把自己變成個大姑娘？」

玉玲瓏居然好像已看出了他心裡的想法。「我只替別人易容，從來不替自己做這種事。」她說：「因爲我就算能讓自己變得年輕些，就算能騙得過別人，也騙不過自己。」她淡淡的笑道：「騙別人的事我可能會做，騙自己的事我是絕不做的。」

說這些話的時候，她又從箱子裡拿出七八件純銀的小刀小剪小鉤小鑵，甚至還有個小小的鋸子。——她準備用這些東西幹什麼？

如果還沒有喝醉，馬如龍說不定已經奪門而逃，只可惜他已經喝得太多，已經喝醉了。

他最後記得的一件事，就是玉玲瓏在用手指按摩他的臉。她的手指冰冷而光滑，她的動作輕巧而柔軟，非常、非常柔軟……

十六　雜貨店

屋子蓋得很低，幾乎一伸手就可以摸到屋樑，牆上的粉堊已剝落，上面貼著一張關夫子觀春秋的木刻圖，一張朱夫子的治家格言，和一張手寫的勸世文，字寫得居然很工整。屋裡只有一扇窗子，一道門，門上掛著已經快洗得發白的藍布門簾。

一張雖然已很殘舊，卻是紅木做的八仙桌，就擺在門對面。桌上有一個缺嘴茶壺，三個茶碗，還供著個神龕，裡面供的卻不是關夫子，而是手裡抱著胖娃娃的送子觀音。

一個角落裡堆著三口樟木箱子，另一個角落擺著顯然已經很久沒有人用過的妝台，一面菱花銅鏡上滿是灰塵，木梳的齒子也斷了好幾根。

除此之外，就只有一張床了。一個帶著四根掛帳子木柱的雕花大木床，床上睡著一個女人，身上蓋著三床厚棉被。這女人的頭髮蓬亂，臉色發黃，看來說不出的疲倦憔悴，雖然已睡著了，還是不時發出呻吟。

空氣中充滿了濃烈的藥香，外面有個尖銳的女人聲音正在吵鬧，又說這個雜貨店的雞蛋太小，又說油裡摻了水，鹽也賣得太貴。

馬如龍醒來時，就是在這麼樣一個地方。他本來還以為自己是在做夢，除了做夢外，他這種人怎麼會到這種地方來？幸好他的宿醉雖然未醒，頭雖然痛得要命，可是記憶還沒有喪失。

他立刻想起了自己是怎麼會到這裡來的。他第一個反應就是從椅子上跳了起來，一步竄到妝台前，拿起了那面銅鏡，用衣袖擦淨上面的灰塵。他覺得自己的手好像在發抖。

——玉玲瓏究竟在他臉上做了什麼手腳？他當然急著想要看自己已經變成了什麼樣子？

他看見的不是他自己，是張榮發，絕對不是他自己，絕對是張榮發。他看著鏡子時，就好像在看著大婉給他看過的那幅圖畫。

一個人在照鏡子時，看見的卻是另外一個人，他心裡是什麼感覺？沒有經歷過這種事的人，連做夢都不會想到現在他的心裡是什麼感覺的。

雖然他並沒有時常提醒自己，可是他也知道自己是個美男子。就連最妒恨討厭他的人，都不能不承認這一點。他忍不住要問自己。「將來，我還會不會恢復我以前的樣子？」這問題他自己當然不能回答，他只恨自己以前爲什麼沒有問過大婉和玉玲瓏。

外面爭吵的聲音總算已平靜了，床上的女人還沒有醒。馬如龍當然也忍不住要去看看她，一看又嚇了一跳。

這個面黃肌瘦，病弱憔悴，連一分光采都沒有的女人，真的就是他在那衙門的驗屍房裡，掀開布單所看見的那個絕色美人？馬如龍雖是明明知道自己會變成這樣子，還是忍不住要害怕，吃驚。她醒來時忽然發現自己忽然變成這樣子，她會怎麼樣？馬如龍已經開始對她同情了。

現在這個「張榮發」已見過了他自己，見過了他住的屋子，也見過他的妻子。他的雜貨店是個什麼樣的雜貨店？他那個老實忠厚的夥計張老實是個什麼樣的人？他當然也忍不住想去看看。

雜貨店通常都是個很「雜」，放滿了各式各樣「貨」的地方。油、鹽、醬、醋、米、雞蛋、鴨蛋、鹹蛋、皮蛋、蝦米、醬菜、冰糖、針線、刀剪、釘子、草紙……一個普通人家日常生活所需要的東西，都可以在雜貨店裡買得到。

這個雜貨店也是這樣子的，門口還掛著個破舊的招牌。「張記雜貨」。門外是條不能算很窄的巷子，颳風的時候灰砂滿天，下雨的時候泥濘滿路，左鄰右舍都是貧苦人家，流著鼻涕的小孩子整天在巷子裡胡鬧啼哭打架玩耍，雞鴨貓狗拉的屎到處都有，家家戶戶的門口都曬著小孩衣服和尿布。

在這種地方，這種人家，除了逗小孩子外，別的娛樂幾乎完全沒有。江湖中的英雄豪傑好漢們，當然不會到這種地方來。馬如龍做夢也想不到自己居然變成了這麼樣一家雜貨店的老闆。

張老實矮矮胖胖的身材，邋邋遢遢的樣子，一張圓圓的臉上，長著雙好像永遠沒有睡醒的眼睛，和一個通紅的大酒糟鼻子。張老實對他的老闆禮貌並不十分周到，甚至連話都懶得說，連看都懶得看。

在這麼樣一個破舖子裡，老闆又怎麼樣？夥計又怎麼樣？反正大家都是在混吃等死，能捱一天是一天。馬如龍對這種情況反而很滿意，如果張老實是個多嘴的人，對他特別巴結，他反而受不了。

這雜貨店原來的老闆和老闆娘呢？俞五當然已對他們做了妥當的安排，現在他們過的日子一定比原來好得多。馬如龍又忍不住在心裡問自己：「像這樣的日子，我還要過多久？」

又有生意上門了，一個挺著大肚子的年輕小媳婦，來買一文錢紅糖。就在這時候，馬如龍聽見一聲呼喊，聲音雖然不大，可是馬如龍這一輩子都沒有聽見過這麼驚慌悲慘的呼喊。謝玉崙一定已經醒來了，一定已經發現了這種可怕的變化。馬如龍幾乎不敢進去面對她。

大肚子的小媳婦看著他，搖頭嘆道：「老闆娘的病好像越來越重了。」馬如龍只有苦笑，掀起藍布門簾，走進了後面的屋子。

謝玉崙正掙扎著想從床上爬起來，眼睛裡充滿了令人看過一眼就永遠忘不了的驚慌、憤怒、和恐懼，又嘶聲呼喊：「你是什麼人？這是什麼地方？我怎麼會到這裡來？」

「這裡就是你的家，你已經在這裡住了十八年，我就是你的老公。」馬如龍說出這些話的時候，自己也覺得自己就像是條黃鼠狼。可是他不能不說：「我看，你的病又重了，居然連自己的家和老公，都不認得了。」謝玉崙吃驚的看著他，沒有人能形容她眼睛裡是什麼表情。

大肚子的小媳婦也從門簾外伸進頭來，嘆著氣道：「老闆娘一定燒得很厲害，所以才會這樣子說胡話，你最好煮點紅糖薑水給她喝。」她的話還沒有說完，謝玉崙已經抓起床邊小桌上的一個粗碗，用盡全身力氣往他們摔了過來。

只可惜她「病」得實在太重，連一個碗都摔不遠。她更害怕，怕得全身都在發抖。

她自己知道自己的武功，那一身驚人武功到哪裡去了？小媳婦終於嘆著氣，帶著紅糖回家，不出半個時辰，左鄰右舍都會知道這雜貨店的老闆娘已經病得快瘋了。

謝玉崙真的快瘋了。她已經看見自己的手，一雙柔若無骨春蔥般的玉手，現在竟已變得像隻雞爪。

別的地方呢？她把手伸進了被窩，忽然又縮出來，就好像被窩裡有條毒蛇，把她咬了一口。然後她又看到了那個鏡子，她掙扎著爬過去，對著鏡子看了一眼。只看了一眼，她就暈了過去。

馬如龍慢慢的彎下腰，從地上撿起破碗的碎片。其實他並不想做這件事的。他真正想做的事，就是先用力打自己十七八個耳光，再把真相告訴這位姓謝的姑娘。

但是他也不能對不起大婉。大婉信任他，他也應該信任她。她這麼做，一定有很深的用意，而且對大家都有好處。馬如龍長長的嘆了口氣，緩步走了出去，吩咐他的夥計，道：「今天我們提早打烊。」

十七　有所不為

晚飯的菜是辣椒炒小魚乾，只有一樣菜，另外一碗用肉骨頭熬的湯，是給病人喝的。病人已經醒過來了，一直動也不動的躺在床上，瞪著眼，看著屋頂。

馬如龍也只有呆坐在床邊一張破藤椅上。他忽然想起了很多事，想起了他以前做過的那些自己覺得自己很了不起的事。

——那些事是不是真的全部都是應該做的？是不是真的有那麼了不起？

——人與人之間，爲什麼會有如此大的距離？爲什麼有的人生活得如此卑賤？爲什麼有些人要那麼驕傲？

他忽然發現，如果能將人與人之間這種距離縮短，才是真正值得驕傲的。如果他一直生活在以前那種生活裡，他一定不會想到這一點。

——一個人如果能經歷一些意想不到的挫折苦難，是不是對他反而有好處？

——大婉用這種法子對付謝玉崙，是不是也爲了這緣故？

想到這裡，馬如龍心裡就覺得舒服一點了。他相信謝玉崙以前一定也是個非常驕傲的人，而且自覺有值得驕傲的理由。

不知道從什麼時候開始，謝玉崙也在看著他，看了很久，忽然道：「你再說一遍。」

「說什麼？」

「說你是什麼人？我是什麼人？」

「我是張榮發，你是王桂枝。」

「我們是夫妻？」

「是十八年的夫妻。我們一直都住在這裡，開了這家雜貨店，附近的每個人都認得我們。」

馬如龍嘆了口氣，又說道：「也許你認為我們這種日子過得太貧苦，已經不想再過了，所以要把以前的事全部都忘記。」他是在安慰她：「其實，這種日子也沒有什麼不好，至少，我們一直過得心安理得。」

謝玉崙又盯著他看了很久。「你聽著，」她一個字一個字的說：「我不知道你是什麼人，也不知道這是怎麼回事，可是我知道這些事一定是別人買通了你，來害我的。」

「誰要害你！為什麼要害你？」

「你真的不知道我是什麼人？」

馬如龍真的不太知道，忍不住問：「你自己以為你是什麼人？」

謝玉崙冷笑：「如果你知道我是什麼人，說不定會活活駭死。」她的聲音中忽然充滿驕傲：「我是神的女兒，世上沒有一個女人能比得上我，我隨時都可以讓你發財，也隨時可以殺了你，所以你最好趕快把我送回去，否則我遲早總有一天，要把你一刀刀的割碎，拿去餵狗。」

她果然是個非常非常驕傲的女人，非但從未把別人看在眼裡，別人的性命她也全不重視，因為除了她自己外，誰的命都不值錢。像這麼樣一個人，受點苦難折磨，對她絕對是有好處的。

馬如龍又嘆了口氣：「你的病又犯了，還是早點睡吧。」

他說出這句話時，才想到一個問題，屋裡只有一張床，他睡在哪裡？

謝玉崙無疑也想到了這個問題，忽然尖聲道：「你敢睡上來，敢碰我一下，我就……我就……」

她沒有說下去。她根本不能對他怎麼樣，她連站都站不起來，隨便他要對她怎麼樣，她都沒法子反抗。

馬如龍沒有對她怎麼樣。

馬如龍是個男人，健全而健康，而且曾經看過她的真面目，知道她是個多麼美麗的女人。在那陰暗的小屋裡，在那床雪白的布單下……那一幕，他並沒有忘記，也忘不了。可是他沒有對她怎麼樣。雖然他的想法已經變了，已經覺得自己並沒有以前想像中那麼值得驕傲，可是有些事他還是不會做的，你就算殺了他，他也不會做。也許這一點已經值得他驕傲了。

日子居然就這麼樣一天天過去了，謝玉崙居然也漸漸安靜下來。一個人遇著了無可奈何的事，無論誰都只有忍耐接受。因爲她不忍耐也沒有用，發瘋發狂，滿地打滾，一頭撞死都沒有用。

馬如龍呢？這種生活非但跟他以前的生活完全不同，而且跟他以前的世界完全隔絕。以前他覺得平凡、庸俗、卑賤的人，現在，他已經可以發現到他們善良可愛的一面了。有時候，他雖然也會覺得很煩躁，想出去打聽江湖中的消息，想去找大婉和俞五。

但是有時候他想放棄一切，就這麼樣安靜平凡的過一輩子。只可惜就算他真的這麼想，別人也不會讓他這麼做的。他畢竟不是張榮發，是馬如龍。

最近這幾天，雜貨店裡忽然多了個奇怪的客人，每天黃昏後，都來買二十個雞蛋、兩刀草紙、兩斤粗鹽、一斤米酒。一家人每天要吃二十個蛋，用兩刀草紙，已經有點奇怪了。每天都要用兩斤粗鹽的人家，誰也沒有聽說過。

這件事雖然奇怪，但是這個人買的東西卻不奇怪，雞蛋、草紙、鹽、酒，都是很普通的東西。來買東西的人看來也很平凡，高高的個子，瘦瘦的，就像這裡別的男人一樣，看來總是顯得有些憂慮，有點疲倦。

直到有一天，那個肚子挺得更高的小媳婦看見他，馬如龍才開始注意他。因爲小媳婦居然在問：「這個人是誰？我怎麼從來沒有見過他。」

住在這裡的人每一個她都見過，而且都認得。她說得很肯定：「這個男人絕不是住在這裡的，而且以前絕對沒有到這裡來過。」

於是馬如龍也漸漸開始對這個男人注意了。他並不是個善於觀察別人的人，出身在他這種豪富世家的大少爺們，通常都不善於觀察別人。但是，他仍然看出了好幾點異常的現象。

這個男人身材雖然很瘦，手腳卻特別粗大，伸手拿東西和付錢的時候，總是躲躲藏藏的，而且動作很快，好像很不願別人看見他的手。

每天他都要等到黃昏過後，每個人都回家吃飯的時候才來，這時候巷子的人最少。他的身材雖然很高，腳雖然很大，走起路來卻很輕，幾乎聽不見腳步聲，有時天下雨，巷子裡泥濘滿路，他腳上沾著的泥也比別人少。

雖然已過完了年，已經是春天，天氣卻還是很冷，他穿的衣衫也比別人單薄，可是連一點怕冷的樣子都沒有。

馬如龍雖然不是老江湖，就憑這幾點，也已看出這個人一定練過武，而且練得很不錯，一雙手上很可能有鐵砂掌一類的功夫。

一個武林中的好手，每天到這裡來買雞蛋草紙幹什麼？如果他是爲了避仇而躲到這裡來的，也不必每天來買這些東西。如果他是俞五的屬下，派到這裡來保護馬如龍的，也不必做這些引人注意的事情。

難道邱鳳城、絕大師他們，已經發現這家雜貨店可疑，所以，派個人來查探監視？如果真是這樣子的，他也不必每天買二十個雞蛋兩斤鹽回去。這幾點馬如龍都想不通。

想不通的事，最好不要想，可是馬如龍的好奇心已經被引起了。每個人難免有好奇心的，馬如龍固然不能例外，謝玉崙也不例外。她也知道有這麼樣一個人來，有一天她終於忍不住問：「你們說的這個人，真的是個男人？」

「當然是個男人。」

「他會不會是女扮男裝的？」

「絕不會。」

馬如龍雖然已領教過「易容術」的奇妙，但是，他相信這個男人絕不會是個女人。

謝玉崙顯然覺得很失望。

馬如龍早就覺得她問得很奇怪，也忍不住要問她：「你為什麼要問這件事？難道你希望他是個女人？」

謝玉崙沉默了很久，才嘆息著道：「如果他是女人，就可能是來救我的。」

——為什麼只有女人才會來救她？馬如龍沒有問，只淡淡的說：「你嫁給我十八年，我對你一向不錯，別人為什麼要來救你？」

謝玉崙恨恨的盯著他，只要一提起這件事，她眼睛就會露出種說不出的痛苦和仇恨。只要她一變成這種樣子，馬如龍就會趕快溜出去，他實在不敢看這麼樣一雙眼睛。他也不忍。

有一天晚上，這個神秘的男人剛買過東西回去沒有多久，姓于的小媳婦忽然又挺著大肚子來了，神色顯得又緊張，又興奮。「我知道了，我知道了。」她喘著氣說：「我知道那個人住在哪裡了。」

一向不多事，也不多嘴的張老實，這次居然也忍不住問：「他住在哪裡？」

「就住在陶保義的家，」小媳婦說：「我親眼看見他進去的。」

陶保義是這裡的地保，以前聽說也練過武，可是他自己從來不提，也沒有人看見他練過武。他住的地方是附近最大的一棟屋子，是用紅磚蓋成的。地保的交遊比較廣闊，有朋友來住在他家裡，並不奇怪。

可是他家裡一共只有夫婦兩個人，再加上這個朋友，每天就算能吃下二十個雞蛋，如果要吃兩斤鹽，三個人都會鹹死。

小媳婦又說：「剛才我故意到保義嫂家裡去串門子，前前後後都看不見那個人，可是我明明看見那個人到他家去了，我偷偷的問保義嫂，那個人每天買兩斤鹽回去幹什麼？保義哥忽然就藉了個原因，跟保義嫂吵起架來，我只有趕緊開溜。」

張老實一直在聽，忽然問她：「今天你買不買紅糖？」

「今天不買。」

「買不買醬菜？」

「也不買。」

張老實居然板起了臉：「那麼你爲什麼還不回去睡覺？」

小媳婦眨著眼，看了他半天，只好走了。張老實已經在準備打烊，嘴裡喃喃的說：「管人閒事最不好，喜歡管閒事的人，我看見就討厭。」

馬如龍看著他，忽然發現這個老實人也有些奇怪的地方。這是他第一次覺得張老實奇怪。

十八　吃鹽的人

這天晚上，馬如龍也像平常一樣，打地鋪睡在床邊。他睡不著。

謝玉崙也沒有睡著，他忽然聽見她在叫他：「喂，你睡著了沒有？」

「沒有。」睡著了的人是不會說話的。

「你爲什麼睡不著？」謝玉崙又在問：「是不是也在想那個人的事？」

馬如龍故意問：「什麼事？」

謝玉崙道：「那個地保既然練過武，你想他以前會不會是個江洋大盜，那個來買鹽的人就是他以前的同黨，到這裡很可能又是在準備計劃做件案子。」

馬如龍道：「做案子跟買鹽有什麼關係？跟我們有什麼關係？」

謝玉崙道：「說不定他們是準備來搶這家雜貨店，買鹽就是爲了來探路！」

馬如龍忍不住要問：「我們這家雜貨店有什麼値得別人來搶的東西？」

謝玉崙道：「有一樣。」

馬如龍道：「一樣什麼東西？」

謝玉崙道：「我。」

馬如龍道：「你認為他們要搶你？」

這次他又沒有想要笑的意思，因為他已想到這不是絕無可能的。謝玉崙忽然嘆了一口氣，道：「也許你是真的不知道我是誰，可是你一定要相信，如果我落入了那些惡人手裡……」

她沒有說下去，她彷彿已經想到了很多很多種可怕的後果。過了半天，她才輕輕的說道：「雖然我一直猜不透，你為什麼要這樣對我，可是，這些日子來，我已看出，你不是個壞人，所以，你一定要幫我去查出那個人的來歷。」

「我怎麼去查？」

謝玉崙忽又冷笑：「你以為我還沒有看出你也是個會武功的人？就算你現在是個雜貨店老闆，以前也一定在江湖中走動過，而且一定是個很有名的人，因為我看得出你武功還不算太差。」

馬如龍不說話了。一個練過十幾年武功的高手，有很多事都跟平常的人不同的。他相信她一定能看得出，因為她每天都盯著他看。她實在沒有什麼別的事可做，也沒有什麼別的可看。

謝玉崙又在盯著他看：「如果你不替我去做這件事，我就……」

馬如龍道：「你就怎麼樣？」

謝玉崙道：「我就從現在開始不吃飯，不喝水，反正我早就不想活了！」

這是一著絕招。馬如龍當然不能讓她活活的餓死。

謝玉崙道：「怎麼樣？」

馬如龍嘆了一口氣，道：「你要我什麼時候去？」

謝玉崙道：「現在，現在就去。」

她想了想，又道：「你可以換身黑衣服，找塊黑布蒙著臉，如果被人發現，有人出來追你，你千萬不要直接逃回來，我知道你也不想讓別人看出你的來歷。」

這些江湖中的勾當，她居然比他還內行。

謝玉崙又道：「你一定要照我的話做，這些事我雖然沒有做過，可是有個江湖中的大行家教過我。」她又嘆了口氣：「我寧願半死不活的躺在這破雜貨店裡，只因為我相信總有一天有人會來告訴我，這是怎麼回事，所以你千萬不能讓別人找到這裡來，否則我們兩個都死定了。」馬如龍只有聽著，只有苦笑。他一輩子沒有做過這種偷偷摸摸的事，可是這一次他非去做不可。

夜已深，貧苦的人家，爲了白天工作辛苦，爲了早點休息，爲了節省燒油，爲了他們唯一能夠經常享受的歡愉，爲了各種原因，總是睡得特別早的。黑暗的長巷，沒有燈火，也沒有人。

馬如龍悄悄的走出了他的雜貨店，他已經換上了一身黑衣服，而且用黑布蒙起了臉，只露出一雙眼睛。他知道陶保義住的是哪棟屋子，他偶爾也曾出來走動過。用紅磚砌的屋子，一共有五間，三明兩暗，燈卻已滅了。

屋子後面有個小院，院子左邊有個廚房。廚房邊是間柴房，中間有口井。馬如龍又施展出他已久未施展的輕功，在這棟屋子前後看了一遍。他什麼都沒有看見，什麼都沒聽到。陶保義的妻子還年輕，他總不能把別人的窗子戳個洞去偷看。所以他就回來了。

謝玉崙還睜大了眼睛在等，等他回來，就睜大了眼聽，聽他說完了，才輕輕嘆了口氣。

「我錯了，」她嘆息著道：「我剛才說你以前在江湖中一定是個名人，現在我才知道我錯了，江湖中的事，你好像連一點都不懂。」

其實她沒有錯。名人未必是老江湖，老江湖也未必是名人。馬如龍並不想反駁這一點，他已經去看過，已經算交了差。謝玉崙卻不同意。

「不該看的地方也許去看過了，該看的地方你卻沒有看。」

「什麼地方是該看的？」

「你到廚房裡去看過沒有？」

「沒有。」馬如龍不懂：「我知道廚房裡沒有人，爲什麼還要去看？」

謝玉崙道：「去看看灶裡最近有沒有生過火。」

馬如龍更不懂。灶裡最近有沒有生過火，跟這件事有什麼關係？

謝玉崙又問：「你有沒有去看過那口井？井裡有沒有水？」

「我爲什麼要去看？」

「因爲沒有火的灶，沒有水的井，都是藏人的好地方，裡面都可能有暗道秘窟。」

馬如龍嘆了口氣：「教給你這些事的那位大行家，懂得的事並不少。」

謝玉崙道：「現在我已經把這些事教給你了。」

馬如龍道：「你是不是還要我去看一次？」

謝玉崙道：「你最好現在就去。」

灶雖是熱的，灶裡邊留著火種。灶上還熱著一大鍋水，井裡卻沒有水。那個人是不是真的藏在井裡？馬如龍還是看不見。

他很小的時候就練過壁虎功，要下去看看並不難，可是如果人真的藏在井裡，他一下去，別人就會先看見他，只要一看見他，就絕不會讓他再活著離開這口井。也許他可以躲開他們的出手一擊，也許他還可以給他們致命的一擊。但是他爲什麼要做這種事？他連一點理由都想不出。

他又準備走了，準備回去聽謝玉崙的嘮叨埋怨。現在他雖然還沒有做丈夫，卻已經能瞭解一個做丈夫的人，被妻子嘮叨埋怨時是什麼滋味。他還沒有走，忽然聽見井底有人冷冷的說：「張老闆，你來了麼？」

聲音嘶啞低沉，正是那個買鹽的人，他還沒有看見別人，別人已經看見了他。

馬如龍苦笑：「我來了！」

買鹽的人又道：「你既然來了，爲什麼不下來坐坐？」

馬如龍本來還可以走的，可是別人既然已經知道他是誰，就算他現在走了，別人還是會找到他的「張記」雜貨店去。亡命的人，絕不要別人發現自己的隱秘。馬如龍很瞭解這點，因爲他是個亡命的人，他只有硬著頭皮說：「我下去。」

黑黝黝的深井裡，忽然亮起了一點火光。井底有兩個人，一個就是買鹽的人，另一個卻是吃鹽的人。

這個人寬肩，長腿，廣額，高顴，本來一定是個很魁梧高大的人，現在卻已瘦得不成人形，全身的皮膚都已乾裂。奇怪的是，他一直都在不停的喝水。

喝一大口水，吃一大把鹽，吞一個生雞蛋。他非但不怕鹹，沒有被鹹死，喝下去的水也不知到哪裡去了。他的皮膚，看起來就像是乾旱時的土地一樣。

十九 有所必為

——買鹽的人正在喝酒，只有這瓶米酒，是他爲自己買的。他一小口，一小口，慢慢的喝，他喝酒時的樣子，就像吝嗇鬼在付錢時一樣，又想喝，又捨不得。因爲他不能喝醉。因爲他一定要照顧他的朋友，照顧那個不怕鹹的吃鹽人。

井底遠比井口寬闊得多，裡面居然有一張床、一張几、一張椅。燈在几上。吃鹽的人躺在床上，買鹽的人坐在椅上，靜靜的坐在那裡，看著馬如龍用壁虎功從井壁上滑下來。他拿著酒瓶的手巨大粗糙，指甲發禿，無疑練過硃砂掌一類的功夫。

他的椅子旁邊有一根沉重的竹節鞭，看來最少有四五十斤。可是他沒有向馬如龍發出致命的一擊！只不過冷冷的說：「張老闆，我們就知道你遲早會來的，你果然來了。」

「你知道我會來？」馬如龍想不通：「你怎麼會知道？」

買鹽的人又喝了口酒，一小口。「如果我開雜貨店，如果有人每天來買兩斤鹽，我也會覺得奇怪。」他冷冷的笑了笑：「但是一個真正開雜貨店的人，就算奇怪，也不會多管別人的閒事，只可惜你不是。」

「我不是？」

「你本來絕不是個雜貨店老闆，」買鹽的人道：「就好像我本來絕不會到雜貨店買鹽的。」

「你看得出？」

買鹽的人道：「你來查我的來歷，我也調查過你。」買鹽的人慢慢的接著道：「你本來應該叫張榮發，在這裡開雜貨店已經有十八年，你有個多病的妻子，老實的夥計，你這個人一生中從來不喜歡多事。」他忽然嘆了口氣：「只可惜你不是張榮發，絕對不是。」

馬如龍又問：「你怎知道我不是張榮發？」

買鹽的人道：「因爲你的指甲太乾淨，頭髮梳得太整齊，而且，每天洗澡，因爲我已經查出張榮發以前絕不是個愛乾淨的人。」

馬如龍沒有辯駁，也無法辯駁。這個人無疑也是江湖中的大行家，這人在馬如龍還沒有發現他可疑之前，他已經發現這一家雜貨店可疑了！

「如果你不是張榮發，你是誰？爲什麼要假冒張榮發？真的張榮發，到哪裡去了？」買鹽的人接著道：「這些問題我也曾想到過，想了很久。」

馬如龍道：「你想得通？」

買鹽的人道：「我只想通了一點！」

馬如龍道：「哪一點？」

買鹽的人道：「這件事絕對有周密的計劃，每一個細節都經過極周密的安排，你能扮成張榮發，能瞞過十八年來天天到你們雜貨店去買東西的老鄰居，絕對經過極精密的易容。」

他說話很肯定：「江湖中精通易容術的人雖然為數不少，可是能做到這一步的，普天之下，絕對只有一個人。」

這個人當然就是玲瓏玉手玉玲瓏。

買鹽的人接著又道：「玉大小姐至少已有二十年沒有管過江湖中的事了，能夠讓她再度出山，重展妙手的也只有一個人。」

馬如龍道：「絕對只有一個人？」

買鹽的人點頭道：「絕對只有一個，除了江南俞五之外，絕對沒別人能夠請得到她。」

馬如龍苦笑。他終於明白，世上絕對沒有真真正正全無破綻的計劃，也沒有永遠能瞞住別人的秘密。只可惜他還是找不出邱鳳城的破綻在哪裡。

買鹽的人又道：「你經過如此縝密的安排，費了這麼大的苦心，來假冒一個雜貨店的老闆，可見你也跟我們一樣，也是個亡命的人，也在躲避別人的追殺搜捕，想要你這條命的人，一定比我們的對頭更可怕。」他笑了笑又道：「既然同是江湖亡命人，我又何必苦苦追查你的隱秘？你本來也不必來追查我的，所以我還是天天到你店裡去買東西。」

馬如龍嘆了口氣：「我本來也不想來的。」

買鹽的人道：「可惜你已經來了。」

馬如龍問道：「你是不是想殺了我滅口？」

買鹽的人道：「你能要江南俞五替你做這件事，當然也是個有來歷的人，就算我想殺你滅口，也未必能得手。」他忽然又笑了笑，「如果你真是我猜想的那個人，只要我一出手，說不定反而會死在你手裡。」

馬如龍道：「你猜想的那個人，又是誰？」

買鹽的人道：「馬如龍，天馬堂的大少爺，白馬公子馬如龍。」

馬如龍的心在跳。如果不是因爲他臉上經過玉手玲瓏的易容，別人一定就會發現他的臉色已變得很難看。只不過他還是不能不問：「你怎麼會想到我就是馬如龍？」

買鹽的人道：「我有理由。」

他的理由是——現在江湖中被人搜捕最急的就是馬如龍，能讓江南俞五出手相助的也只有馬如龍。他說：「現在江湖中的三大家族，五大門派，已經出了五萬兩黃金的賞格來找你，爲你出動的一流高手，至少已有五六十個，只有丐幫的弟子始終不聞不問，根本沒有管過這件事。」

丐幫弟子的人數最多，地盤最廣，眼皮最雜，消息最靈。丐幫中的耗費最多，五萬兩黃金的數目不少。買鹽的人接著又道：「他們爲什麼不管這件事？那當然是因爲俞五爺跟你有關係。」

馬如龍沉默了很久，才緩緩道：「這些話你也不該說的。」

買鹽的人道：「是不是因爲我說出之後，你說不定也想殺了我滅口？因爲你可能會認爲我也想要那五萬兩黃金。」

馬如龍道：「你不想？」

買鹽的人回答得乾脆而肯定：「我不想。」

馬如龍道：「爲什麼？」

買鹽的人還沒有開口，吃鹽的人忽然道：「因爲我。」

他一直都在吃鹽，最鹹的粗鹽。任何人都無法想像世上有人能吃這麼多鹽。兩斤粗鹽他已吃了一半，十個生蛋也吞下肚之後，他臉上才有了一點血色，才能開口說話。

他說：「二十年來，想要我這顆頭顱的人也不比你少，被人冤枉是什麼滋味，我也嚐過。」他看來雖然是很衰弱，可是他說話時仍有一種懾人的豪氣：「五萬兩黃金雖然不少，我還沒有看在眼裡！」

馬如龍道：「你怎麼知道我也是被人冤枉的？」

吃鹽的人道：「因爲我信得過俞五，你若不是冤枉，第一個要你命的人就是他！」

馬如龍道：「你是誰？」

吃鹽的人道：「我也跟你一樣，是個被冤枉的人，是個頭上有賞格的人，是個不得不像野狗般躲著不敢見人的人，因爲我們都不想死，就算要死，也得等冤枉洗清之後再死。」他也笑了笑，笑得悲壯而淒涼：「至於我的名字，你最好不要問。」

馬如龍看著他，看了很久，又看看那買鹽的人，忽然道：「我相信你絕不會出賣我。」

吃鹽的人道：「我也相信你。」他伸出了他的手。他的手也像他的朋友一樣，粗糙巨大，冷得就像是一塊冰。可是馬如龍握起他的手時，心裡卻忽然有了一股溫暖之意。

吃鹽的人又笑了笑，道：「你走，我不攔你。」

馬如龍道：「你們再來買鹽，我也絕不再問。」

吃鹽的人看著他，也看了很久，忽然長長嘆息：「只可惜我們相見恨晚，我已身負重傷，已無法再助你洗冤，否則我一定要交你這個朋友。」

馬如龍道：「現在你還是可以交我這個朋友，交朋友並不一定要交能夠互相利用的人。」

吃鹽的人忽然大笑。他的笑聲嘶啞而短促，已經笑不出了，卻仍然豪氣如雲！他說：「不管你是不是馬如龍，不管你是誰，我交了你這個朋友！」

馬如龍用力握著他的手：「我也不管你是誰，我也交了你這個朋友。」

天還沒有亮，春寒料峭。馬如龍的心裡卻在發熱，整個人都在發熱。因為他交了一個朋友。交了一個不明來歷，不問後果，但卻肝膽相照的朋友。

「你交了他這個朋友！」謝玉崙還在等他，她第一句問的，就是這句話：「你連他是誰都不知道，你就跟他交上了朋友？」

馬如龍道：「就算天下所有的人都把他當作仇敵，都想把他亂刀分屍，大卸八塊，我還是願意交他這個朋友！」

謝玉崙道：「爲什麼？」

馬如龍道：「不爲什麼。」不爲什麼？這四個字正是交朋友的真諦。如果你是「爲了什麼」才去交朋友，你能交到的是什麼朋友？你又算是個什麼朋友？

窗外已現出了曙色，馬如龍坐在窗下，謝玉崙側著頭，看著他，過了很久，才輕輕的嘆了口氣，道：「你的意思我明白，可是做不到。」一個年輕的女孩子，能夠瞭解這種情操已經很少有人能做得到。

謝玉崙忽然問：「你知不知道你那位朋友爲什麼要吃鹽？」馬如龍不知道，他根本沒有問。

「我知道。」謝玉崙道：「他一定是中了三陽絕戶手！」

「三陽絕戶手？」馬如龍是武林世家子，卻從未聽過這個名字。

「這種掌力絕傳已久，中了這種掌力的人，不但全身脫水，皮膚乾裂，而且味覺失靈，只想吃鹽，鹽吃得越多，水喝得越多，傷勢越重，死時全身皮膚全部乾裂，就像是活活被烤死的。」

她想了想，又道：「吃生雞蛋雖然比喝水好些，可是最多也不過能多拖一個半月而已，最後還是無救而死。」

「絕對無救？」

謝玉崙沒有回答這句話，又問道：「你那個朋友是個什麼樣的人？長得是什麼樣子？」

「我想，他本來一定是個很高大魁偉的人，雙肩比平常人至少要寬出一半，而且大手大腳，外家掌力一定練得很好。」

馬如龍道：「現在，他雖然已傷重將死，可是，說話做事，還是有股懾人的豪氣。」

謝玉崙眼睛裡彷彿忽然有了光。

「我已經想到可能是他了。」

「是誰？」

「這種掌力遠比陰家崔家的三陰絕戶手更霸道，也更難練，一定要本身未近女色的人才能練得成。」

一生未近女色的人，江湖中有幾個？

謝玉崙道：「據我所知，這五十年來肯練這種掌力的只有一個人。」

馬如龍立刻問：「誰？」

「絕大師！」謝玉崙道：「絕大師雖然心絕情絕，趕盡殺絕，卻從不輕易出手，更不會輕易使出這種隱秘的武功來！除非他的對手掌力也極可怕，逼得他非將這種功夫使出來不可。」

江湖高手們大多數都有種深藏不露的武功絕技，不到迫不得已時，絕不肯輕易讓人看見。

謝玉崙道：「如果不是已經被逼得別無選擇，絕大師也絕不會施展三陽絕戶手的。」

她又問馬如龍：「能將絕大師逼得這麼慘的人有幾個？」

「沒有幾個。」

「你有沒有聽過『翻天覆地』鐵震天這個人？」謝玉崙問：「他能不能算其中的一個？」

馬如龍知道自己的臉色一定變了。他當然聽過這名字，「翻天覆地」鐵震天。橫行江東二十年，殺人如草芥，積案如山，也不知有多少人，想要他頸上的頭顱。只可惜他非但行蹤飄忽，別人根本找不到他，而且武功絕高，手狠心辣，能找到他的人，也全都被他的一雙鐵掌震散魂魄。

謝玉崙又問：「你想你那位朋友會不會是鐵震天？」

馬如龍拒絕回答。那個人無疑就是鐵震天。「二十年來，想要我這顆頭顱的人絕不比你少，五萬兩黃金我還沒有看在眼裡。」除了鐵震天外，還有誰能說得出這種話？但是他還有另外一句話：「被人冤枉是什麼滋味，我也嚐到過。」

馬如龍忽然大聲道：「不管他以前做過什麼事，我想，他一定有他的苦衷，而且已經被那些自命俠義之輩，逼得無路可走。」

謝玉崙道：「絕大師難道還會冤枉好人？」

馬如龍冷笑：「被他冤枉的人，絕不止鐵震天一個。」

謝玉崙嘆了口氣：「你實在是個好朋友，能交到你這種朋友真不錯，只可惜你們這一對好朋友已經交不長了。」

馬如龍道：「他真的已無救？」

謝玉崙淡淡的說：「如果我是謝家的大小姐，說不定可以救他。」

她又故意嘆了口氣：「只可惜，現在我只不過是個雜貨店的老闆娘而已，連我自己的病，都治不好，又怎麼能夠救得了別人？」

馬如龍沒有說話了。

他明白謝玉崙的意思，如果他肯把這件事的真相說出來，她說不定真的有法子救鐵震天。

可是如果他這麼樣做，他就對不起大婉，也對不起俞五。

他們也是他的朋友。

謝玉崙翻了個身，不再看他：「你累了，睡覺吧！」

馬如龍沒有睡，他知道自己一定睡不著的。

謝玉崙不知是真的想睡了，還是故意在裝睡，居然不再提這件事。

窗外剛剛露出魚肚的顏色，還聽不見人聲。

馬如龍悄悄的推開了門，緩緩的走出去。

二十 別無選擇

馬如龍走到巷子裡，才聽見對面一戶人家已經有了嬰兒的啼哭聲，再過去三兩步，有一扇貼著財神的小門已經開了。那個懷著大肚子的小媳婦，正站在門口送她年輕的丈夫去上工。馬如龍故意裝作沒有看見。丈夫提著個小布包走了，媳婦好像也沒有注意到馬如龍，轉身掩上了門。

馬如龍身子立刻箭一般竄出，三個起落，已竄入了陶保義的後院。廚房裡好像已經有了聲音，淘米做飯的聲音，陶保義的老婆是個勤快的女人，已經在替她的老公做早飯了。馬如龍沒有理會。陶保義練過武，以前想必也是鐵震天的屬下，他用不著顧忌他們這對夫妻。他躍入了那口沒有水的水井。

一斤米酒已喝光了，買鹽的人卻更清醒，正在替他的朋友收拾床鋪。吃鹽的人也沒有睡著，剛才剩下的半包鹽又已被吃掉一半。他們看見了馬如龍，並沒有顯出驚訝之色，好像明知他會去而復返。

馬如龍開門見山，第一句話就問：「你就是鐵震天？」

「我就是，」回答得也同樣乾脆：「我就是殺人不眨眼的大盜鐵震天。」

馬如龍道：「你是不是中了絕大師的三陽絕戶手？」

「是。」鐵震天雖然有些驚訝，卻沒有問他怎麼會知道的。

馬如龍又問道：「你受的傷，還有沒有救？」

這次鐵震天也反問：「你爲什麼要管我的事？」

馬如龍道：「因爲你是我的朋友！」

鐵震天道：「你已經知道我就是大盜鐵震天，還要交我這個朋友？」

馬如龍道：「我已經交了你這個朋友，不管你是誰，都不會改變。」

鐵震天盯著他，忽然大笑。「我鐵震天一生中也不知做錯過多少事，卻從未交錯過一個朋友。」

他是真的在笑，好像只要能交到朋友，他就算被人殺錯，也可以死而無憾了。

買鹽的人忽然道：「他平生的確做錯過很多事，因爲總是太魯莽，太激動，而且爲了朋友，什麼事他都肯做。」

他一字字接著又道：「可是這一次他絕對沒有錯。」

——這一次他做了什麼事？怎麼會被人冤枉的？馬如龍卻沒有問。

他相信他們，他只問：「你受的傷，究竟還有沒有救？」

「有。」買鹽的人說：「只有一種藥可救。」

「哪種藥？」

買鹽的人又黯然長嘆：「我說出來也沒有用的，因爲，我們絕對要不到這種藥的。」

他苦笑一聲，又道：「非但要不到，偷也偷不到，搶也搶不到，否則我早就去偷去搶了。」

馬如龍又問：「你們說的這種藥，是不是一個姓謝的人家煉成的？」

買鹽的人聳然動容：「你怎麼知道那個人姓謝？」

他的臉色變得太快、太怪，馬如龍道：「我爲什麼不該知道？」

買鹽的人道：「因爲……」他說話吞吞吐吐，彷彿不願說出這其中的秘密，也不敢說出來。

鐵震天卻大聲插嘴道：「因爲，那個人不願別人知道她姓謝，因爲，她以前有段傷心事，無論誰，只要一提起來，她就要殺人。」

馬如龍道：「那個人是誰？」

鐵震天道：「碧玉山莊的碧玉夫人，我受的傷，只有她的碧玉珠能救。」

馬如龍怔住。——碧玉夫人姓謝，謝玉崙是她的什麼人？跟碧玉山莊有什麼關係？他忽然發現這件事其中還有問題，以前他從未想到過的問題。

現在他已沒有時間想了。

他忽然聽見井口上有人在冷笑：「鐵震天，你逃不了的，鐵全義，你也逃不了的。」

追捕的人終於追來了，亡命的人已經在井裡，已經像是甕中的鱉，網中的魚。他們還有什麼路可走？

馬如龍的心沉了下去，他已經聽出上面說話的人是馮超凡。馮超凡既然到了，絕大師必定也在附近，吃苦和尚和玉道人很可能也到了。就算他們找的不是他，他也一樣逃不了。

鐵震天用一隻手掩住了他的嘴，用另一隻手塞了把鹽在自己嘴裡，忽然大聲道：「不錯，我就在這裡，我的兄弟也在，我們正在等待你。」

上面半晌沒有回答。上面的人顯然已經在驚異，鐵震天怎麼還沒有死？說話時怎麼還有如此充沛的中氣？過了半晌，才聽見絕大師的聲音冷冷道：「鐵震天，你上來吧，我饒過鐵全義一命！」鐵全義當然就是買鹽的人。

「哼，我們兄弟早就打定了主意，要死也死在一起。」

鐵震天大笑：「好，好兄弟！」

「你若想要我們兄弟的命，你就下來吧。」絕大師沒有下來，沒有人下來。井底雖然是無路可走的死地，可是先下來的人也一定要送命。

「他們絕不會下來的。」鐵震天壓低聲音冷笑道：「他們已經是大俠，用不著再逞英雄。」

「何況他們已經算準了我們逃不出去。」鐵全義也壓低聲音：「他們一定在上面等。」

「但是他們也不會等太久。」鐵震天道：「他們一定很快就會想到用火攻、用水灌那些歹毒的法子。」

馬如龍道：「以他們的身分，也會用這些法子？」

鐵震天冷笑：「因爲他們有藉口。」

他笑容中充滿譏刺和悲憤：「對付我們這樣的歹毒之輩，不管他們用什麼法子，別人都不會說話的，可是我們如果用這些法子來對付他們，那就不同了。」他忽然用力握住馬如龍的手。「你是不是我的朋友？」

「是。」

「我的年紀比你大，你是不是應該聽我的？」鐵震天道：「這件事你更要聽我的。」

「哪件事？」

「等到他們開始用火攻用水灌時，我們就要衝上去。」

「好，」馬如龍毫無猶疑：「其實我們現在就可以衝上去。」

「我們是我跟鐵全義，不是你！」鐵震天聲音壓得更低：「他們知道我跟全義躲在這裡，但是絕不會想到這裡還有第三個人。」

「他們當然更想不到一個雜貨店的老闆，會到這裡來，會跟大盜鐵震天交上朋友。他要的只不過是我們兩個人，他們得手後絕不會再逗留在這裡。等他們一走，你也就可以全身而退了。」他將馬如龍的手握得更緊：「你我今日一別，必成永訣。我既不想要你替我復仇，也不想要你替我洗冤，只要你能好好的活下去，就算對得起我了。」

他交馬如龍這個朋友是爲什麼？不爲什麼。他只要他的朋友活下去，因爲他知道，有些人在某些時候，能活下去已經很不容易。

馬如龍一直靜靜的聽著，什麼話都沒有說。他有很多話想說，可是連一句都沒有說出來，因爲這些話都是不必說出來的。他心裡已經打定了主意。

鐵震天也不再說什麼，又開始吃鹽，一大把，一大把的往嘴裡吞。他還有最後一口氣，他還要拚一拚。他跟馬如龍完全是一模一樣的脾氣。

井上已經很久沒有動靜，井底的人，反正逃不了，絕大師他們本來就很沉得住氣。鐵全義從腰帶裡抽出了一把緬刀，輕撫刀鋒，忽然恨恨道：「我拚著被千刀萬剮，也要殺了他！」

鐵震天道：「你要殺什麼人？」

鐵全義道：「陶保義。」

鐵震天道：「你不能殺。」

鐵全義道：「這次一定是他出賣了我們，我爲什麼不能要他的命？」

鐵震天道：「因爲他已有了老婆，他的老婆已有了身孕，江湖中出賣朋友的人不止他一個，你我被人出賣也不是第一次，你又何苦一定要他的命？」他忽然長聲嘆氣：「如果你一定要殺人，第一個該殺的人就是我！」

鐵全義道：「你？」

鐵震天道：「如果不是爲了我，你怎麼會有今天！」

鐵全義看著他，忽然大笑：「對，你說得對極了，如果沒有你，我怎麼會有今天？我的父母被殘殺，妻子被輪暴，別人都認爲那只不過是我的報應，如果沒有你，有誰替我復仇出氣？我……」他的聲音嘶啞，扭曲的笑臉已滿是淚痕，忽然縱身躍起，大吼一聲，道：「我鐵震天縱橫一生，殺人無算，今日，就算把這顆頭顱賣給你們又何妨？你們來拿吧！」

他不是鐵震天！他這麼說，只不過要搶先衝出去，要別人把他當做靶子。那麼他的朋友也許還有乘機逃脫的希望。他也完全沒有把自己的死活，放在心上。

馬如龍明白他的意思，鐵震天也明白，忽然縱聲長笑：「你搶不過我的，要死的話，也得讓我先死，只要我還有一口氣，誰也休想動你！」

長笑之中，他已瘦得只剩一把骨架的身子，忽然猛虎般撲起，一隻腳踩上了鐵全義的肩，再一躍身，就躍出了這口井。井上立刻傳出一聲慘叫。鐵全義也跟著躍出，不管誰先死，誰後死，他們總是要死在一起。如果是在一年以前，馬如龍看見了這樣的朋友，他眼中一定早已熱淚奪眶而出。可是現在他的眼中已無淚，胸中卻有血——熱血。一個已決心準備流血的人，通常都不會再流淚。他知道鐵震天說的不錯。如果他安安靜靜的躲在井裡，等他們死了後，就可以乘機溜出去，溜回他的雜貨店。以後絕不會有人來買鹽了，他的秘密也不會被揭穿。他甚至可以完全忘記這件事，完全忘記鐵震天這個人。

如果他現在也衝出去，也只有陪鐵震天他們一起死。因爲他只要一衝出這口井，絕大師他們，遲早總會發現他是什麼人的。一個雜貨店的老闆，絕不會陪大盜鐵震天去跟他們拚命。一個有理智的人，也絕不會去做這種愚蠢的事。馬如龍絕不是個很愚蠢的人，他也知道應該怎麼做才能保住自己這條命。

一個人只有一條命，他也跟別人一樣，很珍惜自己這條命。只可惜他偏偏又發現了世上還有一些比性命更可貴的事。

絕大師既然認定了井底有兩個人，如果忽然有第三個人衝出來，他們一定會很吃驚。他們吃驚的時候，就是他的機會。只要是有一點機會，他就不能放過，就算完全沒有機會，他也要這麼樣。

他也衝了出去。

廿一 義無反顧

一個人爲什麼要活下去？是不是因爲他還想做一些自己認爲應該做的事？如果一個人自己認爲絕對應該做的事卻不能做，他活著還有什麼意思？

井上面是個院子，現在旭日已昇起。陽光中閃動著血光。有別人的血，也有鐵震天和鐵全義的血。鐵震天衝上來時，就有一柄鋼刀迎面砍下，他一隻手擰住了這個人的手腕，一隻手搭上了這個人的肩，虎吼一聲，這個人的臂就被他撕裂。可惜這個人既不是絕大師，也不是馮超凡。

廚房外擺著兩張椅子，絕大師和馮超凡一直端坐在椅上，冷冷的看著。他們帶了人來，有人替他們動手，以他們的身分，爲什麼要自己出手對付一個受了傷的人？

他們的確沒有想到井底還有第三個人衝出來。無論誰在自己意料不到的事發生時，都難免會造成錯誤。馬如龍本來想乘這個機會，給他們致命的一擊。只要能擊倒他們其中任何一個人，他就有希望擊倒另一個。

可惜他衝上來時，絕大師和馮超凡都遠在數丈外。他還是撲了過去。他已決定了要這麼做，不管是成是敗，他都已不能回頭了。

他身上穿的是套黑色的粗布衣服，蒙面的黑巾也不知在什麼時候已經被他揭下拋開——很可能就是在他第一次入井的時候。他從來沒有不敢以真面目見人的感覺，也沒有這種習慣。但是他現在這張臉，已經不是絕大師曾經見到過的那張臉了。

現在他這張臉，天下的英雄豪傑，都沒有見過。他實在不能算江湖中的一流高手中的頂尖高手，可是，他從能走路時就開始練習。馬如龍的武功，或許也不能和少林、武當，那些歷史悠久，源遠流長的門派相比，但是天馬堂的武功也有他獨到之處。

一個人能成功，成名，而且能存在，必定有他的獨到之處。尤其是輕功。天馬堂的輕功縱橫開闊，如天馬行空，凌空下擊時聲勢更驚人。

一個土頭土腦，穿著一身粗布衣服，大家都從來沒見過的陌生人，忽然從自己認爲已經沒有人的井裡衝出來，向自己撲過來，身法居然如此驚人。無論誰遇到這種事，都難免覺得很吃驚，何況撲過來的還不止他一個人。

鐵震天也放過了自己的對手，緊跟著馬如龍撲了過來，一雙鐵掌已伸出。他的對象卻不是絕大師，也不是馮超凡。他忽然一把抓住了馬如龍的腰帶，食中兩指骨節凸出，抵住了馬如龍後腰的穴眼，虎吼一聲，將馬如龍從他頭頂反掄過去，掄到他的身後。

他一定要阻止馬如龍。因爲他已看見絕大師一雙鷹爪般的手已由暗青變爲暗紅，連手臂上的每一根青筋都變成紅的，就像是秋日夕陽下時那種又淒艷，又暗淡的顏色。沒有人比他更瞭解三陽絕戶手的可怕，他自己有過這種慘痛的經驗，他不能讓馬如龍冒險。絕大師本來已霍然長身而起，又慢慢的坐下，冷冷的望著他們！

「這個人是誰？」

「是個朋友。」

「想不到你居然也有朋友。」

鐵震天狂笑：「鐵某雖然殺人無算，結仇無數，朋友卻絕不比你少，像這樣的朋友，你更連一個都沒有。」

絕大師又冷冷的盯著他看了許久，才轉向剛剛站起來的馬如龍：「你真是他的朋友？」

「是的。」

「你真的要爲他拚命？」

馬如龍道：「我拚的是我自己的命，我還有一條命可拚。」他沒有故意要改變自己的聲音，可是他的聲音已經變了。

絕大師沒有聽出他的聲音，所以又問：「你知道我爲什麼一定要追他的命？」馬如龍不知道。

絕大師再問：「你知不知道『兄友弟恭，孝義無雙』楊家三兄弟？」

馬如龍知道。楊家三兄弟是河東武林大豪，世代鉅富。

兄弟三個人，就好像是一個人，有錢，有名，有勢，豪爽，義氣，孝順。兄弟三房，都住在一個莊院裡，輪流供養他們的雙親。

絕大師的神色沉重，又說道：「你知不知道他們三兄弟的全家大小二十九口男人，都已在一夕間死在鐵震天的刀下？十七位婦女都被他賣到邊防的駐軍處去做營奴？」

鐵全義忽然大叫：「你知不知道他爲什麼要這麼做？」他的呼聲淒厲：「你知不知道楊家三兄弟是用什麼法子對付我的父母妻子兒女的？」

絕大師冷笑：「那是你的報應！」

「那也是他們的報應。」鐵震天道：「楊家的男人都是我殺的，女人都是我賣的，跟別人全無關係。」

他指著絕大師帶來的那些人，那些還在虎視眈眈，等著要他命的人。「這些人當然都是楊家的親戚朋友兄弟，都知道我已傷在你的三陽絕戶手下，也都知道殺了我是件立刻就可以成名露臉的事，你已經是名滿天下的大俠，所以才沒有跟他們搶這筆生意。」絕大師居然不否認。

鐵震天厲聲叫道：「但是，我還沒有死，他們想要我的命，還不太容易，我至少還可以先把他們其中三五個人的腦袋擰下來！」

絕大師冷冷道：「他們求仁得仁，爲朋友復仇而死，死亦無憾，我既不能阻止，也不必阻止。」

鐵震天道：「你想不想要我索性成全了他們？」他抬手指著馬如龍：「我做的事，跟這個人全無關係，只要你放走他，隨便你要誰來割我的頭顱，我也絕不還手。」

絕大師又冷冷的盯著他看了很久，才轉向馬如龍！「今日之前，我好像從未見過你。」絕大師道：「你看來並不像是個惡人。」

馬如龍只聽，不說，不問也不否認。絕大師又道：「你是幾時認得鐵震天的？」

鐵震天道：「不久。」

絕大師道：「不久是多久？」

鐵震天插嘴道：「他認得我還不到一天。」

絕大師嘆了口氣：「才認得一天就肯爲別人拚命？這種人的確不多。」

他忽然對馬如龍揮了揮手：「你走吧。」

馬如龍站在那裡，連動都沒有動。絕大師也盯著他看了半天，才問：「你不走？」

「我不走。」馬如龍斬釘截鐵地道：「絕不走！」

鐵震天又大吼：「他要走，馬上就走！」

「要我走只有一個法子。」馬如龍的聲音居然很平靜，堅決而平靜：「把我殺了，抬我走。」

絕大師冷冷道：「要殺你並不難，剛才如果不是有人拉住你，現在你已經被抬走。」

「我知道。」

「你一定要被人抬走？」

「一定。」

「爲什麼？」

「不爲什麼。」

這句話已經不太對了。一個人可以「不爲什麼」去交一個朋友，不計利害，不問後果，也沒有目的。可是等他交了這個朋友之後，他爲這個朋友做的，已經不是「不爲什麼」了，而是爲了一種說不出的感情。爲了一種有所必爲，義無反顧的勇氣和義氣，爲了一種對自己良心和良知的交代，爲了讓自己夜半夢迴時不會睡不著，爲了要讓自己活著時問心無愧，死也死得問心無愧。

不爲什麼？爲了什麼？成又如何？敗又如何？生又如何？死又如何？成也不回頭，敗也不回頭，生也不回頭，死也不回頭！不回頭，也不低頭！

廿二　綠霧非霧

馬如龍抬起頭，陽光正照在他臉上，這張臉雖然已經不是一張美男子的臉，已不足令少女傾心，但是無論誰看著他時，表情都會顯得十分尊敬嚴肅。鐵震天正在看著他。

「這交易本來很不錯，而且已經談成了，你爲什麼不答應？」

「因爲我也要跟他們談個交易。」馬如龍道：「我的交易比你的還好。」

「什麼交易？」絕大師問：「還有什麼交易比他這交易更好？」

「他想用他們的兩條命，來換我的一條命。」馬如龍笑了笑：「這是虧本生意，我不做。」

「你的交易怎麼做？」

「用一條命換他們的兩條命。」

絕大師冷笑：「這交易談不成。」

「爲什麼？」

「沒有人能夠用一條命換他們這兩條命。」絕大師冷聲道：「沒有人的命這麼值錢。」

「有一個人。」馬如龍說：「我知道最少有一個人。」

「誰？」

「馬如龍！」

聽到這名字，絕大師的瞳孔立刻收縮。馬如龍的瞳孔也在收縮。

「我知道你們最想找的一個人並不是鐵震天，而是馬如龍。」絕大師承認。

「用馬如龍的一條命來換他們兩條命，能不能換得過？」

「能！」絕大師盡量控制著自己：「只可惜誰也找不到馬如龍。」

「有一個人能找得到。」馬如龍道：「最少有一個人能找到。」

「誰？」

「我！」

馬如龍也在盡量控制著自己：「只要你放他們走，我保證，能夠把馬如龍交給你。」

鐵震天忽然大笑！「你是個好朋友，這也是個好交易，只可惜這交易做不成的。」他的笑聲嘶裂：「因爲誰也不會相信你說的鬼話。」

絕大師不理他，馬如龍也不理他。兩個人面對著面，你盯著我，我盯著你，收縮的瞳孔如尖釘。

馬如龍一字字道：「你應該看得出我說的不是鬼話。」

「我看得出，」絕大師斷然道：「可是我不能先放他們走。」

「你信不過我？」

絕大師道：「只要你交出馬如龍，我立刻放人。」

馮超凡立刻應聲：「我保證。」

馬如龍冷笑：「你們信不過我，我爲什麼要相信你們？」

「因爲我是馮超凡，他是絕大師，你只不過是個來歷不明的陌生人。」這句話本來不能算是回答，卻又偏偏是最好的回答。

「你要談成這交易，只有照我們的話做。」絕大師道：「否則我們就先殺鐵震天，再殺你！」

他的話已說絕。他本來就是心絕情絕趕盡殺絕的人！馬如龍別無選擇。

「好，我相信你。」他握緊雙拳：「我就是你們要找的人。」

「你就是馬如龍？」

「我就是！」

他就是馬如龍，他把他自己交了出來，他出賣了他自己。如果有人問他：「爲什麼？」

他自己也無法回答。因爲他已不能再說：「不爲什麼。」

可是他自己也不知道自己究竟是爲了什麼？是因爲一時的衝動？是因爲滿腔的熱血？還是因爲一種誰都無法解釋的義氣和勇氣？

馬如龍還是抬著頭，陽光還是照在他臉上。「你認不出我，因爲我的臉已經被人修整易容過，」馬如龍道：「我在這裡用雜貨店做掩護已經躲了很久。」他不能把他真正的面目給他們看，因爲他自己也無法恢復他本來的面目。

因爲玉玲瓏的玲瓏玉手已經把他的臉從皮膚下改變了。他也不能說出這一點，因爲他不能連累別人。但是他說的是真話，每一句都是。

所以他問：「現在你們是不是已經應該放他們走？」

絕大師看著馮超凡，馮超凡看著絕大師。兩個人臉上都完全沒有表情。

「你看怎麼樣？」絕大師問。

「你看呢？」馮超凡反問：「如果他真是馬如龍，他有什麼理由要爲了鐵震天出賣自己？」

「沒有理由。」絕大師道：「完全沒有。」

鐵震天忽又大笑：「我早就知道你騙不過他們的，我早就知道誰也不會相信你的鬼話。」

他笑得幾乎連氣都喘不過來。馬如龍也想笑，拚命的想笑出來，大笑一場。他笑不出。

他說的不是鬼話，他說的每一句都是真話，每一個字都是真話，卻偏偏沒有人相信！這種事是不是很可笑？是不是應該讓人把眼淚都笑出來？如果他笑出了眼淚，他的眼淚是種什麼樣的淚？鐵震天還在笑，好像已經快要笑得連眼淚都笑了出來。如果笑出了眼淚，他的眼淚又是什麼樣的淚？

「你只不過是個來歷不明的無名小卒而已，我卻是『翻天覆地』的大盜鐵震天，就算你有十條命，也換不過我的一條命，你還是快走吧。」

馬如龍沒有走。鐵震天的笑聲忽然結束，忽然大吼：「你的交易既然談不成，你爲什麼還不快走？」

「因爲他是你的朋友，你的朋友都是好朋友。」絕大師冷冷道：「所以他決心要陪你一起死在這裡。」鐵震天霍然轉身，盯著他，眼睛裡露出種恐懼憤怒之極的表情。

「你說過讓他走的。」

「我說過。」

「現在你是不是又不肯讓他走了？」

「不是我不讓他走，」絕大師道：「是他自己不肯走。我從不做勉強別人的事，所以誰也不能勉強要他走，如果有人一定要勉強讓他走，我就先殺了那個人。」

鐵震天瞪著他，眼角都似已將睜裂。「我明白了，我明白了。」他的聲音淒厲：「現在我總算明白了。」

「你明白了什麼？」

鐵震天咬緊牙，握緊拳：「你雖然心胸狹窄，心狠手辣，我還是把你當做個人，你是非不分，冤殺無辜，我也還是把你當做個人，我鐵震天縱橫一生，殺人無算，有時也難免會冤枉好人，被人冤枉又算得了什麼？就算被人砍下頭顱，亂刀分屍，也算不了什麼。」他厲聲接著道：「但是現在我才知道，你根本不是人！」

絕大師冷冷的聽著，忽然問：「你是想看著你的這位朋友先死？還是想讓你的朋友看著你先死？」

鐵震天怒吼，身子忽然撲起，向絕大師撲了過去。他的力已將竭，可是這一撲之勢，仍然有獅虎之威。就在這時，院子裡忽然響起了一陣清悅如鈴的笑聲：「大家都活得好好的，爲什麼要死呢？」

笑聲響起時，牆外已經有一陣淡淡的煙霧飄進了院子，看來竟彷彿是碧綠色的，帶著種茉莉花的香氣。等到她這兩句話十四個字說完，霧已經變濃了，濃如炊煙，綠如翡翠。

這不是煙，更不是霧。世上根本沒有碧綠色的霧，可是看起來又偏偏是霧。就好像馬如龍明明是馬如龍，可是看起來又偏偏不是馬如龍。

廿三　不老實的老實人

鐵震天那一撲，本來已經是他最後的一擊，生死都在這一擊，他已抱定必死之心。可是他沒有死，因爲他根本沒有撲過去。這一次是馬如龍拉住了他的腰帶。

絕大師本來已準備迎上來的，也沒有迎上來。笑聲一起，綠霧飄散，他的動作忽然停頓，沒有表情的臉上忽然露出種奇怪的表情。然後他就已看不見鐵震天。

這一陣綠霧就像是從魔童嘴裡吹出來的。小小院子忽然間就已被籠罩，除了這一片霧外，什麼都看不見了。這時候，馬如龍已經帶著鐵震天回到了他的雜貨店。

絕大師他們什麼都看不見，馬如龍當然也看不見。但是他畢竟已經在這裡住了好幾個月，陶保義的家也來過。他的顧忌也沒有絕大師他們那麼多，他不怕被暗算，也不怕撞破頭。

一個本來已經準備要死的人，還怕什麼？所以他回到他的雜貨店。

睡得早的人，通常也起得早。附近都是早睡早起的人家，平常在這個時候，雜貨店早就開門了。

今天卻是例外。馬如龍帶著鐵震天，從旁邊一條窄巷繞到雜貨店的後院，從後牆跳進去。

鐵震天顯得很衰弱，剛才那一擊，雖然沒有擊出，可是他已將力氣放出、放盡。馬如龍拉著他走，他只有跟著走，但是他並沒有忘記他的兄弟。鐵全義雖然不是他的親兄弟，但是多年以來，他們出生入死，同生共死。他們之間，也已有了種比血還濃的感情。

「我不能把他留在那裡。」鐵震天道：「我們一定要回去把他帶出來。」現在回去已來不及了。

「他們要的不是他，是你。」馬如龍道：「你還沒有落入他們的手裡，他們絕不會對付他。」

這雜貨店的後院，格局也跟陶家的後院差不多，只少了口井，多了一間屋子——張老實住的屋子。

屋子的門開著，張老實不在屋裡，也不在廚房裡。謝玉崙在，彷佛已真的睡著，馬如龍悄悄的推門進去，沒有驚動她。

他讓鐵震天在他平日常坐的那張舊竹椅上坐下，又到前面去把一桶鹽，一籮生雞蛋都提了起來——張老實也不在店裡。

吞下一大把鹽和兩個生雞蛋之後，鐵震天才問：「這就是你的雜貨店？」

「嗯。」

「床上這個女人是誰？」鐵震天又問：「是你的老婆？」

馬如龍不能回答。他不想騙鐵震天，可是他也不知道是應該承認，還是應該否認。他根本不知道應該怎麼說。

鐵震天也沒有再問，忽然嘆了口氣。「你不該把我帶回這裡來，絕對不應該。」

「我一定要把你帶回這裡來。」

「爲什麼？」

馬如龍道：「因爲這裡有個人說不定可以治好你的傷。」

鐵震天眼睛發出了光。他不能不興奮，只要有人能治好他的傷，他就有把握可以對付絕大師。就因爲他一直對自己太有信心，太有把握，所以他才會以掌力和絕大師硬拚。但是現在他已不會再犯同樣的錯誤。

「誰能治得好我的傷？」這句話他正想問，還沒有問出來，一直沉睡著的謝玉崙忽然說：「你實在不該把他帶回來的，因爲這裡根本沒有人能治好他的傷，除了謝家的人之外，誰也治不好他的傷。」

「可是你……」

謝玉崙忽然張開眼，瞪著他。「我不是謝家的人，我只不過是這個雜貨店的老闆娘。」

還是同樣的話，同樣的意思。她知道這是她唯一能逼馬如龍說出真相的機會，她當然不肯放棄。鐵震天忽然站起來，又吞了一把鹽，兩個蛋。「我走。」他真的要走了。

他縱橫江湖二十年，當然已看出這其中一定別有隱情，他不想讓馬如龍爲難。

謝玉崙不讓馬如龍開口，搶著道：「你本來早就應該走了。」

想不到鐵震天卻又坐下去！

「我不能走。」

「爲什麼？」

問話的人是謝玉崙，鐵震天的回答卻是對馬如龍說的。「我留在這裡，他們來找你的時候，我還可以幫你跟他們拚一拚。」

「找我？」馬如龍問：「他們會來找我？」

「現在他們第一個要找的人是你。」

馬如龍不懂。

鐵震天又嘆了口氣：「你真的認爲他們不相信你說的話？」

馬如龍道：「你認爲他們相信？」

鐵震天道：「絕對相信。」

馬如龍道：「他們爲什麼不承認？」

鐵震天道：「因爲他們如果承認你說的是真話，承認你就是馬如龍，他們就得放我走。」

他冷笑：「既然我們都已落在他們掌握中，誰也逃不了，他們爲什麼要承認，爲什麼要放走我？」

馬如龍怔住。現在他已經不想笑了，現在他才知道，江湖中人心的險詐，絕不是他所能想像得到的。謝玉崙一直在盯著他，忽然掙扎著坐起來。

「你就是馬如龍？」她的聲音已嘶啞：「你就是那個陰險惡毒，無惡不作的馬如龍？」

馬如龍只覺得胸中忽然有一股氣湧上來，是血氣，也是怒氣。

「不錯，我就是馬如龍。」他的聲音也已嘶啞：「我就是那個無惡不作的馬如龍。」

鐵震天怔住。

近年來，世上已經很少有能夠讓他驚怔的事，可是，這個女人明明應該是馬如龍的妻了，爲什麼不知道馬如龍就是馬如龍？

謝玉崙彷彿也已怔住，過了很久，才嘆出口氣：「你不是那個馬如龍。」

「我是。」

「你不是，絕對不是。」謝玉崙道：「那個馬如龍陰險惡毒，什麼事都做得出。」她的聲音忽然又變得溫柔：「可是我跟你在一起已經有三個月另二十一天，我看得出你絕不是個壞人。」

馬如龍沒有說話。他說不出話，他的咽喉彷彿已被塞住。現在他已習慣被人侮辱，被人冤枉，別人的同情與瞭解，反而讓他難受。

就在這時候，前面的雜貨店忽然有了聲音，張老實的聲音。馬如龍彷彿不願再面對謝玉崙，所以立刻衝了出去，張老實果然在店裡，正在整理雜貨，好像準備開店的樣子。

馬如龍盯著他：「你回來了？」

「我沒有回來。」張老實道：「我根本沒有出去過，怎麼回來！」

他真的沒有出去過？剛才他明明不在屋裡，也不在廚房裡，店裡也沒有其他的人。

張老實道：「剛才我在上茅房。」

剛才他也沒有上茅房，他要去方便的時候，總是把茅房的門從裡面拴起來。剛才茅房的門卻從外面拴上的。

馬如龍已學會注意這些小事，因爲他已知道，有很多大事，都是從小事上看出來的。他忽然發覺，這個老實人，也很不老實。

廿四 老主顧與大主顧

一家雜貨店在開門之前，總有很多事要準備，有很多雜貨要清理。張老實正在做這些事。一個經營雜貨店已經十八年的人，店裡如果忽然少了一大桶鹽，一大籮雞蛋，他絕不會不知道。張老實好像根本沒有發現。

昨日午後有雨，巷子的泥濘還未乾。他腳上也有泥，也沒有乾透。剛才他是不是出去過？到哪裡去了？爲什麼不肯承認？馬如龍忽然發現他非但不太老實，而且很神秘，很奇怪。這已經是馬如龍第二次有這種感覺。

張老實已經準備開門了。他正想拔起門上的栓，馬如龍忽然道：「今天我們休業一天。」

張老實歪著頭想了想，才問道：「今天是不是過節？」

「不是。」

「今天我們家裡有喜事？」

「沒有。」

「那麼今天我們爲什麼不開門？」

馬如龍既不能把真正的理由說出來，也編造不出別的理由，他不是個善於說謊的人。「因爲我是這裡的老闆。」馬如龍道：「我說今天不開門，就不開門。」

張老實又歪著頭想了想，這理由雖然根本不是理由，他卻不能不接受。可是屋裡卻有人反對。

「今天我們還是照常開門，他說的話不算數。」這是謝玉崙的聲音。

馬如龍衝過去，已經有點生氣了：「我說的話爲什麼不算數？你爲什麼要管我的閒事？」

「不是我要管，是你這位朋友要我管的。」

鐵震天道：「因爲今天你這雜貨店一定要開門，非開門不可。」

馬如龍想不通：「現在他們已經知道我是馬如龍，是這雜貨店的老闆，隨時都可能來找我，我爲什麼還要開門放他們進來？」

「就因爲他們知道你在這裡，所以你非開門不可。」

「爲什麼？」

「因爲雜貨店若是不開門，他們就一定會闖進來。」鐵震天道：「現在我們將門戶大張，他們反而摸不透我們的虛實，反而不敢輕舉妄動了。」

謝玉崙冷冷的接著道：「看來這地方每個人好像都比你想得周到得多。」

馬如龍只有閉上嘴。他不能不承認，謝玉崙和鐵震天想得都比他周到，可是張老實呢？

難道這個從來沒有在江湖中走動的老實人也想到了這一點？

四塊門板都已經卸了下來，雜貨店已經開門了。張老實拿了把破掃帚，把門裡門外都掃得乾乾淨淨，就好像已經知道有貴客要臨門，特別表示歡迎。巷子裡聽不到一點動靜。

鐵震天忽然問道：「在外面掃地的那個人，就是你的夥計？」

「是。」

「他是個什麼樣的人？」

「是個老實人。」馬如龍覺得自己好像在騙自己：「他的名字就叫張老實。」

鐵震天眼裡閃著光。「我喜歡老實人。」他的話中顯然別有深意：「只有老實人，才能騙得過那些奸詐多疑的陰險小人。」他又冷笑：「那位名滿天下的正直君子絕大師，就是個奸詐多疑的陰險小人。」

馬如龍瞭解他的憤怒。

「他相信你就是馬如龍，他還是可以先殺鐵震天，再殺馬如龍，如果他敢這麼做，我反而佩服他。」鐵震天冷笑：「可是他不敢，因爲他不敢當著別人的面，做出食言背信的事，他要讓天下人都確信他絕對是個嫉惡如仇的正直君子。」

他用力握緊雙拳：「我只恨不能將這樣的君子刀刀斬盡，個個殺絕。」

謝玉崙忽然嘆了口氣：「只可惜這樣的君子你連一個都殺不了，你自己反而快死了。」

這是事實，誰也不能反駁。

事實爲什麼總如此無情？如此殘酷？謝玉崙又道：「就算他們現在摸不透這裡的虛實，還不敢輕舉妄動，但一定已將雜貨店包圍，你們也休想衝得出去。」

她的聲音中帶種很奇怪的意味，也不知是憐憫？是悲傷？還是譏誚？

「所以你們只有在這裡等，我也只有陪著你們在這裡等，反正他們遲早會來的，說不定現在就已準備先派人來刺探這裡的虛實。」謝玉崙道：「要刺探這裡的虛實並不難，因爲這裡是個雜貨店，任何人都可以來買東西。」

她淡淡的接著道：「等他們來的時候，我好像也只有陪你們一起死。」

這也是事實，不容爭辯，無可奈何的事實。

謝玉崙盯著馬如龍。「我不管你以前是不是真的做過那些事，我只想問你一句話，」她問的這句話就像鞭子：「你讓我這麼樣不明不白的陪你死，你自己心裡能不能問心無愧？」

話已經問出來，鞭子已經抽在馬如龍身上。

不能，他問心不能無愧！

「我可以告訴他們，你是無辜的，」馬如龍囁嚅道：「我可以先把你送走。」

「你能把我送到哪裡去？他們會相信我是無辜的？」她冷冷的問：「你要我像野狗般被他們捉去，受他們拷打盤問？」

馬如龍只覺得自己彷彿正在被拷打鞭撻：「你要我怎麼做？」

「我只要你還我幾樣東西。」

「還你什麼？」

「還我真面目，還我的武功。」謝玉崙忽然變得憤怒而激動：「這些東西我也不知是被你用什麼法子騙走的，如果你還有一點良心的話，現在你就應該全部還給我。」

馬如龍沒法子還給她。他不敢面對她，不敢抬頭，他覺得自己就像是個賊，他希望她手裡真的有條鞭子。他寧願被抽打，被鞭撻，他寧願忍受最酷毒的苦刑，也不願良心負疚。

就在這時，鐵震天忽然沉聲道：「看來你們的雜貨店已經有主顧上門了。」

今天來的每一個主顧，都可能是絕大師派來刺探他們的人。鐵震天額上青筋凸起。「你去看看他是來買什麼的？是真的來買雜貨？還是想來買我們的命！」

來的是那挺著大肚子的小媳婦。

馬如龍已經聽見她的笑聲，她不但是附近最愛管閒事的人，也是這裡最愛笑的人。她笑，因爲她心情愉快，她愉快，因爲她的肚子裡已經有了新的生命。

馬如龍並沒有出去看，他對她很是放心。

「她是個老主顧，每天都來。」

「每天都來的？來買什麼？」

「來買紅糖。」馬如龍道：「她總認爲紅糖就像是人參一樣，不但滋補，而且能治白病。」

買不起人參的人，只好買紅糖，人參和紅糖同樣都是心理上的寄託，就好像有人信神，自的人信佛一樣。

但是今天她卻不是買紅糖的，馬如龍已經聽見她在跟張老實說：「我知道你一定會奇怪。」她吃吃的笑著：「因爲我今天不買紅糖。」

「你買什麼？」張老實在問。

「買鹽。」

雜貨店裡賣鹽，每家人都要用鹽，天天都有人來買鹽，這一點都不奇怪。

「你要買多少？」張老實又問。

「今天我們家要醃肉，醃得越鹹，越不會走味。」小媳婦好像特地解釋她買鹽的理由：「我要買三十斤鹽。」

雜貨店裡天天有人來買鹽，卻很少有人一下子就來買三十斤。普通一家雜貨店，最多也不過有三、四十斤鹽。

鐵震天額上的青筋更粗。「你要她進來。」他壓低聲音道：「她不肯進來，就抓她進來。」

馬如龍沒有動。

「你爲什麼不去？」

「她是個大肚子。」馬如龍道：「我不能對一個有了孕的女人做這種事。」

「就算你明知她是那個僞君子派來的，你也不能做這種事？」

「我不能。」

這些事無論在任何情況下他都不能去做，不肯去做。寧死也不肯。

鐵震天盯著他，忽然長長嘆息：「你真的是個好人，我從來沒見過你這樣的人，像你這種人，現在已經不多了。」

謝玉崙忽然也輕輕的嘆了口氣：「像他這樣的人，我也沒見過。」

張老實已經告訴她：「店裡的鹽已經賣光，你最好晚上再來。」

小媳婦臨走的時候還在笑，一家雜貨店裡居然沒有鹽賣，真是件可笑的事。

鐵震天道：「你讓她走，就等於已告訴絕大師我在這裡，更把鹽都留給我。」

馬如龍也知道這一點。

鐵震天道：「所以我保證你這雜貨店今天生意一定很好，很快就會有第二個主顧上門的。」

他沒有說錯。沒過多久，第二個主顧已經上門了。

第二個主顧是個大主顧，一進門就說：「我想來買點東西。」這個人的聲音嘶啞低沉：

「你們有什麼，我都想買。」

「每一樣都買？」

「每樣都買。」這人道：「每一樣我都要全部買下來。」

廿五 死巷

這是個大主顧，是筆大生意。生意就是生意，你有東西要賣，別人就可以買，別人要買什麼，你就得賣什麼，別人要買多少，你就得賣多少。馬如龍看得出鐵震天的臉色已經變了，也知道自己的臉色一定也變了。只可惜他看不見張老實的臉色，只聽見張老實在說：

「我們這家雜貨店不能算太大，也不能算太小，店裡的貨不能算太多，也不能算太少，你一個人能全部搬得走？」

「我可以叫人來搬。」這位大主顧說：「只要你開出價錢，我就付，就去叫人來搬東西。」

叫人來搬，叫什麼人來？是真的來搬貨？還是來要命的？馬如龍沒有衝出去對付這位大主顧。他忽然有了種奇怪的感覺，覺得外面的那個老實人一定有法子可以對付的。

張老實已經在說：「我只不過是這雜貨店裡的夥計，這麼大的生意，我做不了主。」

「誰能做主？」

「我們的老闆。」

「你們的老闆在不在？」

「在。」張老實道：「就在裡面，你可以進去問他。」

「我不進去，你叫他出來。」

「你爲什麼不進去？」

「他爲什麼不出來？」這位大主顧的態度很絕。

張老實的回答也很絕：「因爲他是老闆，不管是大老闆，還是小老闆，多多少少都有點架子的。」

大主顧好像不高興了：「他不出來，我什麼都不買。」

張老實忽然說出句更絕的話。「現在你不買也不行了。」他說：「所以你非進去不可。」

鐵震天一直在很專心的聽著他們說話，眼睛裡一直帶著思索的表情。他們說話的聲音不小，在裡面每個字都可以聽得很清楚，他本來用不著這麼專心去聽。

他一定是在分辨這位大主顧說話的口音，以前他一定聽過這個人說話。馬如龍正想問他，是不是知道這個人的來歷，鐵震天已經說了出來。

「王萬武！」他的聲音略帶緊張：「小心你那夥計的兩條臂。」

武林中只有一個王萬武，他的分筋錯骨手，大力鷹爪功，獨步江湖，他的心之狠、手之辣，也跟他的武功同樣有名。只要他一出手，就必定是對方的重要關節，跟他交過手的人，不死也得殘廢。

現在他已經出手，鐵震天的警告已經太遲了，馬如龍已經聽見了骨頭碎裂的聲音。很輕的聲音，但卻很刺耳，從耳朵一直刺入心裡，一直刺入胃裡，一直刺入骨頭裡。

馬如龍只覺得胃部在收縮痙攣，自己的關節彷彿也痠了。不管張老實是不是真的老實人，總是他的夥計，已經跟他共同生活了三個月另二十一天。

奇怪的是，他只聽見了骨頭碎裂聲，並沒有聽見慘呼聲。只有兩種人能夠忍受這種痛苦而不叫出來，一種是骨頭奇硬的硬漢。另外一種是死人，或者是已經暈過去快要死的人。

馬如龍想衝出去，鐵震天也想衝出去，但是他們還沒有出去，外面已經有個人進來了。

這個人是倒退著進來的。這個人左臂右肘的關節都已被擰斷。這個人已疼出了滿臉冷汗，滿身冷汗，卻還是忍耐住不肯叫出來。

這個人是條硬漢，江湖中每個人都知道王萬武是條硬漢。這個人居然不是張老實，是干萬武！以分筋錯骨手名震武林的淮南第一高手王萬武，曾經折斷過無數英雄手臂的王萬武，現在他的臂竟已被人擰斷，被一個雜貨店的夥計擰斷。他死也不相信這種事會發生，鐵震天與馬如龍也不能相信。

但是本來不可能發生的事，卻偏偏發生了，世上本來就沒有絕對不可能的事！

王萬武臉上的表情不但驚訝痛苦，而且害怕，他一生從未如此害怕過。可是這個雜貨店夥計的出手卻讓他害怕了。

分筋錯骨手，大力鷹爪功，是淮南鷹爪王的獨門絕技。他是鷹爪王的嫡系子弟，也是淮南門的第一高手。可是他一出手，就被制住，這個雜貨店的夥計竟在一招之間，就封死了他的退路，擰斷了他的骨節。他一步步向後退，從掛著破布門簾的小門裡退入屋子。

門簾又落下。他已經看不見那個平凡老實，猥猥瑣瑣的夥計，可是，他也沒有看見這屋裡的人。他的眼睛裡充滿了驚痛悲慘，已經什麼都看不見了。

鐵震天忽然站起來，一把拉住他，把他按在那張舊竹椅上。

王萬武應該認得鐵震天的，他們曾經是朋友，後來又變成了死敵，死敵比朋友更難忘記。但是他沒有看出站在他面前的這個人就是鐵震天，他好像根本沒看見有個人站在他面前。他還在流汗，一顆顆比黃豆還大的冷汗珠子，不停的從他臉上往外冒。

「那個人是誰？」他的聲音就像是在做噩夢：「那個人是誰？」

這問題也正是鐵震天同樣想知道的，他轉過頭去問馬如龍：「你那個夥計究竟是什麼人？」

馬如龍無法回答。他只知道他的夥計叫張老實，是個糊裡糊塗的老實人。過去既沒有輝煌的往事，將來也沒有遠大的前程，好像已經只有在這個破爛的雜貨店裡混吃等死。這麼樣一個人，怎麼能在一招間制住名震武林的王萬武？馬如龍也不知道。

這個雜貨店的老闆已經不是以前那個老闆了，夥計當然可能不再是以前那個夥計。馬如龍已經想到這一點，但是他也想不出這個夥計是什麼人。他真的想不出。

王萬武臉上還在冒冷汗，嘴裡還在喃喃的問剛才他已不知問過多少遍的話。鐵震天忽然一個耳光摑了過去，摑在他臉上。王萬武這一生中，很可能從來都沒有挨過別人的耳光。他本來是在噩夢中，這個耳光使他駭然驚醒。他終於看見了面前這個人，往日的恩怨和回憶立刻從他心中湧起。

「是你！」王萬武道：「你……你在這裡。」

「是我。」鐵震天無疑也想起了他們之間的往事：「你本來就應該知道我在這裡。」

王萬武看著他，眼色忽然變得痛苦而悲傷：「我知道你在這裡，我到這裡來，就是爲了想要你的命，因爲我對不起你，出賣過你，所以我反而更恨你。」

這句話說得也很絕，卻是真話。如果你也曾經出賣過別人，你一定也會像他一樣，反而會恨那個人，想要把那個人置之於死地。因爲他活著，你的心就會永遠不安，永遠會覺得有愧疚在心。你恨的也許並不是他，而是你自己。王萬武又道：「十年前，我出賣了你，就因爲那時我已經做過對不起你的事，生怕你知道，所以，才想借別人的刀來殺你。」

「我知道。」

「你既然知道，那時爲什麼不殺了我？」王萬武的神色痛苦：「我寧願死在你的手裡，那時你若殺了我，我也不會有今天了。」

這也是真話。能死在翻天覆地的大盜鐵震天的手裡，至少比敗在一個雜貨店的夥計手下好些。他敗得太慘、太痛苦，鐵震天瞭解這種痛苦。往日的恩怨都變成過去，「兔死狐悲」的悲傷卻是永遠存在的。

外面已經很久沒有動靜，就好像什麼事都沒有發生過一樣。張老實也沒有進來，現在一定還像是真的老實人一樣，坐在前面的雜貨店裡，還是沒有任何人能看出他是個身懷絕技的絕頂高手。——他究竟是誰？爲什麼陪馬如龍躲在這雜貨店裡？

馬如龍忽然衝了出去，他比鐵震天更想知道這問題的答案。

張老實果然還是老老實實的坐在他平時坐的那張破椅子上。這個雜貨店也還是原來的樣子。可是外面的情況卻跟平時不同了，平常在這個時候，巷子裡已經很熱鬧，晾衣服的女人、頑皮的孩子、到處撒尿的貓狗，現在都已經應該出來了。

這條巷子雖然貧窮骯髒，但卻永遠都是生氣勃勃的。現在這條巷子裡卻連一個人都沒有。沒有人、沒有動靜、沒有聲音，這條生氣勃勃的巷子，現在竟像是已經變成了一條死巷。

廿六　死地

雜貨店裡沒有櫃台，一張擺著本帳簿和一個錢箱的舊書桌，就算是櫃台。馬如龍在木桌旁一張板凳上坐下，看著張老實。

張老實一直是個反應遲鈍的人，臉上很少有表情，現在還是這樣子。如果有人說他剛才在一招間就擊敗了淮南第一高手王萬武，誰也不會相信。

——他這張臉是不是也被玲瓏玉手玉玲瓏易容過？——他本來是誰？——能在一招間擊敗王萬武的人有幾個？馬如龍盯著他看了很久，忽然叫出了一個人的名字。

「大婉。」

「大碗？你要大碗？」張老實臉上絕沒有絲毫異樣的表情：「碗都在廚房裡，你是不是要我去拿給你？」

「我說的大婉是一個人。」

「哦？」

「你沒有見過她？」

「我見過的大碗都是碗，不是人。」

馬如龍嘆了口氣，慢慢的站起來，忽然出手，用食中二指去抉他的雙眼。

張老實的眼睛閉了起來。這就是他唯一的反應，除了眼睛外，他全身上下都沒有動。馬如龍當然也沒有真的下毒手。他忽然發覺自己很笨，張老實就算真的是個老實人，一定也知道他絕不會真下毒手的，用這種法子，當然試不出他的功夫。問也問不出，試也試不出，應該怎麼辦呢？

馬如龍還不知道應該怎麼辦的時候，就已經知道又有主顧上門了。

「篤，篤，篤」，木杖點地的聲音，很遠就可以聽見。來的是兩個人，兩個人都是跛子，都拄著枴杖，只看他們的上半身，就好像是一個人。兩個人的衣著、神態、容貌，都像是一個模子裡鑄出來的，都有一條彎曲扭斜，發育不良的腿，軟軟的掛在半空中，就好像有人把他們本來一條腿鋸斷了，把另外一條嬰兒的腿接上去。看來有說不出的醜陋怪異。

可是兩個人臉上的表情都很嚴肅，而且充滿了自尊自信。兩個人唯一不同的地方是，一個人的缺陷，是在左腿，另一個人的缺陷，是在右腿。馬如龍立刻想到了一個在武林中流傳已久的故事，兩個已跡近神話般的人物。

在極北的星宿海，有一對天生殘廢的孿生兄弟，一位叫天殘，一位叫地缺。他們的性情偏激怪異，武功也同樣怪異，他們所收的門人子弟，也都是跟他們一樣的天生殘廢孿生子。

江湖中人大多都知道他們，卻很少有人能見到他們。星宿海的門徒一向很少過問江湖中的事，幾乎從來沒有人到過江南。

跟傳說中不同的地方是——星宿海的子弟裝束都非常怪異華麗，有的人身上甚至穿著真是用珍珠綴成的珍珠衫，一種與生俱來的自卑，使得他們更喜歡炫耀做作賣弄。這兩個人的穿著卻很平實，和一般正常人沒什麼兩樣。

星宿海的子弟都一定要等到藝成之後才能入江湖，等到他們的師長已經認爲他們有把握能不敗的時候。殘廢練武本來就比正常人困難，他們能入江湖時年紀通常都已不小。

這兩個人卻都是年輕人，最多只有二十三四。難道他們在這種年紀就已練成星宿海的獨門絕藝？已經有把握能不敗？

這些雖然只不過是傳說，但是一種已深入人心，根深柢固的傳說，往往比真實的事更「真實」，更容易被人接受。木杖點地的聲音已停止，人已在雜貨店裡。馬如龍轉身面對他們，心裡雖然已認定他們是星宿海門下，卻還是問：「兩位來買什麼？」

「我們什麼都不買。」缺左足的人先開口，缺右足的人接著說：「我們只不過想來看看，你究竟是個什麼樣的人，居然能把王萬武留住，是用什麼法子留住的？」他們說的話既沒有虛假也沒有一點矯情做作。

「我姓孫，名孫早，」缺左足的人道：「他是我的孿生兄弟，叫孫遲。」

「因為我出世時比他遲了一點。」他們的名字也很平實，也不像傳說中星宿海門人的那麼故弄玄虛，故作神秘。

孫早又道：「我們是孿生人，又天生畸形，這種人通常都喜歡冒稱為星宿門下。」

孫遲接著說：「所以你一定也認為我們是星宿海門下。」

「但是你錯了，」孫早道：「我們和星宿海別無關係。」

「十年前我們曾經到星宿海走過一次，」孫遲接道：「我們也想找到傳說中的異人，傳給我們一點能夠無敵於天下的絕藝。」

「可惜我們失望了。」

「那裡只不過是一片荒無人煙的窮荒之地，夏日酷熱，冬日苦寒，任何人都很難生存。」

「我們告訴你這些事，只不過要你知道，我們的武功，都是我們自己苦練出來的。」

「所以你如果也想留下我們，不必有任何顧忌。」

馬如龍一直在聽，聽他們說完了，心裡忽然有很多感觸。他們都是年輕人。他們不做作，不賣弄，不虛偽，不矯情，他們要自己闖出自己的名聲，絕不倚賴任何人。他們雖然殘廢，但是絕沒有一點自卑，並不自暴自棄。馬如龍不想和這樣的年輕人為敵。「我不想留下你們。」他說：「你們隨時都可以走。」

他們沒有走，兄弟兩人都在用同樣的眼色看著他，一種很奇怪的眼色，先開口的還是孫早。

「我們也看得出你沒有把我們當作仇敵，」孫早說：「如果你是別人，我們說不定會結個朋友。」

「你實在不是個奸險的小人，」孫遲道：「只可惜你是馬如龍。」

兄弟兩人，同時嘆了口氣，同時轉過身，「篤」的一聲，以木杖點地，準備走了。他們好像也不想跟馬如龍爲敵。但是他們也沒有走出去。

他們的身子剛移動，脅下的木杖剛剛點在地上，張老實的手已揚起。馬如龍只聽見一陣極尖細的急風破空聲，兩根木杖就忽然從中折斷，兩樣東西隨著斷折的木杖落下，竟是兩顆花生。

張老實喜歡喝酒。花生是最普通，也是最好的下酒物。張老實的桌子上總是擺著一堆花生。但是從來也沒有人想到他能用花生打斷堅實的木杖，用鋼刀去砍，都未必能砍斷的木杖。

孫早兄弟也沒有想到。他們雖然沒有跌倒，他們用一條腿站在地上，還是站得很穩，就像是釘在地上的一樣。可是他們臉色已變了。

馬如龍的臉色也變了：「你想幹什麼？」

「我想留下他們。」張老實仍然面無表情：「你不想，我想。」

馬如龍沒有再問爲什麼。就在這一瞬間，他已感覺到自己的指尖、腳尖、嘴角、眼角，每一個感覺最靈敏的地方，都同時起了一種奇妙的變化，忽然同時變得僵硬麻木。

也就在這一瞬間，孫早兄弟的身子已凌空躍起，向外面竄了出去。他們雖然是殘廢，可是他們的身子掠起時，不但姿態優美，而且快如鷹隼。他們雖然是殘廢，可是他們的輕功之高，江湖中已很少有人能比得上。

但是他們落下來時，還是在這個雜貨店裡，一落下來，就無法再躍起。因爲他們兄弟兩個人身上，都至少已有四處穴道被封死。

八九個花生隨著他們的身子一起落在地上。真正的內家高手，飛花摘葉都可以傷人，當然也同樣可以用花生隔空打穴。只不過從來也沒有人能看出張老實是這樣的高手，從來也沒有人能想得到。

張老實是怎麼出手的？孫早兄弟是怎麼倒下去的？馬如龍都沒有看見。他的視覺已模糊，整個人都已變得痳木遲鈍。他也沒有看見張老實站起來走過去，從孫早兄弟身上搜出了一瓶藥。

直到張老實把這瓶藥灌入他嘴裡，他才漸漸恢復清醒。張老實仍然別無表情，只淡淡的問：「現在你是不是已經知道我爲什麼要留下他們？」

馬如龍已經知道。有些事他雖然沒有看見，卻已經知道，世上本來就有很多事是用不著親眼看見也一樣會知道的。他知道他已經中了孫早兄弟的毒，一種看不見，也感覺不出的無形無影的毒。

他們說的也許確實是真話，只有真話才能使別人變得大意疏忽。就在他對他們已經沒有敵意時，他們放出了這種無形無影的毒，就正如有些人已經把某些人當作朋友時，才會被出賣一樣。

馬如龍並不是完全不瞭解這些事，可是他能開口時，他說的第一句話就是：「放他們走。」他說：「現在就放他們走。」

張老實忍不住要問：「為什麼？」

「因為我是馬如龍，因為他們做的只不過是他們自覺應該做的事。」

因為他們還年輕。年輕人做事往往都是這樣子的，因為他們要成名，要做一個成功的人。這不是他們的錯。一個年輕人想要成功，想要成名，絕不是錯。

孫早兄弟走的時候沒有再回頭，也沒有再看馬如龍一眼。馬如龍也沒有再去看他們，他不願再增加他們心中的愧疚。

他只問張老實：「你真的沒有見過大婉，也不知道她是誰？」馬如龍問：「你一直都只是這家雜貨店的夥計？」

張老實沒有回答。他已經把地上的花生一顆顆的撿起來，一顆顆的剝開，一顆顆放進嘴裡。等他開始咀嚼的時候，才嘆息著喃喃的說：「該問的事他不問，該問的人他也不去問，卻偏偏來問我這些廢話。」

馬如龍道：「我知道我應該去問王萬武，這次他們究竟來了多少人？來的都是些什麼人？」

「你爲什麼不去問？」

馬如龍道：「因爲我現在問的這件事更重要。」

「重要？有什麼重要？」張老實又在嘆氣：「我見過大婉又如何？沒見過大婉又如何？你爲什麼一定要問？」

「因爲我想知道她在哪裡？」馬如龍說得很堅決：「我一定要知道。」

「她在哪裡，跟你又有什麼關係？」

「當然有關係。」馬如龍直視著張老實，說道：「如果你也曾想念過一個人，你就會明白的。」

張老實臉上還是全無表情，手裡的花生卻忽然全部掉落在地上！他又彎下腰去撿，彷彿特地要避開馬如龍那雙熾熱的眼睛。就在這時，裡面一間屋子裡的謝玉崙忽然大聲的說：「你想知道大婉的事，爲什麼不進來問我！」

馬如龍立刻就進去了。就在他轉身走入那道掛著舊布門簾的窄門時，忽然有一行人用碎步奔入了這條小巷。

一行二十八個人，年輕，健壯，動作矯健靈敏，行動整齊劃一。二十八個人身上，都穿著質料、剪裁都完全一樣的黑色緊身衣，打著倒趕千層浪的裹腿，手裡都提著個形狀大小都完全一樣的黑色帆布袋。

布袋裡裝的是什麼？這二十八條大漢是來幹什麼的？大多數人都有好奇心，大多數人都會留下來看看他們的來意。馬如龍沒有留下來，他只看了一眼，就掀起門簾，走了進去。除了大婉外，別的人、別的事，好像都已引不起他的興趣。

謝玉崙已經掙扎著坐了起來，眼睛裡的表情複雜而奇怪，也不知是痛苦？是憤怒？還是悲傷？也許這幾種感情每樣都有一點。她盯著馬如龍。「你認得大婉？這件事就是你們兩個串通好來害我的？」

馬如龍沒有否認。他不想否認，現在也不能再否認，不必再否認。謝玉崙一雙乾瘦的手雖然用力握住棉被的角，卻還是在不停的抖。

「你一直都在想念她？」她的聲音忽然嘶啞：「你天天跟我在一起，可是你天天都想念她？」

馬如龍也沒否認，這一點他更不想否認。謝玉崙的手抖得更厲害。

「你爲什麼要想念她？難道你喜歡那個醜八怪？」

這一點也正是馬如龍時常都在問自己的。——我爲什麼會如此想念她？是不是因爲我已經真的喜歡她？不是喜歡，是愛。只有愛才會如此持久、如此強烈。但是這一點他連想都不敢去想，連他自己都不敢相信。

謝玉崙又冷笑：「你想不想知道她是誰？」

「我想。」

「如果你知道她是誰，說不定會很失望的。」

「我不會，絕不會。」馬如龍的回答堅定明確：「不管她是誰都一樣。」

「好，我告訴你，」謝玉崙彷彿在喊叫：「她只不過是我的一個丫頭而已。」

馬如龍的態度卻很平靜：「你是大小姐，她是丫頭，你是美人，她是醜八怪，不管你是什麼人，她是什麼人，我還是一樣可以想念她。」說完了這句話，他又走了出去。

謝玉崙大喊：「你回來，我還有話告訴你。」

馬如龍沒有回來，連頭都沒有回過來，不管她要說什麼，他都不想聽。

謝玉崙忽然倒在床上，鑽入枕頭下，她真是位大小姐，也許比公主更驕傲，更尊貴，從來也沒有人看見她流過淚。難道她現在已流淚？「張榮發」只不過是家雜貨店的老闆，「馬如龍」只不過是一個什麼事都做得出的惡賊，不管是為了誰，她都不該流淚的。

鐵震天與王萬武一直在冷冷的看著他們，鐵震天忽然嘆了口氣。

「我是個好色的人，我一輩子，最少已經有過幾百個女人。」

「我也差不多。」王萬武說。

「但是我始終不瞭解女人，」鐵震天嘆著氣：「我這一輩子都無法瞭解。」

王萬武也嘆了口氣，說道：「我也是一樣。」

馬如龍沒有聽見他們說的話。他一走出門，就立刻被外面的變化所震驚，他從未想到在這條陋巷中，這個陋店裡，會看到如此驚人的變化。

張老實沒有變。他彷彿又醉了，他的破桌上有個空樽，樽中的劣酒，已入了他的腸。他伏在桌上，也不知是醒？是睡？是愁？是醉？他時常都是這樣子的。

這已不是第一次，驚人的變化，發生在這條窮苦平凡的陋巷中。

外面本來已看不見人，那些居住在陋巷破屋中的人，本來已不知到哪裡去了，現在連他們棲身的破屋都已看不見。就在這片刻間，所有的屋子都已被拆除，被那二十八條年輕健壯，動作矯健的黑衣大漢所拆除。他們的帆布袋裡，裝的就是拆房屋最有效的工具。他們的動作更確實有效。

屋頂上的磚瓦一塊塊被掀下，木板一塊塊被撬開，釘子一根根被拔起，很快的被運走。破舊的傢俱、還沒有清洗和已經清洗了的衣服碗筷、孩子們破碎的玩器、婦女們陪嫁時就已帶來的廉價首飾、男人們酸淡的濁酒……也都已同樣被運走。

這條陋巷，雖然窮苦平凡，在某些人的心目中，卻是唯一可以躲避風雨的安樂窩。因為這裡是他們的家。

可是現在他們的家已不見了，所有的房屋也都已不見了。這條巷子已經不再是一條巷子，除了這家雜貨店外，所有的一切已被拆除移走。這條巷子忽然間都已變成了一片泥濘、醜陋的空地。

空地，死地，空空蕩蕩，空無所有的死地！

廿七 黑石

高處依然有藍天白雲陽光，遠處仍然有市聲人群屋宇。青天仍在，紅塵依舊，卻已不屬於馬如龍的這個世界了，距離馬如龍已非常非常遙遠。馬如龍眼中所見的，只有一片死地！

他震驚，他也想不通。

幸好他回過頭時，張老實已清醒，也不知道是從愁中醒，是從睡中醒？還是從醉中醒來的？有時清醒還不如睡，還不如醉，因爲他一醒，他的眼中立刻有了同樣的驚訝與恐懼。

馬如龍立刻向他問道：「你看見了什麼？」

「我什麼都沒有看見。」什麼都看不見，絕對比看見任何事都可怕，不知，無知，永遠是人類最深痛的恐懼。

馬如龍又道：「就算他們要把我們困死在這裡，也不必把屋子都拆光的，他們可以躲在屋子裡，用這些屋子作掩護。」

他想不通他們爲什麼要拆除這些房子，他希望張老實能夠解釋。張老實還沒有開口，又有二十八條大漢用碎步奔入這條陋巷。

馬如龍看得出他們不是剛才那二十八個人，卻同樣的年輕健壯，著同樣的緊身黑衣，他們手裡提著的也不是帆布袋，是個黑色的竹籃。籃子裝著的，竟是一顆顆黑色的圓石，圓潤如珠，黑得發亮，看來就像是黑色的珠玉。

馬如龍從未見過這樣的石頭，也看不出這些大漢是誰的屬下。這樣的黑石並不易得，想要找一兩塊也不是易事，能養得起這些黑衣壯漢的人，江湖中也沒有幾個。最奇怪的是，他們竟將這些珍貴的黑石，一顆顆，一行行，像插秧般，鋪在地上。

他們的動作整齊迅速確實有效，泥濘的空地很快就有一大片被黑石鋪滿。這二十八個人手中的提籃已空，很快的奔出去，立刻又有同樣裝束的二十八個人，提著同樣的黑石，用同樣的步伐奔進來。馬如龍正想問張老實，看不看得出他們是誰的屬下，想不想得出有誰能養得起他們這些人，知不知道他們是在幹什麼？

他還沒有問，因爲他忽然發現張老實的臉上，居然也起了極奇特的變化，一雙昏暗無光的眼睛裡，已露出種恐懼之極的表情。他忽然衝過去，用最快的速度，將雜貨店的門板一塊塊上起，今天本來是他一定要開門做生意的，現在爲什麼忽然又要關門了？馬如龍更不懂。

張老實已拉著他，快步衝進了裡面的屋子。

裡面的光線更暗，屋裡的三個人看來都已比剛才更委頓憔悴。張老實從貼身的衣服裡拿出個烏木瓶，拋給了鐵震天。

「這是給你的，」他的聲音很急促：「你先吃一半，留一半，先嚼碎，再吞下去。」

鐵震天當然忍不住要問：「這是什麼？」

「這就是碧玉珠。」張老實道：「半個時辰內，就可以把你的傷勢治好一半，黃昏時你再服下另外一半，氣力就可以恢復八成了。」他忽然嘆了口氣，又道：「只希望你能夠活到那時候。」

鐵震天眼睛裡已發出了光。他手裡拿著的，就是當今天下唯一能夠救他的靈藥，也是天下最珍秘貴重的藥物。但是他卻沒有吞下去，因爲有些事他一定要問清楚。

「你是誰？」他問張老實：「你怎麼會有碧玉珠？」

「這全都跟你沒有關係。」

「有關係。」鐵震天一字字地道：「我鐵震天這一生中，從未平白無故受人的好處，我若不知道你是誰，怎麼能夠拿你的藥？」恩怨分明的男子漢，本來就寧死也不肯做這種事的。

馬如龍卻忽然插嘴道：「你可以拿他的藥，也可以接受他的恩惠，而且用不著報答他。」

「爲什麼？」

「因爲他是我的朋友，你也是的，」馬如龍道：「朋友之間，無論誰爲誰做了什麼事，都不必提起『報答』二字。」

鐵震天連一個字都沒有再說，拔開瓶塞，吞下了半瓶藥。

王萬武忽然長長吐出口氣，道：「鐵震天，現在你不妨殺了我，我已死而無憾。」

因爲現在他已經知道，剛才擊敗他的人，並不是個無名之輩。只有碧玉山莊的門下，才有碧玉珠。能夠敗在碧玉門下的手裡，絕不是件丟人的事，既然敗了，死又何妨？

這些話王萬武雖然沒有說出，鐵震天也已瞭解。現在每個人都已確信張老實是碧玉山莊的門下，數百年來，碧玉山莊門下從來沒有男性子弟，張老實無疑也是女子假扮的。馬如龍雙眼凝視著他，一個字，一個字的說道：「現在，你是不是已經應該承認了？」

「承認什麼？」

「承認你就是大婉！」

張老實終於輕輕嘆了口氣，道：「不錯，我就是大婉。」

這個不老實的老實人果然就是大婉，不是廚房裡裝菜飯的大碗，是那個有血有肉，敢做敢爲的大婉，是馬如龍一直在思念的大婉。她是不是也在思念著馬如龍？

馬如龍不能瞭解。女人的心事，本來就不是男人所能瞭解的。大婉伸出手，指尖輕觸他的手，立刻又縮回。沒有人能比她更會控制自己的感情。

「鐵震天的氣力已將恢復，王萬武不該死，你也不必死。」她冷冷的說：「只要一有機會，你們就可以衝出去。」

馬如龍也在盡量控制著自己，卻還忍不住要問：「你呢？」

「我……」

謝玉崙忽然叫了起來：「你們為什麼不問問我？我應該怎麼辦？」

大婉終於轉過頭面對她，謝玉崙的眼睛裡充滿憤怒恐懼怨毒。

謝玉崙怒聲道：「你為什麼要把我害成這樣子？」

「我對不起你。」大婉道：「但是你一定要相信我。我絕不是故意要害你。」

「你為什麼要做這種事？」

「因為我不能讓你嫁給邱鳳城。」

大婉接著道：「我們是從小就在一起長大的，我絕不能讓你嫁給那種陰狠歹毒的人。」

馬如龍失聲問道：「她就是碧玉夫人的女兒？」

「她就是，」大婉道：「謝夫人將你們召到寒梅谷去，就是為了替她找一個好丈夫。」

「那天你也去了？」

大婉點了點頭：「那天我不但去了，而且親眼看到了所有的變化。」

無論誰親眼看見當時的變化，都一定會認為馬如龍就是兇手。

大婉又道：「但是我卻認為那其中一定還另有機謀。」

馬如龍立刻問：「為什麼？」

「因為其中的巧合太多了。」大婉道：「我一直不相信巧合太多的事。」

——雪地上的坑，小婉的玉珮，金振林的一槍正好刺在玉珮上，絕大師和彭天霸的及時出現……這些都是巧合。巧合太多的事，通常都是經過特地安排的。

大婉接著又道：「謝夫人叫我到那裡去，就是爲了要我替她選擇，這件事關係到大小姐的終生幸福，我絕不能輕易下判斷。」

她凝視馬如龍：「所以，我故意讓你逃走，就因爲我還要試探試探你，看你究竟是個什麼樣的人？」

——被埋在雪地中，故意伸出一隻手。就是她的第一個試探。

大婉道：「如果你沒有停下來救我，那天你就已死在我手裡。」

一個亡命的兇手，絕不會冒險援救一個陌生的女人，而且將自己禦寒的皮裘和馬匹送給了她。但是這一次試探還不夠，以後還有一次又一次的試探。

「經過無數次試探後，我才相信你絕不是個陰險惡毒的人，我已經開始懷疑邱鳳城。」

大婉道：「只可惜這計劃實在太周密巧妙，連我都抓不到他的一點破綻。雖然我明知你是被冤枉的，也沒法子替你洗刷。」她輕輕嘆息，又道：「因爲我完全沒有證據，要讓謝夫人相信你是無辜的，一定要有證據。」

馬如龍苦笑，「就算碧玉夫人肯相信，絕大師他們也不會放過我的。」

一個已經被那些江湖名俠們認定是兇手的人，怎麼能做碧玉山莊的東床快婿？

大婉道：「後來我才知道，就在我一直跟蹤你的時候，謝夫人已經決定選邱鳳城做女婿了，甚至連婚期都已決定。」
王萬武忽然插口：「這件事我好像也聽說過。」
「謝夫人已經決定了的事，一向很少更改。」大婉道：「除非我能找到真憑實據，能證明這是邱鳳城的陰謀。」
她找不到。邱鳳城做事，絕沒有留下一點把柄。最巧妙的一點是，他明明已將其中的關鍵全部告訴了馬如龍，可是馬如龍說出來的時候，還是沒有人相信。非但不信，別人反而認爲他是在故意陷害邱鳳城，反而更認定他是兇手。邱鳳城先將自己置於死地，然後再巧妙的脫身，就因爲他深知人類的心理。
大婉又嘆了口氣：「他這個計劃不但周密巧妙，做得更絕，連我都不能不佩服他，但是要我眼看著他把大小姐娶回去，我也不甘心。」
謝玉崙忽然也嘆了口氣：「這時候我已經出來了，並不是出來看邱鳳城的，是出來找你的。」
「我明白，」大婉柔聲道：「不管你嘴裡怎麼說，你心裡一直都把我看作你的姐妹。」
謝玉崙苦笑：「可是我連做夢都沒有想到，你會忽然出手制住我。」
大婉道：「我只有那麼做。」
因爲她要時間找證據，她要拖過碧玉夫人已經決定了的婚期。如果新娘子忽然失蹤了，婚禮當然就沒法子如期舉行。

大婉道：「我想來想去，最好的法子，就是先把你們兩個人藏起來，讓別人找不到你們，也讓你能漸漸瞭解馬如龍是個什麼樣的人。」她接著又解釋道：「故意先讓他知道你是個美麗的女孩子，也是爲了要試探他，在暗室之中，是不是還能把握住自己。」

「所以你也來陪著我們，」謝玉崙道：「因爲你還是不太放心。」

大婉承認：「如果他敢對你怎麼樣，我也不會讓他活到現在的。」

謝玉崙忽然又輕輕的嘆了口氣。「你沒有看錯他，」她的聲音也變得很溫柔：「他的確不是個壞人！」

馬如龍一直靜靜的在聽，這件事其中的關鍵，連他都直到現在才明瞭。

鐵震天忽然長長嘆息一聲，說道：「他本來就是個好人，這件事，本來也是件好事，只可惜，他這個好人卻偏偏交了個壞朋友。」

「朋友就是朋友，」馬如龍道：「朋友絕不分好壞，因爲朋友只有一種，如果你對不起我，出賣了我，你根本就不是我的朋友，根本就不配說這兩個字。」他的態度莊重而嚴肅，

「我不信神，不信佛，我只相信朋友。」

「我明白你的意思，」鐵震天說道：「但是，你若沒有我這個朋友，你的身分就不會暴露，不管怎麼樣，總是我連累了你。」

「你是不是後悔交了我這個朋友？」馬如龍問：「還是要讓我後悔交了你這個朋友？」

「我不後悔，」鐵震天道：「我知道你也絕不會後悔的。」

在「友情」的詞彙中，本來就沒有「後悔」二字。

王萬武忽然也嘆了口氣。

「看見你們這樣的朋友，我才知道我這一輩子從來都沒有交到朋友。」

馬如龍的秘密確實是因爲鐵震天而暴露的，大婉呢？如果不是爲了馬如龍，有誰會知道她就是「張老實」？有誰會知道她是碧玉山莊的門下？如果不是爲了馬如龍，她這個計劃又怎麼會半途而廢？但是她也沒有怨言，更不後悔。因爲如果不是爲了馬如龍，她根本就不會做這些事。

馬如龍又在問她：「我們被人困死時，那一陣綠色的霧，當然也是你散發出來的？」

「那不是霧，」大婉道：「那是碧玉山莊的『翠寒煙』，比霧更濃，也比霧散得快，寒煙一散，什麼都看不見了。」

「就因爲你散出了翠寒煙，所以他們才知道這裡有碧玉山莊的人。」

「也就是因爲他們知道有碧玉山莊的人在這裡，所以他們才不敢輕舉妄動。」

大婉又道：「他們不動，只要能拖一段時候，我們也許還有機會，只可惜現在情況已經完全不同了，我們已絕對沒機會全身而退。」

馬如龍問：「爲什麼？」

大婉反問：「你剛才看見了什麼？」

馬如龍道：「看見了六七十個穿黑衣服的人。」

大婉道：「你還看見什麼？」

馬如龍道：「還看見了一大堆黑色的石頭。」

廿八　死谷傳奇

黑色的石頭有什麼可怕？只要沒有人強迫你吞下去，也沒有人拿它來打破你的頭，不管是白色的，紅色的，藍色的，黃色的，還是黑色的石頭，都沒有什麼可怕。奇怪的是，大婉卻偏偏好像覺得它很可怕，謝玉崙居然也好像覺得它很可怕。

謝玉崙忽然問：「你看見的那些石頭，是不是非常、非常黑？又圓、又黑，黑得發亮？」

「是。」

「你在哪裡看見的？」

「在那群黑衣人的手裡，」馬如龍道：「他們每個人手上都提著一大筐黑色的石頭。」

「然後呢？」

「然後他們就把這些黑色的石頭一顆顆鋪地上。」

謝玉崙不問了，也不說話了，眼睛裡彷彿也露出了和大婉同樣的表情，一種恐懼之極的表情，就好像一個小孩子忽然發現那些只有在噩夢中會出現的妖魔已到了眼前。

她們為什麼要怕這些黑色的石頭？

鐵震天的好奇心也被引起，也忍不住問：「附近有沒有這種黑色的石頭？」

「沒有，」馬如龍道：「就算有幾顆，也沒有這麼多。」

王萬武又替他補充：「我到這裡來的時候，已經將這附近幾百里地都勘查過，這裡什麼樣的石頭都有；又圓又黑，黑得發亮的石頭，我連一顆都沒有看見過。」

「所以那些石頭一定是從幾百里以外的地方運來的。」

「一定是。」

鐵震天更奇怪：「爲什麼有人要從幾百里外運石頭來鋪在地上？」

這問題他本來並不期望有人能回答，大婉卻說了出來。

她說：「因爲他是個瘋子。」

大婉自已也說：「真正的瘋子並不可怕，可怕的是那些外表看來比誰都正常，其實心裡卻已瘋狂了的人。」

她又解釋：「平時你看他做事總是規規矩矩，態度總是彬彬有禮，可是只要等他一發起瘋來，什麼樣的事他都做得出，連瘋子都做不出的事，他都能做得出。」

最可怕的一點是，誰也不知道他會發瘋，更不知道他什麼時候會發瘋，所以也不會提防他，往往就在你已認定他是個惇惇君子時，他卻忽然割下你的鼻子拿去餵狗。等到你的鼻子不見之後，你甚至還不相信他會做出這種事來。

大婉道：「我說的這個瘋子，就是這麼樣一個人。」

鐵震天道：「你見過他？」

大婉道：「我沒有，本來我以爲永遠都不會見到他的！」

她嘆了口氣又道：「只可惜現在我很快就要見到！」

謝玉崙忽然緊緊握住她的手。

「他真的會來？」

「他一定會來。」大婉道：「是翠寒煙把他引來的。」

「你看見了那些黑色石頭，就知道他會來？」馬如龍問。

「不錯，」大婉道：「普天之下，只有他住的那個地方，才產這種黑石。」

「他住在什麼地方？」

「死谷，」大婉道：「什麼都沒有的死谷，只有這種黑色的石頭。」

她慢慢的接著道：「那裡人跡罕至，飛鳥難渡，無論誰都很難在那種地方活下去，想不到他卻活下來了，而且好像還活得不錯。」

「他爲什麼要住到那種地方去？」

大婉道：「他自己並不想去，是被人逼去的。」

「被誰逼去的？」

「世上只有一個人能擊敗他，」大婉道：「所以也只有一個人能逼他做他不願做的事。」

她忽然又問：「你們知不知道，三十年前，江湖中有個叫『無十三』的人？」

「吳十三？」

大婉道：「不是周吳鄭王的吳，是虛無的無。」

「他爲什麼要叫無十三？」

「因爲他自己說他是個無名無姓無父無母無兄無弟無姐無妹無子無女無妻無友的人。」

「這也只有十二無，」馬如龍問：「還有一無是什麼？」

「無敵。」

「無敵？」馬如龍不信道：「真的無敵？」

「三十年前，他才二十三歲的時候，就已橫掃江湖，無敵於天下。」

馬如龍還是不能相信：「三十年前的事並不算久遠，爲什麼至今就已沒有人知道？」

鐵震天忽然插口，「有人知道，我就知道，」他說得詳細而肯定：「那一年是庚子，我才十九歲，是在九月重陽那一天，才聽人說起他的名字的。」

「你何以能記得這麼清楚？」

「因爲那一天正好是我的生日，」鐵震天道：「也因爲他正好是在那一天擊敗連山雲的。」

連山雲是當時的頂尖高手，以「橫雲遮日七七四十九劍」名震江湖，劍勢絕不在創立「迴風舞柳七七四十九劍」的巴山顧道人之下。

鐵震天道：「他的七七四十九劍連一招都未使出，就已被擊敗了，被一個初入江湖的年輕人空手奪下了他的劍。」

馬如龍問：「這個年輕人，就是無十三？」

「當時我也知道，昔年有位名動天下的劍客，燕十三，可是此後的三個月裡，我聽見的就只有無十三了。」他又強調說道：「整整三個月，九十天。」

馬如龍忍不住要問：「你怎麼會記得正好是九十天？」

「因爲就在重陽到臘八月初的這九十天內，他已戰敗當時江湖中最負盛名的四十三名高手，」鐵震天道：「最後一位是鐵劍門的掌門人，正在和門人子弟喝臘八粥的時候，被他拋入了粥鍋裡。」

「然後呢？」

「然後就沒有了。」

「沒有了？」馬如龍問：「沒有了是什麼意思？」

「沒有了的意思，就是自從那一天之後，『無十三』這個人就沒有了，」鐵震天道：「從此之後，江湖中就沒有再聽說過這個人。」

「也沒有人知道他的下落？」

「沒有。」

「有，」這次插口的是大婉：「有人知道，我就知道。」

她知道的事別人都不知道。那一天之後，無十三也不知用什麼方法找到了「碧玉山莊」，就在當年除夕那一天，和碧玉夫人決戰於莊外的翡翠坡，這一次戰敗的當然是無十三。

沒有人能夠戰勝碧玉夫人，從來都沒有。奇怪的是，碧玉夫人並沒有將他置之於死地，只不過將他困入了死谷，要他發誓永生不再出谷。寸草不生，飛鳥難渡的死谷，就像是極北荒寒的星宿海一樣，從來都沒有人生存。所以無十三就從此「沒有了」，而且很快就被世人遺忘。

大婉道：「可是我們並沒有忘記他，因爲夫人常說，如果世上只有一個人能在死谷生存，這個人絕對就是他，只要他活著，等到他自覺有把握報復時，就一定會違背自己的誓言，逃出死谷來的。」

馬如龍道：「死谷中本來只有他一個人？」

大婉道：「只有他一個。」

馬如龍道：「但是現在他至少已經有了八十四名屬下。」

大婉嘆口氣，說道：「只怕連夫人都想不出他怎麼能在死谷中活下去，更想不到那些人是怎麼來的，但是夫人也說過，別人連想都想不到的事，他也能夠做得到。」

外面本來極安靜，這時候卻忽然傳來一陣清朗的笑聲，一個人用一種極優雅愉快的聲音說：「多承謝大小姐和大姑娘關心，其實這些事我本來也做不到，只不過我的運氣特別好而已。」

說話的人距離這屋子還有段距離，可是他說出的話，屋裡的每個人都能聽得很清楚。屋裡這些人說的每句話，他也能聽得很清楚。

大婉脫口問：「你就是無十三？」

她的聲音並沒有提高，外面的人還是聽見了。

「我就是。」他回答。

大婉又故意嘆了口氣：「你的耳朵真靈，好像比兔子還靈。」

她顯然是在故意地要激怒他，想要他一個人闖進來，外面的這個人，卻笑得更愉快：「這是我練出來的，我一個人在那死谷中孤孤單單的過了一兩年，什麼聲音都聽不見，悶得我簡直快瘋了，我只有想法子去聽那些別人聽不見的聲音。」

「什麼聲音？」

「毒蛇在地底交配的聲音、小蟲在地下爬的聲音、蛇吞蟲、蟲吃蛆的聲音、烏龜生蛋的聲音。」無十三帶著笑問：「這些聲音各位聽見過沒有？」

沒有，沒有人聽見過。

無十三道：「可是我已經全都能聽得見了，而且聽得很清楚。」

一個人如果連這些聲音都能聽得很清楚，還有什麼聲音是他聽不見的？

無十三又接著說：「幸好現在我已經不必再聽這些聲音了！」

「哦？」

「因爲五年之後，我就已找到很多人去陪我說話，」無十三道：「那個沒有人的死谷裡，現在已經有八百二十四個人陪我說話，我要他們說什麼，他們就說什麼，我想說什麼，他們就聽什麼。」

大婉道：「你怎麼找到這麼多人去陪你說話？」

「因為我的運氣特別好，」無十三笑道：「那死谷中除了黑石之外，還有種別的東西。」

「什麼東西？」

「黃金，」無十三笑得愉快極了，說：「我保證各位這一輩子，都沒有見過那麼多的黃金！」

有了那麼多黃金，還有什麼辦不到的事？

無十三又道：「所以我的日子越過越愉快，武功好像也進步了一點，所以我才忍不住想出來走走，最主要的當然還是想來看看謝夫人和她的大小姐，如果不是因為她，我怎麼會有今天？」

大婉又忍不住問：「你怎麼知道謝大小姐在這裡？」

「我當然知道，」無十三笑道：「一個人有了這麼多黃金後，不知道的事就很少了。」

「你為什麼不進來看她？」

「我不急，」無十三道：「我已經等了二十多年，再等幾天又何妨？」

「你等什麼？」

「我已經派人專程去採購綾羅綢緞，去請手藝最好的裁縫，來為謝大小姐量身裁衣。還特地帶來了一些京城寶石齋的胭脂花粉，」無十三大笑道：「等到謝大小姐換過新衣，梳妝打扮好之後，我自然會來求見的。」他微笑又道：「現在我還不急，因為我一向不喜歡骯髒的女人。」

他的笑聲聽來還是那麼令人愉快，也沒有說過一個猥褻不敬的髒字。大婉的心卻已沉了下去，她已經聽出了他話中可怕的含意。

——他喜歡打扮得漂漂亮亮的女人，等到謝玉崙打扮漂漂亮亮時，他就準備來「喜歡」她了。

鐵震天當然也明白他準備用的是什麼法子，忽然問道：「他是不是個人？」

「好像是的？」

「那就好極了。」鐵震天道：「既然他也是個人，我也是個人，我為什麼不能出去看看他？」

外面的無十三立刻說：「請出來，快請出來，我早已在這裡擺下盛宴，等著各位光臨。」

鐵震天大笑：「我正想舒舒服服的大吃一頓。」

他忽然問王萬武：「你想不想？」

廿九　盛宴

王萬武已經站了起來：「我也想得要死。」盛宴還未開，泥濘的空地上已鋪滿圓潤晶亮的黑石，但卻只擺著一張木質極好，雕刻極精緻的胡床，胡床後百錦帳高高支起，一個鬈鬚虬髯，凹眼碧睛的波斯奴，戴著頂鮮紅的帽子，帽子上垂著藍色的絲帶，穿著件繡金的黑色長袍，繫著條鮮紅的腰帶，手扶彎刀，肅立在胡床後。無十三就坐在這張胡床上。

他看起來絕不像是個無名無姓無父無母的孤兒，更不像是個瘋子。他的臉色非常蒼白，但卻非常英俊，他的態度溫文而優雅，蒼白的臉色使人很難看出他的真實年紀，文雅動人的微笑，和華麗高貴的服飾，更使人根本就不會注意到他的年紀。

盛宴雖然仍未開，客人卻已經到了不少。絕大師他們居然也是他的客人，也像別的客人一樣，站在胡床前面。因爲這裡除了這張胡床外，既沒有椅，也沒有可以讓人坐下來的地方。

除了這張胡床外，這裡根本連一樣東西都沒有。但是，等到鐵震天和王萬武出來後，主人居然用最客氣的態度，請他們「坐下來」。

他先問那波斯奴：「你看還有沒有別的客人會來？」

「我看沒有了。」

無十三立刻舉手揖客，帶著絕無虛假的微笑說：「請坐，請各位先入席坐下來再說話。」

第一個「坐下」的居然是絕大師，坐在一張根本不存在的椅子上，他的臉上還是全無表情，懸空坐在那裡，就好像下面真的有張椅子一樣。於是每個人都「坐」下去了，只有鐵震天還站著。

無十三問他：「閣下爲什麼不坐？」

「我喜歡站著吃東西。」鐵震天回答得也很妙：「站著吃才能吃得多些。」

「有理！」無十三拊掌微笑，說道：「今天各位一定要多吃些，今天我替各位準備了東海的烏魚，北海的魚翅，南海的燕窩和龍蝦，京城的羊羔和烤鴨，江南的醋魚和蒸蟹，還有整隻的牛羊，足夠讓各位開懷大嚼。」

他說的這些東西根本連一樣都沒有，但是他卻用最慇懃的態度，一再勸客「多吃一點」。他還替絕大師準備了一點素菜。

第一個開始吃的又是絕大師，連絕大師都已經在吃了，別的人當然也只好跟著吃。這些人幾乎全部都是威鎮一方的武林大豪，江湖好漢，現在，卻像是小孩子在辦「家家酒」一樣，每個人都合手拿起了一雙根本不存在的筷子，坐在一張根本不存在的椅子上，開始吃喝那些根本不存在的東西。唯一和孩子們不同的地方是，他們自己也不認爲這種玩法很有趣。他們的動作看來雖然很滑稽，神色卻很沉重。

除了絕大師外，每個人臉上的表情都好像被一雙看不見的手扼住了脖子。絕大師臉上卻還是全無表情，一筷子一筷子慢慢的夾菜，一口一口慢慢的咀嚼，咀嚼的也不知是憤怒？是恐懼？還是一嘴苦水？自從他成名以來，從未在任何人面前做過一件丟人洩氣的事。可是現在他已將他辛苦搏來的聲名，捧著那些根本不存在的東西，一口口嚼碎，一口口吞下肚裡。

鐵震天看得全身的雞皮疙瘩都冒出來。他想不通絕大師爲什麼要這麼做？爲什麼要對這瘋子如此畏懼？只不過現在他已明白無十三是個什麼樣的瘋子了。

大婉雖然已經將他描敘得很仔細，但是，鐵震天現在才知道，不管她說得多仔細，還是不足以形容出他的瘋狂可怕於萬一。無十三也在盯著鐵震天，只有鐵震天一個人沒有動筷子。

「你爲什麼不吃一點？」

「吃什麼？」

「羊羔和醋魚的味道都很不錯，」無十三道：「烤鴨也要趁熱吃才好。」

「烤鴨在哪裡？」鐵震天問：「醋魚在哪裡？」

「你看不見？」

「我看不見。」

無十三道：「別人都看得見，你爲什麼看不見？」

「因爲我沒有他們聰明，」鐵震天道：「你說的這些東西，一定只有聰明人才看得見。」

無十三又盯著他看了老半天，忽然大笑：「原來你是個呆子，這麼多好吃的東西，只有呆子才看不見。」

他的聲音忽然停頓，臉上忽然露出種憤怒之極的表情，轉過臉，狠狠的瞪著馮超凡，厲聲問：「你怎麼能做這種事？」

馮超凡怔了怔：「我做了什麼事？」

「有這麼多好東西你不吃，為什麼偏偏要吃我的小狗？」

「你的小狗？」馮超凡聽不懂他在說什麼：「你的小狗在哪裡？」

「剛才還在這裡的，」無十三道：「現在已經被你連皮帶骨都吃了下去！」

他看來不但憤怒，而且悲傷：「這條小狗我已經養了好幾年，就像是我的兒子一樣，你為什麼要吃掉牠？為什麼如此殘忍？」

馮超凡臉色變了，「奉天大俠」馮超凡三十年前就已成名，以一對六十三斤重的混元鐵牌縱橫白山黑水間，什麼事他沒見過？他當然已看出無十三是存心找他的麻煩。他希望絕大師能助他一臂之力，跟這瘋子拚一拚，他們是多年的好朋友，絕大師至少總該替他說句話的！

想不到第一個替他說話的並不是他的好朋友，而是他一向深惡痛絕的大盜鐵震天。「這裡根本連一條狗都沒有，」鐵震天道：「大狗小狗都沒有。」

「你是呆子，你當然看不見。」無十三道：「我親眼看見的，絕不會假的！」

「這次你恐怕看錯了。」

「你一定要說這裡沒有狗？」

「絕對沒有。」

「可是我說有，而且已經被他吃進肚子！」無十三臉上忽然又露出種神秘的笑容，一字字道：「你想不想跟我賭？」

「怎麼賭？」

「賭那條小狗是不是在他肚子裡，」無十三吃吃的笑道：「用你的人頭做賭注。」

鐵震天忽然覺得手腳冰冷了，胃裡好像已經開始要嘔吐，他已經猜出這個瘋子要幹什麼。馮超凡顯然也猜出來，忽然大吼一聲，向無十三撲了過去。他的「虎爪功」和他的混元鐵牌，同樣都是威震關東的武林絕技。

絕大師的臉色居然也變了，疾聲道：「住手！快住手！」他說得還是遲了一步，馮超凡的身子已撲起，無十三身後那波斯奴的彎刀已出鞘。

刀光一閃，鮮血如亂箭般射出。

——只有一種方法能看出一個人肚子裡有沒有小狗，一種最原始，最野蠻，最殘酷的方法，一種只有瘋子才會用的方法。這個瘋子用出來了。縱橫江湖三十年的馮超凡，竟沒有閃過這一刀，開膛剖腹的一刀。

每個人臉色都變了，有的人已忍不住在嘔吐，有的人向外逃竄，有的人向前猛撲！無十三還在吃吃的笑，笑聲瘋狂詭秘而悽厲，無論誰只要聽過一次，一輩子都忘不了。

刀光還在不停閃動，一刀就是一條命。沒有人能避得開這波斯奴的刀，因爲他一刀劈來時，已經先有一枚黑石飛過來，是從無十三手裡飛過來的。

無十三以中指彈黑石，風聲一響，黑石已打在對方的穴道上。能夠避得開的只有絕大師和鐵震天，但是他們也沒法子逼近那張胡床，刀光和血光已封住了他們的眼。他們幾乎已看不見無十三的人在哪裡。

就在這時，他們看見了馬如龍。

馬如龍衝入了刀光和血光，他不是來送死的，他是來救人的，雖然他自己也沒有把握全身而退，但是他一定要冒這個險。沒有人能拉得住他，他寧死也不能坐視這種殘殺繼續，他一定要把能夠救出來的人全都救回來。在這一瞬間，他根本沒有把自己的死活放在心上。

他沒有死，他知道自己沒有死，而且救了幾個人回來。但是他衝回雜貨店時，已筋疲力竭，一進門就已倒下！他出生入死，拚了命去救回來的人是誰？

三十　裁縫・胭脂・花轎

馬如龍醒來時，所有的聲音全已靜止，天地間又變爲一片死寂。他已經被人抱入了裡面的一間房，躺在屋裡僅有的一張床上，這是他第一次睡上這張床。

謝玉崙就在他身旁看著他，屋子裡只有他們兩個人。馬如龍勉強對她笑了笑，立刻就問：「人呢？」

「什麼人？」

「我救回來的那些人。」

謝玉崙沒有回答，卻反問他：「你知不知道你救回來的是些什麼人？」

「我知道。」馬如龍說：「鐵震天是跟我一起回來的。」

「除了他還有誰？」

「還有絕大師，」馬如龍的神情很平靜：「絕大師跟我們一起回來了。」

他說得很平靜，謝玉崙卻顯得有些激動：「你自己知道你救的人是他？」

馬如龍笑笑：「我怎麼會不知道？」

他居然笑了。爲什麼總是有些人在最不應該笑的時候笑出來？

「你知道？」謝玉崙顯得更激動：「你知道他就是把你逼得無路可走，一心想要你這條命的人，你居然還要救他？」

「我救的是人，」馬如龍道：「只要他是人，我就不能看著他死在那瘋子手裡，不管他是我的朋友，還是我的仇人都一樣，不管他是什麼人都一樣。」

謝玉崙用一種很奇怪的眼色看著他，看了很久才問道：「你說的是真話？還是故意做給我看的？」

馬如龍沒有回答這個問題。他拒絕回答。

「你是真的，」謝玉崙道：「因為你剛才真的是在為他拚命！」她忽然嘆了口氣：「我本來實在不能相信你是個這麼好的人，但是現在我已經不能不相信。」

絕大師一直靜靜的站在角落裡那個擺雜貨的木架旁，自從他進了這家雜貨店，就一直站在那裡，沒有動，沒有開過口，也沒有看過別人一眼。他的身上已有血污，衣衫已破碎，而且受了傷。但他卻還是能夠保持冷靜鎮定。

跟他同時回來的，除了鐵震天外，另外兩個人本來應該是他的同夥。但是這兩個人卻好像根本沒有看見他這麼一個人，好像只要一走近他，就會被傳染上什麼可怕的致命瘟疫。他們當然都知道這雜貨店裡的人，都是他的死敵，他們都不願被他連累。絕大師也沒有去看他們，眼睛裡空空洞洞的，彷彿什麼人都沒看見。

第一個說話的是大婉：「我知道你留在這裡一定也很難受，可是只要你願意留下來，我們也絕不會趕你走。」

絕大師仍然保持沉默。

大婉卻又道：「你是不是有什麼話要說？」

「是的，」絕大師忽然開口：「可是我要說的話，只能對一個人說。」

「誰？」

「馬如龍。」

小屋裡凌亂且簡陋，大婉就在這小屋裡耽了將近四個月。現在屋裡只有兩個人。絕大師終於單獨地和馬如龍相見了。

「這次是你救了我，」他說：「如果不是你，我絕不會到這裡來的，如果不到這裡來，我一定也像別人一樣死在外面。」他慢慢的接著道：「但是我絕不會因此而放過你，只要我不死，你也沒有死，我還是不會放過你的。」

馬如龍笑了笑，淡淡說：「我救你並不是要你放過我，否則我又何必救你？」

絕大師道：「只不過，那都是以往的事。」

馬如龍嘆了口氣：「不錯，不管你以往要怎麼對我，都沒有什麼關係，因爲我們很可能至都活不到明天。」

「但是我們現在還沒有死，」絕大師道：「裁縫還沒有到，脂粉也沒有送來，那個瘋子暫時還不會闖進來的。」

「但願如此。」

「一定是這樣子的，」絕大師道：「我瞭解那個瘋子，他已經把我們看成網中的魚，已經不急著要我們的命。」

他又道：「所以我們說不定還有機會能逃出去，所以我才要來告訴你，不管你我以後是友是敵，在這段時候裡，我唯你馬如龍的馬首是瞻，我這一生中，從未聽命於人，這次卻是例外。」

馬如龍凝視著他，過了很久才問：「這就是你要對我說的話？」

「是的。」

和馬如龍一起回來的，除了鐵震天和絕大師之外，還有兩個人。其中一個是王萬武。他有一條臂的關節已經被捏碎，但是他居然還沒有死在那柄別人都避不開的彎刀下。

大婉安排絕大師去見馬如龍的時候，他忽然問鐵震天：「我知道你有個兄弟落入了絕大師手裡，你難道不想知道他的生死下落？」

「我想。」

「你爲什麼不問？」

「我不能問，也不想問，」鐵震天道：「我怕他已經死在那和尚手裡。」

鐵全義如果已經死在絕大師手裡，鐵震天一定不會放過絕大師的。

「但是我不能殺他，」鐵震天道：「馬如龍既然已將他帶回來，我就不能再傷他毫髮。」

這時候大婉已經回來了，王萬武忽然對她說：「我也想單獨去見他。」

「去見誰？」大婉問：「馬如龍？」

「是。」

「你也有話要說？」大婉又問：「你要說的話，也只能對他一個人說？」

王萬武點頭。

他在點頭的時候，眼睛在看著鐵震天，因爲他知道鐵震天一定也有話對他說。

鐵震天果然已經在問他：「你知不知道你爲什麼還沒有死？」

王萬武說道：「我沒有死，只因爲你一直在保護我，我們以前雖然是對頭，現在你卻好像已經把我當作朋友。」

「但是你要說的話，卻只能對馬如龍一個人說？」鐵震天道：「你爲什麼不能夠對我說？顯然你不信任我。」

「我信任你，」王萬武道：「只不過我更信任馬如龍。」

「你爲什麼要信任他？」

「因爲絕大師也信任他，」王萬武道：「絕大師是不是他的朋友？」

「不是。」

「一個人如果能讓他的仇敵和他的朋友同樣信任他，別的人怎會不信任他？」

鐵震天忽然大笑。「好，你說得好，」他用力拍王萬武的肩：「你去吧。」

馬如龍也想不到王萬武會要求單獨來見他，更想不到王萬武第一句話就告訴他一個秘密。

「我還沒有死，並不是因爲鐵震天在保護我，」王萬武道：「我還沒有死，只因爲無十三根本不想要我死。」

他接著又說出另一個秘密：「他的『彈指神功，飛石打穴』，的確已練到別人從未練到過的火候，他那波斯奴出手之快，的確也比別人快得多，只不過死在他們手裡的那些人，並不是完全死在飛石和彎刀下的。」

「不是？」

「那些人的死，只因爲那些人之中最少已經有一半被收買了。」

王萬武又解釋：「譬如說，張三和李四是朋友，但張三已經被他收買了，李四卻不知道，那波斯奴一刀劈下，李四就死在刀下，別人是不是會認爲李四的死，只因爲他避不開波斯奴那一刀？」

「是！」

「等到別人看見無十三彈指飛石時，是不是又會認爲李四的死，只因爲他被無十三的飛石打中了穴道？」

「是。」

「其實不是這樣的。」王萬武道：「其實他並沒被無十三的飛石打中穴道，而是被他的同伙在混亂中點了他的穴道。」

他又道：「我一定要來告訴你，因爲我已不想要你把無十三的武功估得太低，也不想讓你把他看成個神人。」

馬如龍當然要問：「你怎麼會知道這秘密的？」

「你爲什麼要把這秘密告訴我？」

「因爲我也被他收買了，」王萬武苦笑：「所以我才沒有死。」

「因爲我信任你，」王萬武道：「現在我已可確定，你絕不會出賣任何人。」

和馬如龍一起回來的，除了鐵震天、絕大師、和王萬武之外，還有一個人。這個人年紀既不太大，也不太小，長得既不英俊，也不太難看，穿著既不太華麗，也不太寒酸。這種人你每天都不知要遇見多少個。

現在他還沒有死，也許就因爲他的樣子看起來太平凡。只有少數人才知道「平凡」有時也是種很好的掩護，有時候甚至就是不平凡。

大婉無疑就是這少數人其中之一，她一直都在注意他，忽然問：「你貴姓？」

這個平凡人笑了笑，點點頭，又搖搖頭。

大婉又問：「你是聽不見我說的話，還是不會說話？」這個人回答還是跟剛才一樣，還是對她笑笑，點點頭，又搖搖頭。

誰也看不懂他這是什麼意思，大婉也看不懂。他的意思就是要讓人看不懂。

大婉忽然也笑了笑。「你當然不會是聾子，也不是啞吧，你只不過不想把名字說出來而已。」她淡淡的接著道：「我問你，你當然可以不說，可是等到別人問你的時候，你想不說恐怕就很難了。」

這個人忽然反問她：「你們是不是在等一個人？」

「等誰？」

「等一個裁縫，」這人道：「無十三派來替一位謝姑娘量新衣的裁縫。」

大婉盯著他。

「你怎麼知道無十三要派一個裁縫來？」大婉問：「你怎麼知道我們在等他？」

「我當然知道。」這個人說：「我還知道裁縫現在已來了，不但把綢緞和胭脂都帶來了，而且帶來了一頂花轎。」

「這個裁縫的人在哪裡？」

「就在這裡，」平凡的人忽然露出不太平凡的微笑：「我就是這個裁縫。」

卅一 神奇的裁縫

仔細一看，這個人的確是個裁縫，再仔細看看，你又會覺得，他什麼都像，隨便你說他是幹什麼的，都絕不會有人懷疑。每種行業都有他這樣的人，平平凡凡的樣子，普普通通的裝束，客客氣氣的笑容。

「我是個好裁縫，附近幾百里以內，絕對不會有比我更好的裁縫。」他微笑道：「我做出來的衣服，保證式樣新穎，而且剪裁合身。」好裁縫本來是人人都歡迎的，但這個裁縫卻是例外，這地方絕對沒有一個人歡迎他。

大婉勉強笑了笑：「我看得出，你是一個好裁縫，可是，不管多好的裁縫，沒有布料也做不出衣服。」

衣服做好，無十三就不會讓他們再安安穩穩的耽在這裡了。她希望這個裁縫做不成衣服，她看不出他身上帶著衣料。

這個裁縫卻說道：「我剛才已經帶來了，保證都是最好的料子，顏色好，花樣新，質料高貴，而且絕不褪色。」

「你帶來的料子在哪裡？」

「就在這裡。」

誰也看不見他帶來的衣料在哪裡，可是他一轉身，手上就忽然多出了兩疋綢緞，一疋大紅綢子上面還繡著金花牡丹。每個人都怔著。誰也看不出他是用什麼法子，從什麼地方把這兩疋綢緞拿出來的。然後他又像變戲法一樣，變出了一大包胭脂香油花粉。誰也看不出在他身上有什麼地方能藏得下這麼多東西。

鐵震天嘆了口氣：「想不到我們這些老江湖都看走眼了，想不到這位朋友居然是位高人。」

裁縫微笑搖頭。「我不是高人，我一點都不高，你長得就比我高，越高的人穿衣服越有樣子，越好看。」他上上下下的打量著鐵震天：「只可惜你這身衣服做得不好，下次有機會，一定要讓我替你做兩套。」

「我剛才好像聽說，你帶來了頂花轎來？」

「時候一到，花轎自然會來的。」裁縫笑道：「新郎新娘都不急，各位何必著急！」

「新郎新娘」這四個字一說出來，每個人的臉色都變了。

他們果然沒有猜錯，無十三的野心果然不小，如果他真的能娶到「碧玉山莊」的大小姐，不但碧玉夫人要氣死，大婉也要一頭撞死。

鐵震天忽然問大婉：「我們能不能讓他替謝姑娘做衣服？」

「不能。」

鐵震天道：「天下有沒有不會做衣服的裁縫？」

「好像只有一種。」

「哪種裁縫不會做衣服？」

「死裁縫。」

這個裁縫居然好像還聽不出他們的意思，居然還在笑：「我不是死裁縫，我是好裁縫。」

「只可惜好裁縫也會變成死裁縫的。」鐵震天冷笑，慢慢的伸出了手。他的傷已經快好了，他的鐵掌伸出，全身骨節暴響，密如爆竹。

這個裁縫就算真是笨蛋，現在也明白他的意思了，忽然大叫：「等一等，我還有話說！」

「你說。」

「我要說的話，也只能對馬如龍一個人說。」

「他不想聽，」鐵震天一步步逼近：「我知道他不想聽。」

馬如龍忽然走近來。

「這次你錯了，」馬如龍道：「他也是人，他說的話我爲什麼不想聽？」

馬如龍帶著裁縫走了，沒有人阻止，也沒有人反對。只要是馬如龍決定的事，就沒有人反對。這個裁縫究竟有什麼秘密要告訴馬如龍？爲什麼只肯告訴他一個人？沒有人知道，也沒有人想知道。大家都信任馬如龍，就好像相信他們自己一樣。誰也不知道這種情況什麼時候開始的，可是現在情況已經這樣子了。

過了很久很久，馬如龍才回來，是一個人回來的，大婉立刻問他。

「那個裁縫呢？」

「在後面的房裡替謝玉崙量衣裳。」

「你爲什麼讓他去？」

「因爲他是個裁縫，他本來就要來量衣裳的，」馬如龍道：「世上並不是只有他一個裁縫，我不讓他去，別的裁縫就會來了。」

他的解釋實在不能讓人滿意，現在他們最需要爭取的就是時間，多爭取一刻，就多一分機會。這道理馬如龍明明應該懂的，可惜他偏偏不懂，雜貨店裡面的人都忍不住要嘆氣，雜貨店外面的無十三卻忽然大笑。

「我已經有很久沒有佩服過別人了，」無十三道：「現在卻不能不佩服你。」

「你佩服我？」馬如龍居然問：「你爲什麼要佩服我？」

「因爲我知道你就是那個馬如龍，這些人本來全都是你的冤家對頭，早就應該把你活埋了的，」無十三道：「可是現在他們每個人好像都服了你，有什麼秘密都只肯告訴你一個人，就算覺得你做的事情有點笨，也沒有人反對，像你這種人，實在不應該陪他們一起等死的。」

「我應該怎麼辦？」馬如龍居然問。

「你應該出來，跟我見個面，交個朋友。」

馬如龍居然立刻答應道：「好，我出去。」

他居然真的出來了。無論誰都想不到他會出去的，就連無十三自己都一定想不到。可是他居然把別人連做夢都想不到的事做了出來。難道他真的想跟那個瘋子交朋友？難道他真的不知道一出去就可能會死在那瘋子手裡？難道他也是個瘋子，跟無十三一樣的瘋子，平時看來雖然不瘋，其實卻瘋得厲害？

看到他推開門板上的一個小門走出去，每個人都嚇了一跳，鐵震天看著大婉，大婉看著鐵震天。兩個人都不能相信馬如龍竟忽然變成了這麼樣一個人。

「他是不是瘋了？」

「好像沒有。」最瞭解馬如龍的本來是大婉，現在卻連大婉也沒有把握能確定了。

「他看起來好像也不算太笨。」

「他絕不笨。」

「那麼他爲什麼要出去？」

「天知道。」這種事好像的確只有天知道。

鐵震天忽然又問：「你看那個裁縫是不是有點怪？」

「不但有點怪，而且怪得要命。」無論誰能夠忽然從身上變出兩大疋綢緞來，都絕不會是個平凡的人。

「我知道江湖上有種攝心術，能夠讓別人的本性迷失。」

「是真的有。」

「你看馬如龍是不是被那裁縫用攝心術迷住了，所以才會變成這樣子？」

這種想法當然非常有可能，還有另外一種可能是——那個裁縫已經制住了謝玉崙，用謝玉崙來要脅馬如龍。

鐵震天和大婉都已經想到了這一點，同時衝入了那道掛著布的門簾。一衝進去，他們又大吃一驚，遠比剛才看到馬如龍走出去時更吃驚，比看見鬼更吃驚。鐵震天縱橫江湖數十年，從來也沒有見到過這麼驚人的事。他幾乎不能相信自己的眼睛。

他們究竟看到了什麼？

卅二　嚇人的手

裡面這間屋子裡的情況，已經和他們離開時不同了，那張終年都像虔誠事佛的人家中的神案般擺在屋子中的大床，現在已被拆除搬去，平常連更衣洗手都要經過一番費力掙扎的謝玉崙，現在竟已站了起來，站得很直。這並不就是讓鐵震天和大婉吃驚的原因。

他們吃驚，只因爲他們又看見了馬如龍，和謝玉崙並肩站在一起的，竟不是那個裁縫，而是馬如龍。他們剛才明明親眼看見馬如龍已經從前面走了出去，但是現在他們又明明親眼看見馬如龍站在他們面前。

其實他們看見的並不是「馬如龍」，他們兩次看見的都是「張榮發」。在他們的印象中，「張榮發」就是「馬如龍」，兩個人已經變成了一個人。這裡也只有一個「張榮發」，剛才既然已經走了出去，此刻爲什麼還在這裡？那個裁縫爲什麼反而不見了？

本來擺著大床的地方現在已空無所有，但是馬如龍和謝玉崙卻好像對它很感興趣。兩個人一直站在那裡，眼睛一直盯著這塊空地，看見大婉和鐵震天，馬如龍立刻伸出一根食指，封住了自己的嘴，叫他們不要出聲。大婉和鐵震天總算是非常能沉得住氣的人，總算沒有叫出來。他們並沒有忘記那個瘋子連毒蛇交尾、烏龜生蛋的聲音都聽得見！

大婉立刻又衝出去，把她平時記帳的筆墨帳簿拿了進來，她以筆墨代替她的嘴問馬如龍。

「你是誰？」

她已經不能分辨這個人究竟是不是那個扮成張榮發的馬如龍。這個人是馬如龍，謝玉崙也證實了這一點。

「剛才出去的那個人是誰？」

「是那個裁縫。」

大婉和鐵震天雖然已想到了這一點，卻還是不大相信。

「那個裁縫怎麼會變成張榮發的？」

馬如龍笑了笑，用禿筆蘸淡墨在那本破帳簿上寫：「她既然能把我扮成張榮發的樣子，她自己為什麼不能變成張榮發？」

大婉怔住，她實在太驚奇，實在太歡喜，她實在想不到這個人會到這裡來。現在她當然已經明白這是怎麼回事了，鐵震天卻不明白：「你們說的這個人是誰？」

大婉立刻寫出了這個人的名字，一個神奇的人，一個神奇的名字。

「玲瓏玉手玉玲瓏。」

一件表面看來極複雜神秘驚人的事，如果說穿了，答案往往反而極簡單。現在鐵震天也明白了，「玲瓏玉手玉玲瓏」，這個名字已足以說明一切。她以妙絕天下的易容術，扮成了一個像貌平凡，絕不引人注意的裁縫，代替無十三請來的那個裁縫，混到這裡來。

沒有人想到她會來，所以也沒有人能看出她一點破綻，她和馬如龍單獨見面時，又用她早已準備好的器具和藥物，將自己扮成了另一個張榮發。

大婉現在才想到，「那個裁縫」和「張榮發」的容貌，本來就有些相似之處，只要經過她的玲瓏玉手稍微整型改動，很快就可以變成張榮發。這當然也是她早就計劃好的。

她爲什麼要這樣做？爲什麼要以馬如龍的身分出去見無十二呢？大婉和鐵震天還是想不通。

本來擺床的地方，現在除了一點灰塵外，什麼都沒有了，馬如龍和謝玉崙在看什麼？他們爲什麼要把這張大床拆除搬走？

大婉和鐵震天也想不通。他們問馬如龍，馬如龍只對他們笑笑，於是他們也只好陪著他像傻瓜一樣站在那裡，看著這塊根本沒什麼可看的空地。就在他們覺得自己非常傻瓜的時候，他們忽然又被嚇了一跳。因爲他們又看見了一件很嚇人的事。

這次他們看見的是一隻手。這塊什麼都沒有的空地上，竟忽然有一隻手從地下冒了出來。一隻寬大、結實，粗糙有力的手，就像是一株小樹忽然破土而出，中指、小指和無名指伸得很直，食指和拇指做了個圓圈。這種手勢的意思，通常都是表示什麼事都已解決，什麼事都不成問題了。

這是誰的手？這隻手怎麼會從地下冒出來的？這當然是隻活人的手。死人的手絕不會打手勢。他們已經在這裡住了好幾個月，這屋子的地下怎麼會有個活人？

看見這隻無論誰看見都會嚇一跳的手，馬如龍居然連一點吃驚的樣子都沒有。他也伸出手，用手指在這隻手的拇指指甲上輕輕彈了三下，隔了一陣，又彈三下，連續彈了三次。這隻手忽然又縮回去了，縮入地下。

空無所有的地上忽然又變成空無所有，只不過多了一個洞。一個可以讓一隻手伸出來，也可以讓一隻手縮回去的洞。手不見了，洞還在。

手是從洞中來的，洞是怎麼來的？這塊地也與大地連結，這塊地上的泥土也和別的地方沒有什麼不同，也許能夠生得出草木果實花樹，卻絕不會憑空生出一個洞來。一個裡面隨時都會伸出一隻手的洞。

卅三　洞中

大婉看著鐵震天，鐵震天看著大婉，然後兩個人一起去看馬如龍。他們都不知道這是怎麼回事，但是他們知道馬如龍一定知道。馬如龍沒有看他們，他在全神貫注看著這個洞。

本來像碗口那麼大的一個洞，忽然變大了，洞旁的硬泥地，忽然像潮水般起了波浪。波浪越來越大，動得越來越劇烈，就像是一鍋水已煮沸。忽然間，沸騰的泥土全都平定落下，一個小洞忽然變成了一個大洞，比桌面還大的洞。一個人從洞中冒了出來，方方正正的臉上滿是泥土，眼睛裡卻在發光。他對馬如龍笑了笑，對大婉笑了笑，對每個人都笑了笑。但是他並不認得他們，因為他們也不認得他。他們從來都沒有見過他。

這個人已經從洞裡鑽了出來，站在他自己剛鑽出來的這個洞旁邊，看看這個洞，眼睛裡充滿了歡愉、得意、讚賞的表情，就好像一個藝術家，在欣賞著他們自己最得意的傑作。他看了很久，才轉過身，拿起那根禿筆蘸淡墨，在破帳簿上寫了四個字：

「請君入洞。」

這個洞好像好深好深。這個洞根本不是一個洞，而是條地道，又深又長的地道。這條地道是從很遠很遠的地方挖到這裡來的，出口絕對在那片已鋪滿黑石的空地之外。大婉終於明白了。每個人都明白了，這條地道就是他們唯一的一條活路。所以每個人都鑽進了這個洞。

地道比想像中還要長，出口已經在幾條街之外的一條雖然陰暗卻很寬闊的橫巷裡。出口外停著一輛只有在王公豪富人家中才能看得到的豪華馬車，漆黑的車廂光可鑑人。拉車的四匹馬無疑也都是久經訓練的良駒。還有三輛同樣的馬車分別停在橫巷兩端，趕車的也已揚鞭待發。

這個從洞中鑽出來的青衣壯漢向他們解釋：「為了避免無十三的追蹤，所以我們另外還準備了三輛車，車上也同樣有六男一女七個人，留下的車轍蹄印絕對完全相同。」他說六男一女，只因為大婉還是男裝，他自己也準備要坐上這輛馬車。

「我們不必等玉大小姐，她一定有法子對付無十三，一定有法子全身而退。」

他看著一直不肯上車的馬如龍，微笑道：「她特別要我關照你，千萬不要等她，因為她知道你這個人有點牛脾氣。」

幸好馬如龍這次並沒有再犯他的牛脾氣，他一上車，趕車的立刻揚鞭打馬，十六匹健馬同時揚蹄，三十二個車輪同時開始滾動，四條路上都留下了同樣的車轍蹄印。

青衣壯漢道：「這四條路一條可以到天馬堂，一條可以到嵩山，一條可以到碧玉山莊。」

「另一條呢？」

「另一條是無十三的來路。」青衣壯漢道：「可以到死谷。」

「我們走的是哪條路？」謝玉崙充滿希望：「是不是回碧玉山莊去？」

「不是。」大婉道：「一定不是。」

「為什麼？」

青衣壯漢道：「因爲無十三一定會想到我們最可能走這條路。」

謝玉崙嘆了口氣，大婉道：「你準備送我們到哪裡去？」

「死谷。」青衣壯漢道：「因爲誰都不會想到我們會到死谷去。」

他又補充：「而且玉大小姐也堅持要我們走這條路，她自己也會去死谷。」沒有人再問「她爲什麼要去？」每個人都相信玉大小姐這麼做一定有很好的理由。

車行平穩迅速，車廂裡寬大舒服，大婉一直在注意這青衣壯漢，忽然問：「你是不是丐幫弟子？」每個人都認爲他應該是的，要完成如此周密的計劃，只有丐幫那種龐大的人力物力才能辦到，敢出手管這件事的，也只有江南俞五。

青衣壯漢卻搖了搖頭，「我不是丐幫弟子，」他微笑道：「我根本從未在江湖中走動。」

這回答每個人都覺得很意外，大婉又問：「你貴姓大名？」

青衣壯漢遲疑著，好像很不願說出自己的名姓，好像覺得說出來是件很丟人的事。只不過他終於還是說了出來：「我叫俞六。」

「俞六？」大家更意外，都忍不住要問：

「江南俞五是你的什麼人？」

「是我的五哥。」

江南俞五名滿天下，統率江湖第一大幫，親朋故舊遍佈江湖。他的弟弟本來也應該是個很有名的人，奇怪的是，誰也沒有聽過「俞六」這個人。

「你們一定不知道俞五有我這麼樣一個弟弟。」俞六道：「你們一定奇怪，江南俞五的弟弟，為什麼從未在江湖中露過面？」

「為什麼？」

俞六苦笑：「有了江南俞五這麼樣一個哥哥，我還在江湖中混什麼？就算再混一百年，也只不過是俞五的弟弟而已。」他看看自己一雙寬大結實粗糙的手，慢慢的接著道：「何況我什麼本事都沒有，我只會挖洞。」

馬如龍看著他，眼睛裡忽然露出尊敬之色。他一向尊敬這種有志氣的人，尊敬這種獨立自主的人格。

「你說你什麼本事都沒有，只不過挖了一個洞。」馬如龍道：「只不過從四條街之外，挖了一個七八十丈長的洞，而且算準了出口一定是在那個雜貨店的中間屋子裡。」他嘆了口氣，又道：「你說你什麼本事都沒有，可是像這樣的洞，除了你，還有誰能挖得出？」

俞六笑了。「聽你這麼說，我自己好像也覺得自己有點本事了。」他用笑眼看著馬如龍：「現在我才明白，我五哥為什麼會那樣說了。」

「他說什麼?」

「他說你最大的好處,就是你從來不會忘記別人的好處。」俞六道:「他還說,像你這樣的人他一生中只見過兩個。」

「哪兩個?」

「一個是他自己,」俞六微笑:「另外一個就是你。」他的笑眼中充滿溫暖:「所以他還要我問你,肯不肯跟一個只會挖洞的人交朋友?」馬如龍已經伸出手。

卅四　華屋惡夜

江南俞五不但是江湖中的名俠，也是名士、才子，驚才絕艷，瀟脫不羈。俞六卻完全是另外一種人，就像他自己所說的，他看來確實像是個粗人，粗手大腳，平凡樸實。一張方方正正的臉上，連一點聰明的樣子都沒有，只有在微笑的時候，才可以看到一點俞五的影子。可是，現在每個人都對他有了好奇心，都覺得他並不像外表看來那麼平凡簡單了。每個人都有很多問題想問他，因爲每個人都想知道他究竟是個什麼樣的人。

「你從來沒有在江湖中走動？你都在做些什麼事？」

「什麼事我都做，」俞六回答：「只不過通常我都在替別人蓋房子。」

「你是個泥水匠？還是木匠？」

「泥水匠我也做，木工我也做，」俞六道：「只不過通常我都是在打樣子。」

要蓋房子，一定要先把樣子打出來，也就是先把圖形打好，房子應該蓋多高？屋頂應該有多大斜度？能夠承受多少重量？地基應該打多深？每一點都要計算得極精確，絕對錯不得。

只要有一點錯，房子很快就會垮的。

挖洞也一樣，也需要計算，計算距離、計算方向，只要有一點錯，出口就不在原來計劃中的地方了。如果他把那條地道的出口挖到雜貨店外面，挖到無十三的面前去。那麼他就等於替他自己和這些人挖了個墳墓。

大婉嘆了口氣。「現在我才知道，你五哥為什麼要特地請你來挖洞了。」大婉道：「要挖那麼樣一條地道，一定比蓋房子還難。」

「那條地道也不是我一個人能挖得出來的，剛才坐另外三輛馬車走的人，全都是我的幫手。」

這當然也是已計劃好的，那些人來的時候幫他挖地道，走的時候又可以替他把無十三誘入歧途，每個人都發揮了最大的效用。

「他們當然都是你五哥派來的，都是丐幫的子弟。」

每個人都認為如此，俞六卻又笑了笑道：「他們也不是丐幫子弟，」他說：「他們都是幫我蓋房子的人，所以他們也會挖洞。」

每個人都很意外。「這件事全是你計劃的？」

俞六微笑：「我五哥既然要我替他來做這件事，我當然要替他辦好。」

如此周密的計劃，如此龐大的行動，居然全是這麼樣一個「粗人」主持的。他看起來雖然還是粗粗髒髒笨笨的，手上、臉上、衣服上、鞋子上全是泥，連指甲縫裡都是泥，可是已經沒人會覺得他又粗又髒又笨了。

只有人問：「你五哥呢？」

俞六嘆了口氣：「他把這件事交給我，自己就什麼都不管了。」

鐵震天忽然也嘆了口氣：「如果我也有你這麼一個兄弟，我也會像俞五一樣，什麼都不必操心了。」

他嘆氣的時候，眼睛卻在盯著絕大師，每個人都知道他一定也想起了他的兄弟鐵全義。

他的兄弟也許比不上俞五的兄弟，可是他的兄弟卻可以做得出別人的兄弟做不到的事。他的兄弟隨時都可以爲他而死。

絕大師沒有反應。不管別人說些什麼，他都好像沒有聽見。

子夜。他們上車時天已經完全黑了，現在只不過走了兩個多時辰。每個人都認爲俞六一定會連夜趕路的，可是每個人都想錯了。

他們剛走入一個很大的市鎮，剛經過一條很寬闊的大街。從車窗中看出來，街道兩旁的店舖雖然都已打烊，還是可以看得出這市鎮的繁榮熱鬧。就在他們往外面看的時候，車馬忽然轉入了一條死巷。

巷子的盡頭處沒有路，只有一戶人家，看來無疑是個大戶人家。朱門大戶，門外蹲踞著兩個很大的石獅子，還有條可以容馬車駛進去的車道。朱漆大門是關著的，他們的車馬，卻直駛上這條車道，好像已經要撞在大門上了。就在這時候，朱漆大門忽然洞開，車馬直駛而入，停在一個很大、很大的院子裡。車馬一駛入，大門就關了起來，車門卻已被俞六推開。

「各位請下車。」

「下車？下車幹什麼？」

「今天晚上，我們就留在這裡！」

「為什麼要留在這裡？」

俞六笑了笑：「因為無十三一定也認為我們會連夜趕路的。」

每個人都認為他要連夜趕路，所以他偏偏要留在這裡。鐵震天忽然也笑了笑：「這是個好主意！」

院子很大，屋子也很大，畫棟雕樑，新糊上的雪白窗紙，在夜色中看來白得發亮。可是屋子裡什麼都沒有，沒有人、沒有桌椅、沒有傢俱，也沒有燈光。雖然沒有燈光，卻有星光月色。雖然有星光月色，卻襯得這棟一無所有的華屋更冷清淒涼。

俞六解釋：「這是我最近替人蓋的一棟房子，屋主是位已退隱致仕的高官，要等到下個月中才會搬進來。」

現在下弦月還高高掛在天上，所以這裡連一個人都沒有。

「剛才開門的人是誰呢？」

「也是幫我蓋房子的人，」俞六道：「我保證他絕不會洩露我們的秘密。」

這個人，當然絕不會洩露任何人的秘密。這個人是個聾子，不但聾，而且啞，又聾又啞又跛又駝又老，對人生，已經完全沒有慾望，世上已經沒有什麼事能打動他。

一棟空空洞洞的華屋，一個遲鈍醜陋的殘廢，一盞陰暗破舊的燈籠，一個月冷風淒的春夜，七個亡命的人，破舊的燈籠在風中搖晃，醜陋的駝子，提著燈籠一跛一跛的在前面帶路，別人不願看見他的臉，他也不願讓別人看見他。

他將七個人分別帶入了四間空屋。馬如龍和俞六一間，大婉和謝玉崙一間，鐵震天和王萬武一間，絕大師單獨住一間。沒有人願意接近他，他也不願接近任何人。在一個春寒料峭的晚上，一個像這麼樣的人，單獨留在一間什麼都沒有的空屋裡，前塵往事新仇舊怨一起湧上心頭時，他將如何自處？

每個人都覺得很疲倦了，非常非常疲倦，但是能夠睡著的人卻不多。謝玉崙沒有睡著。地上鋪著床草蓆，她睡在草蓆上，窗外的風聲如怨婦低泣。

「你睡著了沒有？」

「沒有。」大婉也沒有睡著。

「你為什麼睡不著？你心裡在想些什麼？」謝玉崙又問她。

「我什麼都沒有想，」大婉道：「我只想好好的睡一覺。」

謝玉崙忽然笑了笑：「你用不著騙我，我知道你心裡在想什麼。」

「哦？」

「你在想馬如龍，」謝玉崙道：「我知道你很喜歡他。」

大婉既不承認，也沒有否認，卻反問道：「你爲什麼睡不著？你心裡也在想什麼？」

謝玉崙的回答無疑會使每個人都吃一驚。

「我也跟你一樣，我也在想馬如龍，」她嘆息著道：「這幾個月來，他每天晚上都跟我睡在一間屋子裡，每天晚上我都可以聽見他的呼吸聲，現在我怎麼會不想他？怎麼能睡得著？」

大婉沒有再說什麼，卻忽然站了起來，走到窗口，推開窗戶。在這個夜深如水的晚上，一個像她這樣的女孩子，如果被人觸動了心事，她還能說什麼？

謝玉崙卻好像還有很多話要說。

「我沒有姐妹，我這一輩子最接近的人就是你，」謝玉崙道：「我從來都沒有想到你會害我，所以那天你忽然出手點住我的穴道時，我實在吃了一驚。」

她嘆了口氣：「現在我雖然已經明白你那麼做是一番好意，但當時卻真的吃了一驚！」

大婉沒有回頭，也沒有開口。

謝玉崙又說：「如果那時候我已經完全暈迷反倒好些，可惜我居然還很清醒，你對我做的每件事，我全都知道，」謝玉崙慢慢的接著說：「那些事我這一輩子都忘不了的。」

她又嘆了口氣：「你把我帶到那個衙門裡去，把我關在一間小房子裡，脫光我的衣服，讓我躺在一張又冷又硬的木板床上，還帶了一個男人來看我的身子，每件事我都知道。」

大婉忽然也嘆了口氣：「那時候我以爲你已經暈過去了，所以……」

謝玉崙沒有讓她說下去，忽然問她：

「你知不知道那時候我心裡是什麼感覺？」謝玉崙問：「你知不知道一個女孩子第一次被男人看的時候，心裡是什麼感覺？」

「我不知道。」

「你當然不會知道，」謝玉崙說：「因爲你還沒有被人脫光衣服，還沒有被男人看過。」

她忽然笑了笑：「可是我保證你很快就會知道了。」

大婉的臉色變了，身子忽然躍起，箭一般往窗外竄出去，可惜她還是遲了一步。就在她身子竄起時，謝玉崙已經從她背後出手，點住了她的穴道。

謝玉崙要報復。——大婉已經有了警覺，所以已經準備逃走。這種想法當然絕對合情合理，可是你如果這麼想，你就錯了，完全錯了。

大婉剛才變色躍起，並不是因爲她已警覺到謝玉崙會出手。她根本沒有聽見謝玉崙在說什麼。剛才她變色躍起，想竄出窗外，只因爲她看到一件極驚心可怕的事。一件她連做夢都沒有想到她會親眼看見的事。

如果她能說出來，以後就不會有那些可怕的事發生了，可惜她已說不出。謝玉崙一出手就點了她六七處穴道，連她的啞穴都已被封死。她連一個字都說不出了。

如果謝玉崙知道她看見了什麼，一定也會大吃一驚的，可惜謝玉崙不知道，所以她還在笑，笑得很愉快。

「現在你很快就會知道那時候我心裡是什麼感覺了，」謝玉崙吃吃的笑著道：「因爲我也要用你對付我的法子來對付你，也要讓馬如龍來看看你。」

馬如龍也沒有睡。他想找俞六聊聊，可惜俞六一倒在草蓆上就已睡著。俞六不是江湖人，不是武林名俠，也不是出身世家的名公子，他沒有名人們的光榮，也沒有名人們的煩惱。

馬如龍心裡在嘆息，他也希望能做一個俞六這樣的平凡人，每天一倒在床上就能睡著。可惜他是馬如龍。

窗戶半開半掩，風在窗外低吟，他忽然看見窗外有個人向他招手，是謝玉崙在向他招手，要他出去。

「我要帶你去看樣東西，」謝玉崙的眼睛發亮，說：「我保證，你一定會喜歡看的。」

她笑得又愉快又神秘，馬如龍當然忍不住要跟著她去。他們回到謝玉崙和大婉的那間房子裡，地上有兩張草蓆。她把大婉放在一張草蓆上，用另外一張草蓆蓋住。

「你把草蓆掀起來看看，」謝玉崙道：「先看這一頭，再看那一頭。」

她要馬如龍先看大婉的腳，再看大婉的臉。馬如龍照她的話做了。他先看了看這一頭，臉色就已改變，再看了看那一頭，臉上的表情就好像忽然被人砍了一刀。

謝玉崙又笑了，吃吃的笑著道：「我本來以爲你不會這麼吃驚的，因爲你也應該想得到，我一定會報復。」

馬如龍的臉色看來更可怕，過了很久才能開口問：「你要報復的是誰？」

「當然是大婉，」謝玉崙笑笑道：「以前她怎麼樣對我，現在我就要怎麼樣對她。」

「以前她怎麼對你，現在你就要怎麼對她？」馬如龍將這兩句話又重複了一遍，聲音聽起來也像是被人砍了一刀。

「你是不是也把她的穴道點住？是不是把她放在這張草蓆下面了？」

謝玉崙點頭，一面點頭，一面笑。馬如龍什麼話都沒有再說，卻忽然把上面的一張草蓆掀了起來。

謝玉崙忽然笑不出來了，臉上的表情也變得像是忽然被人砍了一刀，狠狠的砍了一刀。剛才她明明是把大婉放在這裡，用這張草蓆蓋住的，可是現在草蓆下面這個人竟不是大婉，草蓆下這個人赫然竟是那又聾又啞又駝又老的殘廢。

卅五　惡夜驚魂

現在這個殘廢已經和別的人沒什麼不同，因爲他已經死了。每個人都會死，死人都是一樣的，無論他生前是英雄也好，是美人也好，死了之後就變成一樣的了，只不過是個死人而已。這個死人和別的死人唯一不同的地方是，他的人雖然已死，一雙手卻還是緊緊的握著，就好像一個守財奴在握著自己的錢袋。他手裡握著什麼？

馬如龍扳開了他的手，臉上的表情好像又被人砍了一刀。這隻殘廢的手裡握住的，是一塊石頭，又圓又亮的黑色石頭，只有死谷中才有這種黑石。

謝玉崙失聲驚呼：「無十三！」

如果無十三真的來了，大婉到哪裡去了？這問題馬如龍和謝玉崙都不能回答，甚至連想都不敢去想。還有另外一個問題是：「俞六的計劃絕對周密，無十三是用什麼法子找到這裡來的？」

鐵震天睡著了。像他這樣的老江湖，只要有機會能睡下時，通常總是能睡著的，他也認爲俞六的計劃很周密，這地方很安全。

只不過，像他這樣的老江湖，也很容易被驚醒。他被一種很奇怪的聲音所驚醒，醒來時王萬武已經不在屋裡，連鋪在地上的那張草蓆也不見了。

屋子裡唯一的一道門和兩面窗戶卻還是拴得好好的，他也沒有聽見王萬武開門開窗的聲音，何況門窗都是從裡面拴上的，王萬武出去之後，絕不可能再把門窗從裡面拴上。可是現在門窗的栓明明沒有動過，王萬武卻不見了。他是怎麼離開這屋子的？

唯一的解釋就是這屋子裡另外還有秘密的出口。大戶人家住的地方，本來就常有地道暗室複壁，何況這屋子又是俞六蓋的。

鐵震天卻找不到這個出口。所以他更奇怪，王萬武也跟他一樣，是第一次到這裡來，他找不到出口，王萬武怎麼能找得到？另外當然還有別的問題。王萬武爲什麼不好好的在屋裡睡覺？爲什麼要悄悄的溜出去？就算他要出去，也不必從地道中走。

這些問題鐵震天都沒有多想，想不通的事，他從不多想，他已經開始行動。他開門走出去的時候，正是謝玉崙把馬如龍叫出去的時候，鐵震天看見他們，卻沒有叫住他們。

在一個夜涼如水的晚上，一個年輕的男人和一個年輕的女人想悄悄的去談談心，他爲什麼要去打擾？他從不願做這種煞風景的事，他只想找到王萬武。

他們住的地方是一個跨院中的廂房，外面就是佔地極大的後園。庭園也還沒有經過佈置，在這靜寂的春夜裡，顯得說不出的陰森荒涼，他走過一條用圓石鋪成的小徑，忽然聽見假山後有人在呻吟。他聽不出是誰在呻吟，卻聽得出這個人聲音中充滿痛苦。

假山後只是個荷塘水池，雖然還沒有荷花，池水卻已從地下引入。一個人赤裸裸的從小池中鑽出來，倒在池畔的泥地上，全身已因痛苦而痙攣。

這個人不是王萬武。這個人赫然是絕大師。

鐵震天怔住。他從未想到絕大師會變成這樣子，可是他很快就看出絕大師是為什麼痛苦了。絕大師也是人，也有慾望，也有被慾望煎熬的時候，卻不能像別人一樣去尋找發洩，只有在夜半無人時，一個人偷偷的溜出來，用冷水使自己冷下來。鐵震天忽然發現他是個可憐人，他的冷酷和偏執，只不過是他多年禁慾生活的結果。絕大師已被驚動，忽然躍起，披上僧袍，吃驚的看著鐵震天。

鐵震天嘆了口氣：「你用不著怕我告訴別人，今天晚上我看見的事，絕不會有第三者知道。」

絕大師驚惶，羞怒，悔恨，不知所措，忽道：「你知不知道鐵全義已死了？」

鐵震天握舉雙拳：「是你殺了他？」

「不管是誰殺了他，你要為他報仇，現在就不妨出手。」

鐵震天看著他，非但沒有出手，反而又嘆了口氣：「現在我不能殺你。」

「為什麼？」

——因為現在他對絕大師只有憐憫、同情，沒有殺機。這些話鐵震天並沒有說出來，就聽見了一聲尖銳的驚呼。呼聲正是謝玉崙看見那殘廢的屍體時發出來的。

屍體上沒有血漬，也沒有傷口，致命的原因是他心脈被人用內家掌力震斷。一種極陰柔的內家掌力，震斷人心脈後，不留絲毫掌印痕跡。鐵震天趕來時，俞六也來了，顯得驚惶而惱怒。

「是誰殺了他的？」俞六問：「爲什麼要來殺一個可憐的殘廢？」

鐵震天也同樣憤怒，「那兇手要殺人從來用不著找理由。」

「你說的是無十三？」

「除了他還有誰？」

俞六更驚奇：「他怎會找到這裡來的？難道我的計劃有什麼漏洞？」

這問題每個人都想過。

謝玉崙忽然道：「我明白了。」

「明白了什麼？」

「那惡魔連烏龜生蛋的聲音都能聽見，怎麼會聽不見你在掘地道？」謝玉崙道：「他一定早就等在那地道的出口外，一直都盯著我們。」

「不對，」俞六說得很肯定：「他絕對聽不到我在掘地道。」

「爲什麼？」

「如果他將耳朵貼在地上，專心一意的去聽，也許能聽得見，」俞六道：「他一定也是用這種法子聽見烏龜生蛋的聲音。」

何況「烏龜生蛋」這句話，也只不過是種形容描敘的詞句而已。烏龜生蛋是不是有聲音？誰也沒有聽見過，誰也不知道。

「我掘地道的時候，他所注意的只不過是那雜貨店裡的聲音，怎麼會聽見遠處地下的聲音？」俞六保證：「我們的行動都非常小心，幾乎連一點聲音都沒有。」

他對自己有信心，別人也對他有信心，所以問題又回到原來的出發點。

「如果無十三沒有聽見挖掘地道的聲音，這計劃也沒有漏洞，他怎麼在半天之間就找到這個地方來了？」

鐵震天忽然道：「這計劃只有一個漏洞。」

「漏洞在哪裡？」

「在王萬武身上。」

俞六立刻道：「你認爲他是奸細？在路上做了暗記，讓無十三追到這裡來？」

這個問題本身就是答案。除了王萬武之外，這裡沒有第二個人可能會做奸細，如果沒有奸細，無十三也不可能追到這裡來。

「王萬武的人在哪裡？」

「他的人已經不見了，」鐵震天道：「我醒來時，他就已不見了。」

「你怎麼會醒的？」

「被一種很奇怪的聲音驚醒的，」鐵震天道：「本來，我也分不出那是什麼聲音，現在才想到，很可能就是開地道的聲音。」

俞六立刻證實了這一點：「這間房本來是準備做主人的書房的，他在位時一定得罪了一些人，所以特地要在那裡造了條秘道。」

鐵震天道：「可是我一直找不到。」

俞六建造的秘道，別人當然找不到，幸好他自己是一定能找得到的。

那間廂房本來既然準備做主人的書房的，當然不會太小。王萬武本來睡在靠窗的一個角落裡。

秘道的入口，就在他睡的地方下面，只要機關消息一開，他就可以從翻開的「翻板」上溜下去，鐵震天找不到開翻板的「鈕」，只因爲那個機鈕只不過是雕花窗台上的一條浮雕花紋而已。俞六將雕花一扳，翻板就翻起，地道的入口就出現了。

地道中陰暗潮濕，出口在一口井裡。這口井當然也是沒有水的井。雖然沒有水，卻有人。

有一個死人，一個用草蓆包裹起來的死人，草蓆就是他們睡的最廉價的草蓆，死人就是王萬武。

卅六 三更後

屍體上也沒有血漬傷口，王萬武也是被那種陰柔之極的掌力震斷心脈而死的。

「他怎麼會死？」問話的人是謝玉崙，回答的人是鐵震天。

「他當然要死，」鐵震天道：「做奸細的人，本來就是這種下場。」

「你認爲是無十三殺他滅口的？」

當然是。這個問題本身也就是答案，唯一的一種可能，唯一的一個答案。沒有人能回答的問題是：「無十三在哪裡？大婉在哪裡？無十三會用什麼手段對付大婉？」這問題大家是連想也不敢去想。

遠處的更鼓正在敲三更，三更時總是令人最斷魂斷腸的時候。他們忽然想起了絕大師。

聽到謝玉崙的驚呼，鐵震天就衝去了，絕大師卻還留在那水池畔。他和鐵震天同時聽到那聲驚呼，應該知道這裡已經發生了可怕的事，應該來找他們的。可是他沒有來。

——難道他也跟王萬武一樣，被人無聲無息的擊殺在這華屋中某一個陰暗的角落裡？手裡也緊握著一枚黑石？

這地方現在已完全被死亡的陰影籠罩，每個人都隨時可能被撲殺。第一個死的是那殘廢，第二個是王萬武，第三個很可能就是絕大師，下一個會輪到誰？

三更剛過，夜色更深，下半夜裡死的人可能更多，殺人的兇手就像是鬼魅般倏忽來去，現在就可能在黑暗中選擇他下一個對象。馬如龍知道，現在又到了他應該下決定的時候了。

「你們走吧。」

「走？」謝玉崙問：「到哪裡去？」

馬如龍道：「隨便到哪裡去，只要趕快離開這裡。」

「我們走，你呢？」

「我……」

謝玉崙忽然大聲道：「我知道你要幹什麼，你要留在這裡找大婉，找不到她，你是絕不肯走的。」

馬如龍承認：「難道我不該找她？」

「你當然應該找她，」謝玉崙冷笑：「但是你爲什麼不想想，你是不是能找得到她？找到了又怎麼樣？難道你能從無十三手裡救她出來？難道你以爲無十三不敢殺你？」

她越說越激動：「你一心一意只想找她，除了她之外，別的人難道都不是人？你爲什麼不替別人想想，爲什麼不替你自己想想？」

說到最後兩句話時，眼淚珠子，已經開始在她眼睛裡打滾，隨時隨地可能掉下來了。每個人都看得出她是爲什麼而流淚的，馬如龍當然也應該看得出。但他卻連一句話都沒有說，不說話的意思，就是他已經把話都說完了，不管別人怎麼說，他還是要留在這裡。

謝玉崙咬著嘴唇，跺了跺腳：「好，你要找死就自己一個人去死，我們走。」

她明明已經決心走了，卻偏偏連一步都沒有走出去。她在跺腳，可是她一雙腳彷彿已被一根看不見的柔絲綁住，連一步也走不開。

馬如龍終於嘆了口氣，柔聲道：「其實你也該明白的，如果失蹤了的不是大婉是你，我也一樣會留下來找你。」

他的話還沒有說完，謝玉崙的眼淚已經流了下來。

鐵震天忽然仰天而笑，道：「我也明白了。」

「你明白了什麼？」

「本來我總以爲，不怕死的都是無情人，現在我才知道錯了，」鐵震天道：「原來有情人更不怕死，因爲他們心裡已經有了情，已經把別的事全都忘得乾乾淨淨。」

他用力拍了拍馬如龍的肩，又道：「你不走，我們也不走，不找到大婉，誰都不會走。」

但是他這句話剛說完，他的身子已經竄起，急箭般竄了出去。馬如龍和謝玉崙也跟著他竄出，因爲他們又同時聽到了一聲驚嘶，不是人在驚嘶，是馬在驚嘶。

大門又已洞開。但聞馬驚嘶，車輪滾動，他們趕來時，車馬竟已絕塵而去。趕車來的車伕，卻已倒斃在石階前，手足已冰冷，手裡也緊握著一枚黑石，是誰趕車走的？載走了什麼人？

晚風中隱約還有車輪馬嘶聲傳來，要追上去還不太難。「追！」鐵震天雙臂一振，竟施展出「八步趕蟬」輕功身法，向車馬聲傳來的方向撲了過去。

江湖中每個人都知道這種輕功，每個人都聽過「八步趕蟬」這名字。但是能練成這種身法的人卻遠比任何人想像中都少得多。

幸好馬如龍的「天馬行空」也是武林中享譽已久的輕功絕技，他很快就趕上了鐵震天。能夠和名滿天下的鐵震天並肩齊驅，無疑是一件非常值得驕傲的事情。鐵震天也爲他驕傲，甚至還拍了拍他的肩，表示讚許。但是他們很快又覺得自己並沒有自己想像中那麼值得驕傲了。

因爲謝玉崙也已追了上來，輕飄飄的跟在他們身旁，完全沒有一點費力的樣子。被玉大小姐的玲瓏玉手醫治過之後，她的功力已經完全恢復。合他們三人之力，是不是已經能夠對付無十三和那拔刀如電的波斯奴？

輕功最大的用處不是攻擊，而是「退」，是「守」。無論在哪一種戰鬥中，「退守」的作用絕不比「攻擊」低，需要溜轉的力量有時比攻擊更大。施展輕功時所消耗的體力、氣力也絕不比任何一種武功少。謝玉崙居然還能很從容的開口說話。

「我們絕對追不上的。」她說：「拉車的四匹馬都是好馬，不但經過訓練，而且很有耐力，我坐在車上的時候，已經算過牠們跑得有多快。」她也需要喘口氣才能接著說下去：「開始的時候，我們比牠們快，所以現在我們好像還能追得上，但是再過三五里之後，我們就會漸漸慢下來，牠們卻反而會越跑越快。」

馬如龍也知道謝玉崙算得不錯，可是他還要追，追不上也要追。這就是答案。就因爲人類有這種百折不回，明知不可爲而爲之決心，所以人類才能永存。

他們果然追不上。前面的馬車越來越遠，漸漸聽不見了，後面卻有一陣馬車聲響起，越來越近，趕馬追來的人是俞六。開始時他雖然比較慢，可是現在他已經追上來了，趕著一輛四馬六輪的大車趕上來的。他讓本來遠比他快的人上了他的馬車。

「我們一定可以追上去的，」俞六保證說：「這是條直路，他們只有這條路可走。」

「這條路是到什麼地方去的？」

「死谷。」

追到死谷去之後又怎麼樣？如果他們根本不是無十三的對手，追去了豈非也是送死？這問題他們連想都沒有想。

現在每個人好像都被染上馬如龍的脾氣，做事只講原則，不計後果。他們的態度可以用謝玉崙的一句話來說明。

「不管怎麼樣，死谷總不是人人都能去的地方，我們能去看看也算不容易。」

誰也沒有去過死谷，誰也不知道死谷究竟是個怎麼樣的地方。但是每個人都可以想像得到，那裡已經不是以前那種荒涼無人的地方。因為那裡已經有了黃金，人類從未夢想到的大量黃金。

黃金無疑已改變了那裡所有的一切，已經有無數健康優秀的年輕人被吸引到那裡去，建造起無數華美雄奇的宮室。這是他們的想法，每個人都會這樣想的，可惜他們全都想錯了。

卅七 死谷

死谷還是死谷，沒有黃金，沒有宮室，什麼都沒有。他們追蹤的那輛馬車，一入死谷的隘口，就忽然神秘的失蹤了。

凌晨，太陽昇起。陽光照在晶亮的黑石上，閃動著黃金般的光采。可惜黑石還是黑石，無論它閃出什麼樣的光采都是黑石，不是黃金，黃金呢？

如果這裡根本沒有黃金存在，無十三是用什麼收買那些人的？如果這裡真是有他所說的那些黃金，他們爲什麼連一錢金砂都看不見？

馬如龍關心的不是黃金，是大婉，他相信，只要能找到那輛馬車，就能找到大婉。

——馬車到哪裡去了？一輛四馬六輪的大車，怎麼會忽然像一陣風一樣消失在陽光下？

馬如龍忽然說：「在下面。」

「什麼在下面？」

「車馬、黃金、人，都在下面。」馬如龍道：「他們一定在地下建造了一個規模很大的秘窟。」

這不是幻想。黃金可以毀滅很多原來無法毀滅的事，也可以做到很多本來做不到的事。

如果說這裡地下真有秘窟，那麼唯一能找到入口的人就是俞六，俞六卻在搖頭。

「你錯了，」他說：「他們絕不在下面，他們在上面。」

「上面？」

馬如龍回過頭，順著俞六的目光看過去，就看見了那柄斜插在血紅腰帶上的彎刀。那個揮刀如電的波斯奴正站在隘口旁陽光下的一塊危石上向他招手。

「馬如龍！」波斯奴的聲音生澀而響亮：「誰是馬如龍？你想找大婉，你就跟我來，有別的人跟來，大婉就死。」

天空澄藍，陽光燦爛，生命如此多姿多采，誰願意死？但是這世界上偏偏有這種人，偏偏要去做非死不可的事。只要他們覺得這件事是非做不可的，明知必死也要去做。

馬如龍就是這種人。他慢慢的轉過身，面對他的朋友，他們當然都瞭解他是個什麼樣的人。

鐵震天本來也不想說什麼，因爲無論說什麼都沒有用的。但是有些話是非說不可。

「那個人是瘋子，」鐵震天道：「他殺人從來都用不著找理由的。」

「我知道。」

「何況他這次有理由殺你。」鐵震天道：「因爲你已騙過他一次，這次他絕對不會放過你，他殺了你之後，還是一樣可以殺大婉。」

「我知道。」

「你還是要去？」

馬如龍凝視著他：「如果你是我，你去不去？」

鐵震天嘆了口氣：「我也會去，一定會去。」

他走過來，用力握了握馬如龍的手，俞六也過來握住他的另一隻手，然後就默然的走開了。他們都知道謝玉崙一定還有很多話對他說，他們都不願再聽，也不忍再聽。

陽光正照在謝玉崙的臉上，陽光如此燦爛，她的臉色卻蒼白如冷月。

「我也知道你一定會去的。」這次她居然沒有流淚，居然還笑了笑：「如果我落在他們手裡，你也一定會去。」她又說：「我只希望你明白一件事。」

「什麼事？」

「不管你是死是活，不管你心裡喜歡的是誰，我都已是你的人了。」謝玉崙又笑了笑：「你有沒有問過你自己，除了你之外，我還能嫁給誰？」

馬如龍走了，連一句話也沒有再說就走了，他不能回答她的問題，也不忍再看她的笑。

他走了之後，天空依然澄藍，陽光依然燦爛，地上的黑石也依舊閃耀著金光，這個世界絕不會因爲任何一個人的生死而改變。他去了很久很久都沒有回來。

謝玉崙忽然道：「你們走吧。」

鐵震天道：「你要我們走？爲什麼要我們走？」

謝玉崙道：「你們都應該知道他絕不會回來的了，還等在這裡幹什麼？等下去又有什麼用？」

俞六忽然大聲道：「有用！」

謝玉崙再問：「有什麼用？」

俞六道：「我已經找到了！」

謝玉崙道：「找到了什麼？」

俞六沒有說話，他以行動作回答——他已經找出了死谷的秘密，找到了秘密的樞鈕。

黑石在太陽下閃著光，千千萬萬枚黑石看起來彷彿都是一樣的。其實卻不一樣。

如果你也有俞六一樣的經驗和眼力，你就可發現，這千萬枚黑石中，有七七四十九枚是完全不一樣的。馬如龍沒有錯。死谷的秘密確實在地下，地下秘室的入口，就在這四十九枚不一樣的黑石間，俞六已經找出了這秘密的樞鈕，只可惜馬如龍已經看不見了。

荒山險徑，寸草不生。馬如龍默默的跟著波斯奴往前走，既不知要走到哪裡，也不知走了多遠。但卻知道他們一直追蹤的車馬在什麼地方了。車馬既沒有消失，也沒有入谷，卻轉過危石，馳上了這條山徑。

想不到這條自古以來就很少有人行走的山徑，寬度竟然剛好容車馬駛過。換一種方式說，那輛堂皇華麗的馬車居然能駛上這條山徑，也同樣是件令人想不到的事。這條山徑的寬度、坡度，好像都是經過特別設計，是與馬車配合的。那輛馬車的寬度、速度，好像也經過特別設計，來與這條山徑配合的。

但是山徑的盡頭並沒有華麗的宮室，甚至連房屋都沒有，只有個看來彷彿很深的洞穴，剛好也能讓車馬直駛而入。陽光照不進洞穴，馬如龍也看不到洞穴裡的情況，只看見無十三一個人背負著雙手，站在洞穴前，看來彷彿很悠閒。

現在馬如龍終於看清楚這個人了。無十三也在看著他，兩個人面對面，互相凝視了很久，無十三臉上忽然露出種誰也沒法子解釋的詭異笑容，忽然說出句誰也想不到他會說出來的話，他忽然問馬如龍：「我們這齣戲是不是已經應該演完了？」

卅八　疑雲重重

地下也沒有黃金，沒有宮室，那輛失蹤了的馬車也不在。地道的入口建造得雖然巧妙，下面卻遠比任何人想像中的都狹小簡陋得多。地室中只有一張床、一張桌子、一張大椅，都是用泥土砌成的，外面再砌上一層黑石。

難道這就是無十三的居處？那麼樣一位不可一世的武林怪傑，怎麼會住在這麼樣的地方？每個人都覺得很驚奇，很失望，甚至不能相信。

但是他們如果仔細想一想，就會明白這地方本來就應該是這樣子的。這裡是死谷，什麼都沒有的死谷，無十三畢竟是個人，不是神，雖然能用他的智慧、決心、毅力、技巧，和一雙有力的手建造出這樣一個巧妙的秘道，卻絕對沒法子憑空變出一張床來。

他想要一張床，只有用泥土和黑石來做，因爲這裡只有泥土黑石。這一點每個人都應該看得出，每個人都應該想得到。令人想不通的是——他屬下那些健康優秀，訓練有素的青年人是怎麼會來的？從哪裡來的？住在哪裡？更奇怪的是，他雖然沒法子找到一張真正的床，也沒法子找到真正的桌椅，可是床上居然有被，桌上居然有燈。

床上的被居然是非常柔軟舒服的絲棉被，被面還是用湘繡做成的。桌上的燈居然是價值最昂貴的波斯水晶燈，燈裡居然還有油。如果這裡真的什麼都沒有，燈是從哪裡來的？被是從哪裡來的？

俞六用隨身帶著的火摺子點亮了這盞水晶燈，等到燈火照亮了這地方的時候，每個人都忍不住驚呼出聲來，連一向被江湖中人認爲是鐵心鐵膽鐵手的鐵震天，都忍不住要驚呼出聲來。

他們又看見了一樣他們連做夢也想不到會看見的事。

他們看見了一個人，在這自古以來就少有人跡的死谷地下密室裡，居然還有一個人。

床上不但有被，赫然還有一個人，用繡花的絲棉被蓋著，睡在床上，顯然已睡得很沉，連有人進來都聽不見。他們也看不見這個人長得什麼樣子，只能看見他露在棉被外，落在枕上的一頭已經花白了的頭髮。

鐵震天搶先一步，搶在謝玉崙和俞六身前，厲聲喝問：「你是什麼人？」

他的喝聲除了聾子之外誰都能聽得見，就算睡著了的人也應該被驚醒。這個人卻還是完全沒有反應。如果他不是個聾子，就一定是個死人，這個死人是誰呢？這裡怎麼會有死人？

鐵震天不是鐵打的，可是他的膽子卻好像真是鐵打的。他忽然一個箭步竄過去，掀起了床上的被。

被裡的人已經不能算是一個「死人」，被裡的人已經變成了一副骷髏，除了那一頭花白的頭髮外，只剩下一副枯骨，一身衣服。枯骨上斜插著一根削尖了的竹子，從背後刺進去，一直穿透心臟。

這個人無疑是在熟睡中被人從背後暗算而死的，完全沒有掙扎反抗，一刺就已斃命。暗算他的人，出手準，下手狠，如果不是行動特別輕捷，就一定是他很熟悉，而且絕不會提防的人。

——這個人是誰呢？

——無十三爲什麼要把一個死人留在這裡？

謝玉崙忽然說道：「這個人就是無十三。」鐵震天、俞六吃驚的看著她，簡直不能相信她會說出這句話來。

「你說這個死人就是無十三？」

「絕對是。」謝玉崙的口氣很肯定。

「你怎麼看出來的？」

「他到碧玉山莊去過。」

「那時候你出世了沒有？」

「沒有。」

鐵震天嘆了口氣，苦笑道：「那時候你還沒出世，怎麼能看得到他？」

俞六道：「就算你以前見過他，現在也沒法子認出來了。」

誰也沒法子從一副枯骨上判斷出一個人的身世姓名來歷。謝玉崙卻還是顯得很有把握。

「雖然我沒有見過他，也一樣能認得出來。」

「爲什麼？」

「因爲我母親曾經跟我說過有關他的很多事。」謝玉崙道：「只憑其中一件事，我就能認出他。」

「一件事？」俞六問：「哪件事？」

「牙齒。」

「牙齒？」

「不錯，牙齒，」謝玉崙道：「一個人的容貌雖然會改變，牙齒卻絕不會改變的，而且每個人的牙齒長得都不一樣。」

牙齒當然也絕不會腐爛。

謝玉崙說：「我母親常說：天下牙齒長得最奇怪的人，就是無十三。」

俞六和鐵震天都在看著這個死人的牙齒，都看不出有什麼奇怪的地方。

鐵震天忍不住問：「他的牙齒有什麼奇怪？」

「他的牙齒比別人多四顆，」謝玉崙道：「他有三十八顆牙齒，加上智慧齒就是四十顆。」

她問鐵震天道：「你以前有沒有見過長了四十顆牙齒的人？」

鐵震天沒有見過，俞六也沒有。雖然他們很少注意到別人的牙齒，但是他們也知道每個人都只有三十六顆牙齒，就好像每個人都有兩隻眼睛一樣。這個死人卻有四十顆牙齒。

「我已經數過，數了兩遍。」謝玉崙道：「所以我才能確定他就是無十三。」

鐵震天怔住，俞六也怔住，過了很久他們才能開口。

「如果這個死人就是無十三，」他們幾乎同時問：「那個無十三是誰呢？」

「是假的。」

「假的？」

謝玉崙答道：「這裡根本就沒有黃金，無十三也根本不可能找到那麼多人爲他效力。所以那個無十三當然是假的。」

她又補充：「何況誰也沒有見過無十三，誰也看不出他是真是假，每個人都可以冒充他的。」

「爲什麼要冒充他？」

謝玉崙還沒有開口，忽然聽見另一個人說話的聲音。地室中本來只有他們三個人，她聽見的卻是第四個人說話的聲音，聲音很輕，彷彿是從很遠、很遠的地方傳來的，但是她卻聽得很清楚。她清清楚楚的聽見這個人在說：「我們這齣戲，是不是已經應該演完了？」

卅九 解答

每個人都要呼吸，所以每個地室一定都有通風的地方。就因爲這個地室也有通風的地方，所以無十三的屍體才會腐爛風化。將一根巨大的毛竹竹節打通，從地面上通下來，就是這地室的通風處，他們聽見的聲音，就是從通風口裡傳下來的。

剛聽見的時候，他們聽不出這是誰的聲音，然後，他們又聽見一個人用一種驚訝的口氣問：「演戲？誰在演戲？演什麼戲？」

這個人說話的聲音，他們每個人都很熟悉，立刻就聽出他是馬如龍。他在跟誰說話？「當然是我們兩個人在演戲。」

「你不是無十三？」

「我當然不是，」這人笑道：「明明是你花了五千兩銀子要我來扮這個角色的，你還裝什麼糊塗。」

「是我叫你來扮無十三的？」馬如龍顯得更驚訝。

「當然是你。」

「我爲什麼要做這種事？」

「因為你要別人都認為你是天下無雙的大好人，所以要我來扮一個天下無雙的大壞蛋，要我去殺人，讓你去救人，讓別人都能親眼看見你的英雄氣慨。」

「那些人難道不是你殺的？」

「當然不是我。」這人笑道：「我有什麼本事殺人？是你收買了他們的同伴，先故意做成混亂，讓他們在混亂中乘機出手暗算，再讓你這位波斯奴乘機斬斷他們的頭顱，我只不過是個傀儡而已。」

「跟你去拆房子的那些人呢？」

「他們當然也是你的人，天馬堂有錢有勢，什麼事辦不到？」

這人笑道：「我實在不能不佩服你，你居然能假造出那麼樣的一個故事，硬說死谷裡有黃金，你實在是個天才。」

馬如龍不說話了。

這人又笑道：「更妙的是，我手上明明連一點力氣都沒有，你卻能製造出一個專門打石子的機筒，叫我藏在袖子裡，把那些黑石頭一個個打出來，讓別人都認為我的手力很強勁。」

又過了很久，馬如龍才問：「難道你根本不會武功？」

「雖然會一點，可是跟你們連比都不能比。」

「那麼你怎能聽見我們在那雜貨店裡說的話？」

「我聽見了什麼？」這人道：「你們說的話，我連一句都沒有聽見。」

「那時候在外面的人不是你？」

「當然不是我。」

「不是你是誰？」馬如龍問。

「我怎麼知道是誰？那時候外面根本沒有人說過話。」這人道：「這齣戲都是你安排的，其中的巧妙我怎麼會知道？」

他嘆了口氣：「不管怎麼樣，現在這齣戲總算已經演完了，那位大婉姑娘和那個老和尚都在山洞裡，你趕快把他們帶走吧，這一來你不但可以扮一次英雄救美的角色，連你那個對頭老和尚都會佩服你，感激你一輩子。我只不過收了你五千兩而已，如果你有良心，就應該再多……」

他的聲音忽然停頓。就在他聲音停頓的同一刹那間，只聽「卜」的一聲響，然後就沒有聲音了，什麼聲音都沒有了。

地室中也沒有聲音，沒有人開口說一句話、一個字。馬如龍是他們的朋友，現在居然做出了這種事，他們還有什麼話可說？也不知過了多久，俞六才長長嘆息：「想不到他居然會是個這麼樣的人。」

這真是誰都想不到的事，如果不是因爲他們找到了這地室，聽到了那些話，他們定然要被他騙一輩子。幸好天網恢恢，疏而不漏，現在總算已真相大白。

鐵震天忽然說道：「有件事我還是不明白。」

「哪件事？」

「那個假冒無十三的人既說聽不見我們在雜貨店裡說的話，那時我們聽見無十三的那些話，是什麼人說出來的？」

「如果我猜得不錯，一定是本來就在那雜貨店的人。」俞六沉思著道。

「可是那時雜貨店也沒有人開口。」

「有些人不開口也可以說話。」

「哪些人？」

「會腹語的人，」俞六說：「我見過這種人。」

「不錯。」鐵震天恍然道：「我也見過這種人，可以用肚子說話，你明明見到聲音是從別的地方來的，其實卻是從他肚子裡說出來的。」

他嘆了口氣：「難怪那時我就覺得他說話的聲音很怪，而且說話的人就好像在我耳朵旁邊一樣。」

「你猜不猜得出這個人是誰？」

「當然是王萬武，」鐵震天道：「絕對就是他。」

「爲什麼？」

「他本來根本不必去自投羅網的。」鐵震天道：「他到那雜貨店去，爲的就是要去故弄玄虛，讓我們相信無十三有非人所及的神通，讓我們相信那個無十三就是真的無十三。」

「所以他後來才會被殺人滅口。」

鐵震天冷笑：「這種人本來就應該是這種下場。」

馬如龍應該得到什麼樣子的下場呢？

「我們到上面去等他，」鐵震天握緊雙拳：「我們看看他還有什麼話可說。」

他正想拉俞六一起走，一直沒有開過口的謝玉崙忽然道：「等一等。」

「還等什麼？」

「我有樣東西掉在這裡了。」謝玉崙道：「我一定要找到才能走。」

她怎麼會有東西掉在這裡的？掉的是什麼？

她居然真的掉了東西在這裡，掉的是三顆珍珠，好像是從一串珠鍊上斷落的。

她在門旁邊的一個角落裡找到了。

鐵震天和俞六都覺得很奇怪，都忍不住要問：「這是你的？」

「是。」

「你的東西怎麼會掉在這裡？」

謝玉崙的回答更令人吃驚，「因爲我到這裡來過。」

鐵震天和俞六都怔住，怔了很久，才能開口：「你怎麼會到這裡來的？來幹什麼？」

「來找我的舅舅。」

「你的舅舅？」鐵震天失聲問：「無十三怎麼會是你的舅舅？」

「他是我母親的嫡親兄弟，怎麼會不是我的舅舅？」

謝玉崙嘆息著，接著道：「可是我從來沒有見過他，因爲碧玉山莊從來都不准男人逗留，就算是我們的嫡親骨血都不例外，男孩子一生下來就要被遠遠送走。」

現在鐵震天才知道無十三爲什麼要叫無十三了。他知道自己的身世後，當然難免悲傷憤怒，所以自稱無父無母，所以一心要找到碧玉山莊去，爲自己爭一口氣，只可惜他還是敗了。

現在鐵震天也明白，爲什麼碧玉夫人破例留下了他的性命？怎麼會知道他有四十顆牙齒？

謝玉崙道：「我母親雖然將他放逐到死谷來，可是並沒有忘記這個兄弟，所以才會常常在我面前提起他，所以我才下決心要來找他。」

「你既然早就知道他已經死了，當然也早就知道那無十三是假的。」

「不錯。」

「你爲什麼不揭穿他的陰謀？」

「因爲我要乘這個機會找出暗算我舅舅的兇手，」謝玉崙道：「這是唯一的一個機會。」

——只有暗算他的兇手，才知道他已經死了，才敢叫人冒充他。

謝玉崙道：「所以我只要能查出這陰謀是誰主使的，就能查出兇手是誰了。」

俞六也不禁長長嘆息：「你一定想不到兇手就是馬如龍。」

謝玉崙忽然用一種奇怪的眼光盯著他，過了很久，才一個一個字的說：「你錯了。」

「我錯了？什麼事錯了？」

「兇手不是馬如龍，」謝玉崙說得極肯定：「絕不是。」

「不是他是誰？」

謝玉崙盯著他很久，眼睛裡竟彷彿充滿了悲憤怨毒，「是你！」她指著俞六：「兇手就是你！」

俞六笑了：「你一定是在說笑話，可惜這個笑話一點都不好笑。」

「這個笑話當然不好笑，因爲根本不是笑話。」

「你真的認爲我是兇手？」

「我本來也想不到是你的，」謝玉崙道：「幸好我碰巧知道一件別人都不知道的事。」

「你知道什麼？」

「我知道俞五沒有弟弟，」謝玉崙道：「絕對沒有。」

她一個字一個字的接著道：「因爲俞五碰巧也是我的舅舅！」

鐵震天又怔住，俞六居然還在笑！

「就憑這一點，你就能夠證明我是兇手？」

「還不能，」謝玉崙道：「幸好大婉也碰巧看到一樣她本來不該看到的事。」

「什麼事？」

「她看見你殺了王萬武！她親眼看見的。」

俞六終於笑不出了。

謝玉崙道：「那時候我沒有讓她揭穿你的陰謀，因爲那時候我們還不知道你是誰。」

俞六忍不住問道：「現在，你已經知道？」

「現在我已經知道，你計劃這件事，爲的只不過是要陷害馬如龍，」謝玉崙道：「因爲你知道大家漸漸都看出他是個什麼樣的人了，都漸漸相信他不會做出那種事，所以你才想出這計劃陷害他。」

她忽然問鐵震天：「你知不知道誰最想害他？」

鐵震天當然知道，毫不考慮就回答：「邱鳳城。」

「是的，」謝玉崙道：「當然是邱鳳城。」

她指著俞六，一個字一個字的說：「他就是邱鳳城！」

這個「俞六」居然又笑了。

「你既然好像全都知道了，我好像也不必再否認。」他居然說：「不錯，我就是邱鳳城。」

謝玉崙嘆了口氣：「這倒真是一件讓人想不到的事，連我都想不到你居然這麼痛快就承認。」

「還有一件事你一定想不到。」

「什麼事？」

「我也是無十三唯一的一個徒弟。」

他真的是。他從小就有野心，稱霸天下的野心，可是他也知道就憑邱鳳城家的銀槍，是沒法稱霸天下的。有一次他在無意中聽到了無十三的故事。

「他實在是個奇人，」邱鳳城道：「他的身世奇，遭遇奇，我實在被他迷住了，想盡千方百計，終於找到死谷來，碰巧那時候，無十三也正想收個徒弟，爲他出氣。」

無十三真的收了他這個徒弟，把一身本事都教給了他。無十三的本事不止一種。

「挖洞的本事也是他教我的，」邱鳳城道：「奇門遁甲、消息機關、使毒易容，這些本事無一不通，無一不精。」

「爲什麼你要殺他？」

「我的行動他處處要限制，他的本事我卻已學全了，」邱鳳城居然又笑了笑：「我不殺他殺誰？」

「你不但殺了他，也殺了和你齊名的杜青蓮、沈紅葉，而且將馬如龍也引入死路，你已經應該很滿意了，」謝玉崙又問：「你爲什麼還要這麼做？」

「因爲你說的不錯，我的確已發覺你們漸漸開始信任他了。」邱鳳城也不禁嘆息：「馬如龍的確是個很不簡單的人。」

「其實你什麼事都不必做的，我們根本找不出你的破綻，抓不到你的證據。」謝玉崙也嘆了口氣：「只可惜你太聰明了一點。」

「太聰明了一點也沒什麼不好，你們找不找得到我的證據都一樣。」

「一樣？怎麼會一樣？」

「因爲你們反正都已經快死了。」邱鳳城忽然問：「你們知不知道剛才那『卜』的一聲響是什麼聲音？」

「好像是刀鋒砍進脖子上的聲音。」

「是誰的脖子？誰的刀？」

邱鳳城自己回答了這問題：「如果你們認爲是那個冒牌無十三的脖子，你們就錯了。」

「哦？」

「脖子是馬如龍的脖子，刀是彭天高的刀。」邱鳳城又解釋：「彭天高就是那波斯奴，也就是彭天霸的弟弟，他的刀法遠比彭天霸的高得多，只可惜他是庶出的，他的母親是個波斯女奴，所以他永遠都不能接受五虎斷門刀的道統，彭家的萬貫家財，他也只有看看。」

「所以他才會被你說動，做你的幫手，而且替你殺了彭天霸？」

邱鳳城微笑點頭承認，卻忽然改變了話題：「無十三活著的時候，我曾經問過他，最想要的東西是什麼？」邱鳳城道：「我實在想不到他最想要的居然是一床棉被和一盞燈。」

「你當然替他送來了。」

「我替他送來了最好的棉被和最好的燈，燈芯油也是最好的，只有最後一次是例外。」

「最後一次你送來的是什麼？」

「是摻入了迷藥的燈油和燈芯。」邱鳳城笑道：「迷藥當然也是最好的，就是你們剛才在不知不覺間也被迷住了的這一種。」

他笑得非常愉快，可惜笑的並不長。忽然間，「叮」的一響，桌上的燈滅了，門外卻有一點火光點起。閃動的火光下已經出現了一個人，一個他認爲已經永遠看不見的人。他又看見了馬如龍。

馬如龍是和大婉、絕大師，一起出現的。他們當然沒有死，大婉的被擄，也是她和謝玉崙安排好的圈套。

謝玉崙最後才告訴邱鳳城：「我故意對大婉說那些話，故意讓你聽見，讓你認爲我要報復，」她說：「當然我又故意去找馬如龍，給你機會，其實那時我早已解開大婉的穴道。」

大婉淡淡接著說：「所以你們聽見刀鋒砍在脖子上的聲音時，刀確實是彭天高的刀，脖子也是他的脖子。」

尾聲

邱鳳城當然得到了他應該得到的制裁，絕大師遠赴崑崙絕頂去面壁思過，鐵震天和馬如龍痛飲了三日之後，就在一個有風有月的寒夜飄然而去，不知所蹤。

江南俞五依然領袖江南武林，玉大小姐依舊行蹤飄忽，神出鬼沒。大婉和謝玉崙呢？她們和馬如龍的結局應該是種什麼樣的結局？

幾年之後有人在江南碰到了馬如龍，據說身旁還多了兩個如花似玉的美嬌娘，其中一個當然就是謝玉崙，但另一個是否就是大婉呢？沒有人知道。只是她的神韻和大婉為何如此神似呢？

全書完

國家圖書館出版品預行編目資料

碧血洗銀槍 ／古龍著. -- 再版. --臺北市：
風雲時代, 2014.07
面； 公分. --（古龍精品集；75）

ISBN: 978-986-352-061-0（平裝）

857.9 103011947

古龍精品集 75

書名 **碧血洗銀槍**

作　者 古龍
封面原圖 明人出警圖（原圖爲國立故宮博物館典藏）

發行人 陳曉林
出版所 風雲時代出版股份有限公司
地　址 105 台北市民生東路五段 178 號 7 樓之 3
風雲書網 http://www.eastbooks.com.tw
官方部落格 http://eastbooks.pixnet.net/blog
facebook http://www.facebook.com/h7560949
E-mail h7560949@ms15.hinet.net
服務專線 (02)27560949
傳　真 (02)27653799
郵撥帳號 12043291

執行主編 劉宇青
封面設計 風雲編輯小組

法律顧問 永然法律事務所 李永然律師
北辰著作權事務所 蕭雄淋律師

出版日期 2014年8月
定價 **240 元**

總經銷 成信文化事業股份有限公司
地　址 新北市新店區中正路四維巷二弄2號4樓
電　話 (02)22192080

ISBN 978-986-352-061-0

行政院新聞局局版台業字第 3595 號
營利事業統一編號 22759935